heyne>fliegt

Das Buch

»Um alles, was passiert ist, verstehen zu können, müsst ihr zunächst von der Prämisse ausgehen, dass die Highschool nervt. Könnt ihr mit der Prämisse leben? Na klar.«

So beginnt Greg S. Gaines seinen Bericht über die Ereignisse in seinem letzten Schuljahr. Eigentlich wollte er sich dieses Jahr nur schön durchmogeln. Immer unauffällig bleiben, nirgendwo dazugehören, sondern einfach in Ruhe mit seinem einzigen Kumpel Earl mittelmäßige Filme drehen. Was dann rauskommt, ist leider der mieseste Film aller Zeiten, und das liegt an Rachel. Rachel, die plötzlich an Leukämie erkrankt und sterben wird. Und natürlich an seiner Mom, die ihn dazu zwingt, mit Rachel abzuhängen. Rachel hat überhaupt keine Lust auf Mitleidsbesuche. Doch dann stellen sie und Greg überrascht – nahezu schockiert! – fest, dass sie einander wirklich mögen. Gregs ganzes Weltbild ändert sich. Aber den beiden läuft die Zeit davon …

Der Autor

Jesse Andrews hat einen Harvard-Abschluss und lebte schon in Spanien und Deutschland (wo er in einer Jugendherberge arbeitete). Er kommt ursprünglich aus Pittsburgh, Pennsylvania, und wohnt derzeit in Brooklyn, New York. *Ich und Earl und das Mädchen* ist sein Debüt-Roman, dessen Verfilmung auf dem Sundance Filmfestival mit dem Preis des Publikums und der Jury ausgezeichnet wurde.

JESSE ANDREWS

ICH UND EARL UND DAS MÄDCHEN

Roman

Aus dem Amerikanischen
von Ruth Keen

heyne>fliegt

Die Originalausgabe erschien unter dem Titel
Me and Earl and the Dying Girl
bei Amulet Books, an imprint of ABRAMS

Als Hardcover ist das Buch bereits erschienen unter dem Titel
Ich und Earl und das sterbende Mädchen

MIX
Papier aus verantwortungsvollen Quellen
FSC® C014496
FSC
www.fsc.org

Verlagsgruppe Random House FSC® N001967
Das für dieses Buch verwendete
FSC®-zertifizierte Papier *Salzer Alpin*
liefert Salzer Papier, St. Pölten, Austria.

Vollständige deutsche Taschenbuchausgabe 12/2015

Printed in Germany
Redaktion: Kristof Kurz
Umschlaggestaltung: Nele Schütz Design, München

Satz: Greiner & Reichel, Köln
Druck und Bindung: GGP Media GmbH, Pößneck

ISBN: 978-3-453-27032-9

www.heyne-fliegt.de

Schenley gewidmet – nicht mit Benson zu verwechseln

Kleiner Hinweis von Greg Gaines, dem Autor dieses Buches

Ich habe keine Ahnung, wie ich dieses bescheuerte Buch schreiben soll.

Darf ich mal eine Sekunde ehrlich sein? Hier kommt die nackte Wahrheit. Als ich mit diesem Buch begann, versuchte ich es als Erstes mit diesem Satz: »Es war die beste Zeit; es war die schlimmste Zeit.« Ich glaubte tatsächlich, ich könnte das Buch so anfangen lassen, denn ich dachte: klassischer Einstiegssatz. Aber dann hatte ich keine Ahnung, wie ich von da aus weitermachen sollte. Ich starrte eine Stunde auf den Computer und stand kurz davor, megamäßig durchzudrehen. In meiner Verzweiflung versuchte ich dann, dem Ganzen durch Zeichensetzung und Kursivschreibung einen anderen Dreh zu geben, etwa so:

Es war die *beste* Zeit? *Und* es war die schlimmste Zeit?!!

Was zum Teufel soll das überhaupt bedeuten? Wer kommt auf so einen Stuss? Doch nur einer, dessen Hirn von einem Pilz zerfressen wird, was bei mir wahrscheinlich der Fall ist.

Ich will damit sagen, dass ich keine Ahnung habe, wie ich das mit dem Buch hier anstellen soll, weil ich kein Schriftsteller bin. Ich bin Filmemacher. Jetzt fragt ihr euch:

1. Warum schreibt der Typ ein Buch, anstatt einen Film zu drehen?
2. Ob das vielleicht was mit diesem Hirnpilz zu tun hat?

Auflösung:
1. Ich schreibe dieses Buch, anstatt einen Film zu drehen, weil ich ein für alle Mal mit der Filmerei aufgehört habe. Um es ganz genau zu sagen, ich habe aufgehört, nachdem ich den miesesten Film aller Zeiten gedreht hatte. Normalerweise setzt man sich zur Ruhe, nachdem man sein Meisterstück abgeliefert hat – oder besser noch, nachdem man gestorben ist –, aber bei mir war das Gegenteil der Fall. Ein kurzer Abriss meines Filmschaffens würde etwa so aussehen:
I Viele schlechte Filme
II Ein mittelmäßiger Film
III Ein paar Filme, die ganz okay sind
IV Ein akzeptabler Film
V Zwei oder drei gute Filme
VI Einige ziemlich großartige Filme
VII Der mieseste Film aller Zeiten
Fin. Wie mies genau war dieser Film? Er war tödlich, so mies war er. Er hat tatsächlich jemandem den Tod gebracht. Ihr werdet sehen.
2. Sagen wir mal, dass sich eine Menge erklären ließe, wenn da tatsächlich ein Pilz am Werk wäre, der mein Hirn zerfrisst. Nur dass dieser Pilz vermutlich schon so gut wie mein ganzes Leben an meinem Hirn hätte herumnagen müssen. Möglicherweise hat er ja jetzt die Lust verloren und sich verabschiedet oder ist an Unterernährung gestorben oder so.

Eins möchte ich aber wirklich noch erwähnen, bevor wir mit diesem unsäglich unterbelichteten Buch anfangen. Vielleicht seid ihr schon von selber draufgekommen, dass es von einem Mädchen handelt, das Krebs hatte. Darum denkt ihr möglicherweise: »Wahnsinn! Das wird eine kluge und einfühlsame Geschichte über die Liebe und den Tod und das Erwachsenwerden. Wahrscheinlich werde ich von der ersten bis zur letzten Seite buchstäblich durchheulen. Ich kann's kaum noch erwarten.« Falls das eine korrekte Wiedergabe eurer Gedanken ist, solltet ihr das Buch am besten gleich in die nächste Tonne treten und dann so schnell wie möglich wegrennen. Denn die Sache ist ja die: *Ich habe von Rachels Leukämie absolut gar nichts gelernt.* Im Gegenteil, wahrscheinlich laufe ich jetzt wegen der ganzen Geschichte als noch *größerer* Trottel durchs Leben.

Irgendwie drücke ich mich nicht besonders gut aus. Was ich eigentlich sagen will: Dieses Buch enthält exakt null »wichtige Lektionen, die das Leben schreibt«, auch keine »wenig bekannten Tatsachen über die Liebe« oder rührselige, herzzerreißende »Momente, in denen wir wussten, dass unsere Kindheit für immer vorbei war«, oder so. Und anders als in den meisten Büchern, in denen ein Mädchen an Krebs stirbt, gibt es keine süßlich-paradoxen Absätze, die nur aus einem einzigen Satz bestehen und die man für tiefsinnig halten soll, weil sie kursiv geschrieben sind. Wisst ihr, was ich meine? Ich meine so was:

Der Krebs hatte ihr das Augenlicht genommen; dennoch sah sie die Welt klarer denn je zuvor.

Kotz. Vergesst es. Ich persönlich habe keinerlei Erkenntnisse gewonnen, weil ich mit Rachel zu tun hatte, bevor sie starb. Wenn überhaupt, dann habe ich an Erkenntnis *verloren*. Okay?

Also, ich denke mal, wir fangen einfach an.

(Gerade fiel mir ein, dass ihr vielleicht nicht wisst, was »*fin*« heißt. Es ist ein Begriff aus der Filmsprache. Genauer gesagt, ist es das französische Wort für »Dieser Film ist zu Ende, was ein Segen ist, weil kein Mensch ihn begreifen kann, denn er wurde von Franzosen gedreht.«)

Also *fin*, jetzt aber wirklich.

Erstes Kapitel

Wie kann man an einem Ort existieren, der dermaßen nervt?

Um alles, was passiert ist, verstehen zu können, müsst ihr zunächst von der Prämisse ausgehen, dass die Highschool nervt. Könnt ihr mit dieser Prämisse leben? Na klar. Es ist eine allgemein anerkannte Tatsache, dass die Highschool nervt. Überhaupt werden wir alle zum ersten Mal an der Highschool mit jener existentiellen Lebensfrage konfrontiert, die da lautet: **Wie kann man an einem Ort existieren, der dermaßen nervt?**

Die Mittelstufe nervt sogar noch mehr, aber die Mittelstufe ist so dermaßen erbärmlich, dass ich mich nicht mal dazu aufraffen kann, darüber zu schreiben, also konzentrieren wir uns besser gleich auf die Highschool.

Na schön. Gestattet mir, mich vorzustellen: Greg S. Gaines, siebzehn Jahre. Während des Zeitraums, der in diesem Buch beschrieben wird, besuchte ich die zwölfte (also die Abschluss-) Klasse an der Benson High in der lieblichen Innenstadt von Pittsburgh, Pennsylvania. Und bevor wir weitermachen, ist es wichtig, dass wir uns die Benson erst mal genauer ansehen – und die vielen verschiedenen Arten, auf die sie nervt.

Also, Benson liegt zwischen Squirrel Hill, einer wohlhabenden Gegend, und Homewood, einer weniger wohlhabenden Gegend, und zieht etwa zu gleichen Teilen Schüler aus beiden Vierteln an. Im Fernsehen sind es meistens die reichen Kids, die an der Highschool das Sagen haben; die meisten *richtig* reichen Kids aus Squirrel Hill gehen allerdings auf die dortige Privatschule, die Shadyside Academy. Der Rest ist zahlenmäßig zu klein, als dass er irgendeine Form von Disziplin einführen könnte. Ich meine, sie versuchen es hin und wieder, und das ist dann in der Regel eher Mitleid erregend. Zum Beispiel, wenn Olivia Ryan sich regelmäßig über die Urinpfütze aufregt, die sich an den meisten Tagen zwischen 10:30 und 11:00 an einem der Treppenaufgänge bildet, und sie dann in dem wahnwitzigen, hoffnungslosen Versuch, den Verantwortlichen zu finden, die Umstehenden anschreit. Man möchte ihr gut zureden: »Liv! Der Täter ist vermutlich nicht an den Ort seines Verbrechens zurückgekehrt. Papa Pipi ist über alle Berge.« Aber selbst das würde sie wahrscheinlich immer noch nicht daran hindern, voll durchzudrehen. Jedenfalls, was ich damit sagen will: So ein Ausraster hat einfach keinerlei erkennbare Wirkung. Das Ganze ist so, wie wenn ein Kätzchen versucht, irgendwas totzubeißen. Das Kätzchen besitzt zwar eindeutig den kaltblütigen, mörderischen Instinkt eines Raubtiers, aber gleichzeitig ist es nur ein süßes kleines Kätzchen, das man am liebsten in einen Schuhkarton setzen und ein Video von ihm drehen möchte, damit es sich die Omis auf YouTube angucken können.

Die reichen Kids bilden also nicht die Alphagruppe der Schule. Demographisch gesehen würden sich dafür als Nächstes die Kirchen-Kids anbieten: Sie sind ziemlich viele und definitiv daran interessiert, die Macht zu übernehmen. Diese Stärke – der Wunsch, zu dominieren – ist jedoch auch ihre größte Schwäche, weil sie einen die ganze Zeit überreden wollen, mit ihnen herumzuhängen, und das wiederum versuchen sie, indem sie einen in ihre Kirche einladen. »Bei uns gibt's Kekse und Brettspiele«, sagen sie dann. Oder so was in der Art. »Wir haben jetzt eine Wii!« Irgendwie klingt es immer ein bisschen daneben. Bis einem schließlich klar wird: *Genau dieselben Sprüche* benutzen auch Kinderschänder.

Also werden auch die Kirchen-Kids nie die Alpha-Gruppe bilden. Ihre Taktik ist einfach zu gruselig. An vielen Schulen kämen die Sportfreaks oder *Jocks* als Thronanwärter in Frage, aber an der Benson sind die so ziemlich alle schwarz, und viele von den weißen Kids haben Angst vor ihnen. Wer wäre sonst noch da, die Massen zu führen? Die Klugscheißer? Nicht im Ernst, oder? Die interessieren sich nicht für Macht. Die wünschen sich nur, so wenig wie möglich aufzufallen, bis die Highschool vorbei ist. Dann können sie sich endlich in irgendein College flüchten, wo sich keiner mehr darüber lustig macht, dass sie wissen, was ein Adverb ist. Die Kids von der Theater-AG? Mann, das gäbe ein blutiges Massaker. Man würde sie irgendwann tot auffinden, erschlagen mit ihren eigenen eselsohrigen *Wizard of Oz*-Liederbüchern. Die Kiffer oder auch *Stoner*? Zu antriebsschwach. Die Gangster? Zu selten anwesend. Die Mitglieder der Schulband? Wieder das Gleiche wie bei den Theaterleuten, nur irgendwie noch trauriger. Die Gruftis? Nicht mal theoretisch vorstellbar.

Mit einem Wort: An der Spitze der sozialen Hierarchie der Benson steht ein Vakuum. Die Folge: Chaos.

(Ich sollte hinzufügen, dass ich hier grob vereinfachende Kategorien benutze. Gibt es eine Vielfalt einzelner Gruppen, die aus Klugscheißern/ reichen Kids/Jocks/ etc. bestehen? Ja. Gibt es eine Menge Gruppen, die sich nur schwer einer der Kategorien zuordnen lassen, weil sie eine lockere

Ansammlung von Freunden ohne ein einziges definierendes Merkmal sind? Wieder ja. Ich meine, wenn ihr drauf besteht, könnte ich euch die soziologische Zusammensetzung der ganzen Schule skizzieren und sie mit streberhaften Etiketten wie »Afroamerikanische Mittelschicht-Unterclique 4c« versehen, aber ich bin ziemlich sicher, dass niemand das will. Nicht einmal die Mitglieder der Afroamerikanischen Mittelschicht-Unterclique 4c [Jonathan Williams, Dajuan Williams, Donté Young und, bis er sich mitten im elften Schuljahr ernsthaft der Posaune zu widmen begann, Darnell Reynolds].)

Es existieren also mehrere Gruppen, die alle um die Herrschaft rangeln, woraus sich ergibt, dass sie sich alle gegenseitig umbringen wollen. Das Problem, wenn du Teil einer Gruppe bist, ist, dass jeder außerhalb dieser Gruppe *dich* umbringen will.

Aber jetzt kommt's. Es gibt eine Lösung dieses Problems: Verschaff dir Zutritt zu *allen* Gruppen.

Ich weiß. Ich weiß. Das klingt hirnrissig. Aber genau das habe ich getan. Ich hatte mich nicht direkt jeder Gruppe *angeschlossen*, versteht sich. Aber ich habe mir Zutritt zu allen verschafft. Zu den Klugscheißern, den reichen Kids, den Sportfreaks, den Kiffern, den Bandmitgliedern, den Theater-AGlern, den Kirchenheinis, den Gruftis. Ich war in der Lage, mich zu jeder beliebigen Gruppe von Schülern zu stellen, ohne dass irgendeiner von denen mit der Wimper zuckte. Alle sahen mich und dachten: »Greg! Einer von uns.« Oder zumindest: »Greg, einer, dem ich *nicht* Ketchup aufs Hemd spritzen muss.« Das zu schaffen war ein brutal schwieriger Akt. Man denke nur an die möglichen Komplikationen:

1. Die Infiltration einer beliebigen Gruppe muss vor den meisten, wenn nicht vor allen anderen Gruppen ge-

heim gehalten werden. Sobald die reichen Kids dich einvernehmlich mit den Gruftis plaudern sehen, bleiben die Tore der bewachten Wohnanlagen für dich verschlossen. Beobachten dich die Kirchenheinis dabei, wie du in eine Rauchwolke gehüllt aus einem der Kifferautos taumelst, als würdest du gerade der Sauna entsteigen, sind die Tage, an denen du dir im Keller ihres Gotteshauses krampfhaft das F-Wort verkneifst, eindeutig gezählt. Und sollte, Gott bewahre, ein Jock dich dabei erwischen, wie du mit den Theaterleuten abhängst, wird er dir sofort unterstellen, dass du schwul bist, und es gibt keine Macht auf Erden, die größer ist als die Angst der Jocks vor Homosexuellen. Keine.

2. **Man darf sich nicht allzu sehr mit einer einzigen Gruppe einlassen.** Das ergibt sich aus Punkt eins. Stattdessen muss man sich zu allen Zeiten an der Peripherie aufhalten. Freunde dich mit den Gruftis an, aber kleide dich unter keinen Umständen wie sie. Sei Mitglied in der Schulband, aber vermeide nach dem Unterricht die stundenlangen Jamsessions im Übungsraum. Besuche hin und wieder den lächerlich luxuriös ausgestatteten Gemeinschaftsraum der Kirche, aber hüte dich vor jeder Veranstaltung, bei der irgendwer aktiv über Jesus redet.

3. **In der Mittagspause, vor Schulbeginn und zu allen anderen Zeiten sollte man sich in der Öffentlichkeit extrem unsichtbar machen.** Die Mittagspause kann man glatt vergessen. Das Mittagessen ist genau der Zeitpunkt, an dem von einem verlangt wird, seine Zugehörigkeit zu der einen oder anderen Gruppe zu demonstrieren, indem man sich vor aller Augen zu ihr setzt – oder, Gott bewahre, von irgendeinem Loser, der nicht einmal zu einer Gruppe *gehört*, aufgefordert wird, sich neben ihn zu setzen. Nicht, dass ich irgendwas gegen gruppenlose Leute hätte, ist ja klar. Sie haben mein volles Mitleid, die armen Schweine. Im vom

Schimpansen regierten Dschungel der Benson sind sie die Krüppel, die sich hinkend über den Waldboden schleppen, ohne den Demütigungen und Quälereien der anderen entkommen zu können. Sie bedauern – ja; sich mit ihnen anfreunden – niemals. Sich mit ihnen anzufreunden bedeutet, ihr Schicksal zu teilen. Sie versuchen einen anzufixen, indem sie Sachen sagen wie: »Greg, möchtest du dich zu mir setzen?« Was sie tatsächlich sagen, ist: »Halt bitte still, während ich dir die Achillessehnen durchschneide, damit du nicht weglaufen kannst, wenn die bösen Schimpansen uns einholen und fertigmachen.«

Wenn man in einem Raum ist, in dem sich mehrere Gruppen gleichzeitig aufhalten, muss man sich so gut wie möglich ausklinken. Im Unterricht, beim Mittagessen, überall.

An dieser Stelle fragt ihr vielleicht: »Aber was ist mit deinen Freunden? Man kann doch seine Klassenkameraden nicht ignorieren.« Worauf ich antworte: Vielleicht habt ihr nicht richtig zugehört. Der *Sinn* der Sache ist ja, mit niemandem befreundet zu sein. Das ist die Tragik und zugleich der Triumph dieser Existenz, von der ich hier spreche. **Ein typisches Highschool-Leben ist dann völlig unmöglich.**

Denn der Punkt ist doch: Das typische Highschool-Leben nervt ohne Ende.

Ihr könntet auch fragen: »Greg, wieso machst du die gruppenlosen Leute so nieder? Denn wie es sich anhört, bist *du* ja mehr oder weniger ebenfalls ein gruppenloser Typ.« Da ist natürlich was dran. Die Sache ist nur die, ich gehörte zwar zu keiner Gruppe, aber ich gehörte auch zu allen Gruppen. Darum kann man mich nicht wirklich als gruppenlos bezeichnen.

Ehrlicherweise gibt es keine gute Bezeichnung für mein damaliges Verhalten. Eine Zeitlang hielt ich mich für so etwas wie einen Highschool-Spion, aber dieser Begriff war letztlich zu irreführend. Das klang so, als würde ich in dunklen Ecken lauern und verbotene Sexaffären mit sinnlichen Italienerinnen haben. Zum einen sind an der Benson keine sinnlichen Italienerinnen. Was dem am nächsten käme, wäre Ms. Giordano, die Sekretärin des Direktors, und die ist eher pummelig und hat ein Gesicht wie ein Papagei. Außerdem rasiert sie sich die Augenbrauen komplett ab und malt sie sich mit Filzstift oder so an bizarren Stellen neu, wie es manche Frauen eben so machen. Je mehr man darüber nachdenkt, desto mehr dreht sich einem der Magen um und man möchte die Haare raufen.

Das war übrigens der einzige Auftritt, den Ms. Giordano in diesem Buch haben wird.

Machen wir einfach weiter.

Zweites Kapitel

Der erste Tag des Abschlussjahres – in augenfreundlicher Formatierung

Beginnen wir sinnvollerweise mit dem ersten Tag meines Abschlussjahrs. Der übrigens absolut fantastisch war, bis Mom ins Spiel kam.

Obwohl »fantastisch« ein relativer Begriff ist. Ich hatte naturgemäß keine sehr hohen Erwartungen. Darum ist »fantastisch« vielleicht zu stark. Der Satz sollte eher lauten: »Ich war angenehm überrascht, dass ich am ersten Tag meines Abschlussjahrs an der Highschool nicht gleich die volle Panik kriegte und das Bedürfnis hatte, mich in meinem Spind zu verstecken und totzustellen.«

Schule ist immer stressig, und der erste Tag eines neuen Schuljahrs ist der ganz besondere Wahnsinn, weil die Plätze zum Herumhängen neu vergeben werden müssen. Ich habe im letzten Kapitel vergessen zu erwähnen, dass sich die gängigen Gruppen aus Reichen, Jocks, Klugscheißern, Theater-Kids usw. zusätzlich nach Klassenstufen unterteilen lassen: Die Gruftis aus der zehnten leben in schrecklicher Angst vor den Gruftis aus der zwölften Klasse, die Klugscheißer aus der elften verhalten sich abfällig und misstrauisch gegenüber einem Klugscheißer aus der neunten, usw. Wenn also eine Jahrgangsstufe abgeht, stehen alle von ihr besetzten Plätze, an denen man vor dem Unterricht herumhängt, wieder zur Disposition, was meistens irgendwelche seltsamen und peinlichen Ereignisse hervorruft.

Mir brachte es hauptsächlich einen geschäftigen Morgen. Ich war extrem früh aufgekreuzt, um zu schauen, wie die Dinge sich entwickelten, fand aber bereits ein paar Leute vor, die dabei waren, ihren Claim abzustecken. In der Regel waren das Vertreter von Benson-Gruppen, die permanent Gefahr liefen, zusammengeschlagen zu werden.

INNEN. FLUR VOR DER BIBLIOTHEK – MORGEN

JUSTIN HOWELL lungert in der Nähe der Tür zur Bibliothek herum in der Hoffnung, sie für die Theaterleute beschlagnahmen zu können. Er läuft nervös auf und ab und summt dabei den TITELSONG VON *RENT* ODER VIELLEICHT *CATS*. Sichtlich erleichtert bemerkt er, dass es Greg ist, der da kommt.

JUSTIN HOWELL

eindeutig froh, dass es kein Jock oder Gangster oder sonst jemand ist, der ihn sofort eine Schwuchtel nennen wird.

Oh, hi, Greg.

GREG GAINES

Justin, schön dich zu sehen.

JUSTIN HOWELL

Schön, *dich* zu sehen. Wie war dein *Sommer*, Greg?

GREG GAINES

Heiß und langweilig. Jammerschade, dass er schon vorbei ist.

JUSTIN HOWELL

HA HA HA HA HA HA HA HA HA.
OH HA HA HA HA HA HA HA HA HA HA
HA HA HA HA.

Dieser scheinbar harmlose SCHERZ bewirkt, dass Justin Howell komplett die Kontrolle verliert. Vielleicht ist es jene die ZURECHNUNGSFÄHIGKEIT VERNICHTENDE ANGST, wieder in der Schule zu sein.

Abgesehen davon war es nicht ganz die Reaktion, die Greg sich gewünscht hätte. Er hatte etwas Nichtssagendes und Uninteressantes sagen wollen. Jetzt sieht man ihn, wie er sich ACHSELZUCKEND und VERLEGEN WINDET und versucht, AUGENKONTAKT zu vermeiden, seine übliche Reaktion, wenn Leute über eine Bemerkung von ihm lachen.

JUSTIN HOWELL (FORTGESETZT)

verdreht die Augenbrauen, bis sie komische Formen annehmen

HA HA HA HA HA HA HA HA HA HA HA HA HA HA.

MRS. WALTER, die Bibliothekarin, trifft ein. Sie funkelt beide feindselig an. Mit ziemlicher Sicherheit ist sie ALKOHOLIKERIN.

JUSTIN HOWELL

Hallo, Mrs. Walterrrr.

MRS. WALTER

voller Abscheu

Hmmpf.

JUSTIN HOWELL

Greg, das war *so was von komisch*.

GREG

Alles klar, Mann, ich seh dich später.

Ich hatte eindeutig nicht vor, die Bibliothek zu betreten und noch länger mit Justin Howell abzuhängen – aus Gründen, die ich euch bereits erläutert habe. Es war Zeit, sich aus dem Staub zu machen.

INNEN. FLUR VOR DEM ÜBUNGSRAUM DER SCHULBAND – MORGEN.

LAQUAYAH THOMAS und BRENDAN GROSSMAN stehen vor dem noch verschlossenen Übungsraum der Schulband. Obgleich sie keine Instrumente dabeihaben, sind sie in irgendwelche NOTENBLÄTTER vertieft. Man gewinnt den Eindruck, dass sie das tun, um allen zu zeigen, wie unglaublich musikalisch sie sind, weil sie einfach nur herumsitzen und Notenblätter lesen können.

BRENDAN GROSSMAN

Gaines. Machst du dieses Jahr beim Orchester mit?

GREG

bedauernd

Hab's nicht mehr im Stundenplan unterbringen können.

BRENDAN GROSSMAN

Echt nicht?

LAQUAYAH THOMAS

ungläubig

Aber du hättest doch dieses Jahr die Pauke gekriegt. Und wer soll *jetzt* Pauke spielen?

BRENDAN GROSSMAN

traurig

Wahrscheinlich macht's dann Joe DiMeola.

GREG

Ja, wahrscheinlich Joe. Er ist sowieso ein besserer Schlagzeuger als ich.

LAQUAYAH THOMAS

Joe schwitzt immer die Schlegel voll.

GREG

Weil er sich voll *reinhängt*.

INNEN. AULA – MORGEN

Zwei Gruftis aus der zwölften, SCOTT MAYHEW und ALLAN McCORMICK, haben in den hinteren Reihen Stellung bezogen und spielen mit ihren Magic-Karten. GREG kommt vorsichtig herein; seine Augen huschen hin und her. Die Aula ist möglicherweise der wertvollste Grund und Boden der Schule. Es ist unwahrscheinlich, dass diese Kleinkolonie von Gruftis die Angriffswellen von JOCKS, THEATER-KIDS und GANGSTERN, die im Laufe des Vormittags noch anrücken werden, überstehen kann.

GREG

Morgen, die Herren.

SCOTT MAYHEW

Auch dir einen schönen guten Tag.

ALLAN McCORMICK

Zwinkert hektisch und angestrengt, wahrscheinlich völlig ohne Grund

Ja, guten Tag.

Die Gruftis stehen in der sozialen Hierarchie ganz unten, sind aber andererseits fast unmöglich zu infiltrieren. Vielleicht ist das so, *weil* sie so tief unten stehen. Sie sind wahnsinnig misstrauisch gegenüber jedem, der versucht, sich mit ihnen zu unterhalten. Das liegt daran, dass alle ihre Eigenschaften Zielscheiben des Spotts sind: ihre Begeisterung für Elfen und Drachen, ihre Trenchcoats und ihr langes, ungepflegtes oder möglicherweise auch *zu gut* gepflegtes Haar, ihre Angewohnheit, viel zu schnell durch die Gegend zu stiefeln und dabei stark durch die Nase zu schnaufen. Sie so weit zu kriegen, dass sie einen akzeptieren, ist schwierig, wenn man nicht *selber* ein Grufti werden will.

Eigentlich habe ich sogar eine kleine Schwäche für sie, weil ich ihre Sicht der Welt total verstehe. Sie hassen die Highschool, genau wie ich. Sie versuchen ihr permanent zu entkommen und flüchten sich in eine Fantasiewelt, in der sie ihre Zeit damit verbringen, in irgendwelchen Bergen herumzustiefeln und im gespenstischen Schein von etwa acht verschiedenen Monden Leute mit Schwertern zu erstechen. Manchmal habe ich das Gefühl, dass ich in einem Paralleluniversum einer von ihnen *hätte sein können*. Ich bin käsig und moppelig und ein hoffnungsloser Fall, was den gesellschaftlichen Umgang betrifft. Und wenn ich ehrlich sein soll: Leute mit Schwertern anzugreifen ist doch super.

So etwas in der Art habe ich gedacht, als ich da bei ihnen in der Aula hockte. Aber dann hatte ich eine Erkenntnis.

SCOTT MAYHEW zieht nach reiflicher Überlegung eine Karte mit dem Titel »Untote Horde.«

ALLAN McCORMICK

flucht.

GREG

Tolle Horde, Scott.

Diese Erkenntnis bestand darin, dass ich niemals tatsächlich ein Leben führen könnte, in dem ich ständig Dinge tun müsste wie die Horde eines anderen Typen zu loben.

Darum fühlte ich mich gleich wohler in meiner Haut.

Es dauerte dann nicht mehr lange, bevor ich mich respektvoll verkrümelte.

INNEN. FLÄCHE VOR DEM SÜDLICHEN TREPPENAUFGANG – MORGEN

Alle vier Mitglieder der AFROAMERIKANISCHEN MITTELSCHICHT-UNTERCLIQUE 4C haben neben den Türen Position bezogen. Unterdessen hat ein einsamer Kirchenknabe aus der zehnten, IAN POSTHUMA, seine Sachen weiter hinten im Flur ausgebreitet und wartet verbissen auf VERSTÄRKUNG.

Es ist die klassische Situation, in der man versucht, sich so wenig wie möglich einzubringen, denn sobald es aussieht, als gehöre man einer Gruppe an, bemerkt es die andere Gruppe und grenzt einen aus. Ich meine, von Kirchenknaben aus der Zehnten ausgegrenzt zu werden wäre jetzt nicht das Allerschlimmste, aber mein Ziel im Leben war ja gerade, von *niemandem* ausgegrenzt zu werden. Gab es Zeiten, in denen dieses Ziel das Ziel eines Geistesgestörten zu sein schien? Ja. Aber ehrlich, nennt mir mal ein Ziel im Leben, das nicht hin und wieder wie das Ziel eines total Geistesgestörten aussieht. Selbst Präsident der Vereinigten Staaten werden zu wollen ist doch total hirnrissig, wenn man einmal richtig darüber nachdenkt.

GREG nickt IAN POSTHUMA kaum merklich zu. Dann prallt der GUMMIBALL, den JONATHAN WILLIAMS die ganze Zeit auf BELIEBIGE OBERFLÄCHEN geworfen hat, gegen einen von GREGS ZÄHNEN.

In früheren Jahren hätte es keine würdevolle Art gegeben, mit einem solchen Vorfall umzugehen. Die ballwerfende Gruppe wäre in johlendes Gelächter ausgebrochen und meine einzige in Frage kommende Vorgehensweise wäre gewesen, mich zügig vom Acker zu machen, wahrscheinlich unter fortgesetztem Ballbeschuss.

Aber ziemlich bald wurde klar, dass die Dinge in diesem Jahr anders waren.

Anstatt sich der Tatsache zu rühmen, dass sein Ball gegen GREGS ZAHN geknallt ist, vergräbt JONATHAN WILLIAMS verschämt den Kopf in seinem Hemd.

DARNELL REYNOLDS

sichtlich verärgert

Ich hab dir doch gesagt, du triffst noch mal irgendwen damit.

DONTÉ YOUNG

Der Typ ist in der Zwölften.

JONATHAN WILLIAMS

murmelt undeutlich

'tschuldigung.

GREG

Nichts passiert.

DAJUAN WILLIAMS gibt JONATHAN WILLIAMS einen Schubs.

DONTÉ YOUNG

reinigt seinen Fingernagel

Wirf hier nicht mit deinem Scheiß durch die Gegend.

Im Abschlussjahrgang zu sein bedeutet, dass es Zufall war, wenn Leute einem was an die Zähne schmeißen. Mit anderen Worten: In der Zwölften zu sein ist der Hammer.

Den ganzen Morgen vor dem Unterricht und dann den ganzen Tag lang lief es so. In dieser Hinsicht war es irgendwie ein perfekter Tag. Ich verbrachte ein paar Minuten auf dem Parkplatz mit einem Grüppchen schlecht gelaunter ausländischer Kids, angeführt von Nizar dem mürrischen Syrer, begrüßte dann ein paar Leute von der Fußballmannschaft, und in diesem Jahr versuchte keiner, mich in die Brustwarzen zu zwicken. Dave Smeggers, stadtbekannter Kiffer, fing an, mir eine quälend witzlose Geschichte über seine Sommerferien zu erzählen, wurde aber irgendwann von ein paar Bräuten abgelenkt, was mir eine günstige Gelegenheit zum Abhauen bot. Vonta King versuchte mich zu überreden, mich zu ihm gegenüber von Raum 318 zu setzen, darum gab ich vor, ich sei unterwegs zu einem Gespräch mit einem Lehrer, was er ohne Murren akzeptierte. Und so weiter und so fort.

Außerdem wäre ich fast gegen eine von Madison Hartners Titten gelaufen. Ihre Titten befinden sich etwa mit mir auf Augenhöhe.

Drittes Kapitel

Bringen wir dieses peinliche Kapitel schnell hinter uns

Um diesem ätzenden Buch gerecht zu werden, muss ich kurz über Mädchen reden, also schauen wir doch mal, ob sich das machen lässt, ohne dass ich mir selber ein blaues Auge haue.

Zuerst mal: Mädchen mögen gutaussehende Typen, und ich sehe nicht besonders gut aus. Tatsächlich gleiche ich eher einem Pudding. Ich bin extrem blass und leicht übergewichtig. Ich habe eine Art Rattengesicht, und meine mittelprächtige Sehkraft bewirkt, dass ich häufig die Augen zusammenkneife. Schließlich leide ich unter einer Sache, die man als chronische allergische Rhinitis diagnostiziert hat, was interessant klingt, aber mehr oder weniger nur bedeutet, dass ich ein ständiges Popelproblem habe. Ich kann im Grunde nicht durch die Nase atmen, darum steht mein Mund die meiste Zeit offen, was mir den Anschein bombastischer Blödheit verleiht.

Zweitens: Mädchen mögen Typen mit Selbstvertrauen. Lest bitte den vorigen Absatz unter diesem Vorbehalt noch mal. Es ist ziemlich schwer, Selbstvertrauen auszuströmen, wenn man wie ein pummeliger, blinzelnder, geistig minderbemittelter Nagetier-Mensch aussieht, der ständig in der Nase bohrt.

Drittens: Muss ich noch an meiner Anmachtaktik feilen.

Gescheiterte Anmachtaktik Nr. 1: Die Nicht-Verknalltheit. In der vierten Klasse entdeckte ich, dass Mädchen begehrenswert sind. Ich hatte natürlich keine Ahnung, was man mit ihnen anstellt.

Ich wollte irgendwie nur eine haben, als Eigentum oder so. Und von allen Viertklässlerinnen war Cammie Marshall definitiv die schärfste. Darum habe ich Earl auf dem Spielplatz mit folgender Botschaft zu Cammie rübergeschickt: »Greg ist nicht in dich verknallt. Aber er macht sich Sorgen, dass du in ihn verknallt bist.« Ich stand etwa zwei Meter entfernt, als Earl ihr das ausrichtete. Meine Hoffnung war, dass Cammie antworten würde: »Ich bin heimlich total in Greg verknallt und möchte seine Freundin sein.« Stattdessen sagte sie: »Wer?«

»Greg Gaines«, sagte Earl. »Er steht gleich da drüben.«

Beide drehten sich zu mir um und guckten mich an. Ich nahm den Finger aus der Nase, um ihnen zuzuwinken. Erst da fiel mir auf, dass mein Finger gerade noch tief in meiner Nase gesteckt hatte.

»Nee«, sagte Cammie.

Richtig besser ist es von da an nicht geworden.

Gescheiterte Anmachtaktik Nr. 2: Sperrfeuer der Beleidigungen. Cammie war eindeutig eine Nummer zu groß für mich. Aber ihre beste Freundin, Madison Hartner, war auch ziemlich scharf. In der fünften Klasse stellte ich mir vor, dass Madison eigentlich nach Aufmerksamkeit lechzen müsste, wenn man bedachte, wie scharf Cammie war. (Anmerkung: Mit siebzehn kann man im Nachhinein schwer nachvollziehen, dass eine Zehnjährige scharf gewesen sein sollte. Damals aber war es vollkommen plausibel.)

Jedenfalls wandte ich bei Madison eine Taktik an, die, wie ich beobachtet hatte, bei anderen Fünftklässlern funktionierte: Beleidigungen. Regelmäßige, üble Beleidigungen. Beleidigungen, die nicht mal irgendeinen Sinn hatten: Ich nannte sie Madison Avenue Hartner, ohne zu wissen, was die Madison Avenue war. Ich weiß nicht mehr genau, warum, aber irgendwann kam ich auf Madison Furzner, worüber ein paar von den anderen Mädchen kichern mussten, darum nannte ich sie daraufhin andauernd so.

Die Sache war aber die: Ich war erbarmungslos. Ich ging viel zu weit. Ich sagte ihr, sie hätte ein winziges Dinosaurierhirn und ein zweites Hirn in ihrem Hintern. Ich sagte, bei ihr zu Hause würde nicht Abendbrot gegessen; stattdessen säße die ganze Familie nur um den Tisch herum und furzte, weil sie zu doof zum Essen wäre. Einmal rief ich sogar bei ihr an, um ihr mitzuteilen, dass sie sich das Haar mit Kotze wusch.

Na ja, ich war ein Idiot. Ich wollte nicht, dass irgendwer dachte, ich sei in sie verknallt, darum hatte ich beschlossen, allgemein den Eindruck zu erwecken, ich würde Madison Hartner aus ganzem Herzen hassen. Völlig ohne Grund. Beim bloßen Gedanken daran habe ich das Bedürfnis, mir ein blaues Auge zu hauen.

Dann, nach ungefähr einer Woche, kam der Tag, an dem ich sie zum Weinen brachte – irgendwas mit Popel-Lippenstift, ich weiß es nicht mehr genau –, worauf die Lehrerin das Grundschul-Äquivalent einer einstweiligen Verfügung gegen mich aussprach. Ich ließ es stumm über mich ergehen und sprach ungefähr die nächsten fünf Jahre lang nicht mehr mit Madison. Bis heute ist *die Woche, in der Greg einen unerklärlichen Hass auf Madison hatte,* ein ungelöstes Rätsel.

Herrje.

Gescheiterte Anmachtaktik Nr. 3: Das Täuschungsmanöver. Also, Mom bestand darauf, dass ich bis zu meiner Bar Mitzwa am jüdischen Religionsunterricht teilnahm, was unglaublich ätzend war, und ich möchte auch nicht darüber reden. Eine Sache am jüdischen Religionsunterricht war jedoch toll: das fantastische Jungen-Mädchen-Verhältnis. In meiner Klasse waren nur ich und ein anderer Junge, Josh Metzger, gegen sechs Mädchen. Das Problem: Nur eins von diesen Mädchen, Leah Katzenberg, war scharf. Das andere Problem: Josh Metzger war ein echter Schönling. Er hatte langes, vom Schwimmen ausgebleichtes und lockiges Haar. Er war außerdem verschlossen und wortkarg, was mir Angst einjagte und ihn gleichzeitig für die Mädchen sehr attraktiv machte. Selbst unsere Lehrerinnen haben ihn angebaggert. Jüdische Religionslehrer sind immer Frauen, meistens unverheiratet.

In der sechsten Klasse war jedenfalls die Zeit gekommen, sich an Leah Katzenberg ranzuschmeißen. Um sie zu gewinnen – Achtung: rekordverdächtige Blödheit –, beschloss ich, sie eifersüchtig zu machen, indem ich mit Rachel Kushner flirtete, einem mittelmäßig aussehenden Mädchen mit großen Zähnen und Haaren, die noch krauser waren als die von Josh Metzger. Sich mit Rachel Kushner zu unterhalten war außerdem nicht besonders aufregend, weil sie unheimlich langsam sprach und anscheinend nie irgendwas zu sagen hatte.

Immerhin musste man ihr anrechnen, dass sie mich für den komischsten Typen der Welt hielt. Ich konnte sie mit buchstäblich allem zum Lachen bringen: indem ich Lehrer nachahmte, schielte oder die Tauben-Mann-Nummer brachte. Das war natürlich der Hammer, was mein Selbstwertgefühl anging. Leider war es nicht der Hammer bezüglich meiner Chancen bei Leah Katzenberg, die kurz darauf Rachel und mich für ein süßes Paar hielt. Einmal nach dem Religionsunterricht hat sie uns genau das auch gesagt.

Plötzlich hatte ich eine Freundin. Aber es war nicht die Freundin, die ich wollte.

Wie Nizar es formulieren würde, der mürrischste und des Englischen am wenigsten mächtige unter den »Nichtmuttersprachler«-Schülern an der Benson: »Fuck Scheiße Wichser Arsch.«

Am nächsten Tag informierte ich Rachel telefonisch über meinen Wunsch, dass ich *einfach nur befreundet* sein wollte.

»Ist okay«, sagte sie.

»Toll«, sagte ich.

»Willst du vorbeikommen?«, fragte sie.

»Ähm«, sagte ich. »Mein Fuß hat sich gerade im Toaster verklemmt.« Es war bescheuert, aber selbstverständlich löste das einen riesigen Lacher bei ihr aus.

»Im Ernst, willst du nicht vorbeikommen?«, fragte sie noch einmal nach vollen dreißig Sekunden hilflosen Gegackers.

»Ich muss erst die Sache mit dem Toaster hier regeln«, sagte ich. Und da mir klar war, dass sich diese Unterhaltung nur noch im Kreis drehen konnte, legte ich auf.

Der Witz ging noch tagelang weiter, dann Wochen. Wenn sie anrief, sagte ich manchmal, dass ich am Kühlschrank festklebte, ein andermal, dass ich mich versehentlich an einem Streifenwagen festgeschweißt hätte. Dann begann ich, die Tierwelt einzubeziehen: »Ich muss gegen ein paar wütende Tiger kämpfen«, oder: »Ich verdaue gerade einen Wombat am Stück.« Es war völlig abstrus. Irgendwann fand es Rachel nicht mehr so komisch. »Hör mal, Greg«, sagte sie dann, »wenn du mich nicht mehr treffen willst, *sag* es einfach.« Aber aus irgendeinem Grund war ich dazu nicht in der Lage. Es wäre zu fies gewesen. Das Blöde war, dass das, was ich tat, viel, viel *fieser* war. Aber das begriff ich damals noch nicht.

Ich habe mich gerade ins Auge geboxt.

Der Religionsunterricht wurde extrem unangenehm. Rachel hatte zwar aufgehört, mit mir reden zu wollen, aber das half mir mit Leah kein bisschen weiter. Ist doch klar. Leah hielt mich für ein Riesenarschloch. Vielleicht habe ich sogar dazu beigetragen, dass sie *alle* Jungs für Arschlöcher hielt, denn bald nach dem Rachel-Fiasko wurde sie lesbisch.

Gescheiterte Anmachtaktik Nr. 4: Das Titten-Kompliment. In der siebten Klasse hatte Mara LaBastille ein Paar Wahnsinnstitten. Dennoch ist es grundsätzlich keine gute Idee, einem Mädchen ein Kompliment über ihren Busen zu machen. Ich musste es auf die harte Tour lernen. Noch schlimmer ist es, auf die Tatsache aufmerksam zu machen, dass Titten paarweise auftreten. Ich weiß nicht, warum, aber so ist es. »Du hast tolle Titten.« Schlimm. »Du hast zwei tolle Titten.« Schlimmer. »Zwei Titten? Perfekt.« Fünf minus.

Gescheiterte Anmachtaktik Nr. 5: Der Gentleman. Mariah Epps Familie war in der achten Klasse nach Pittsburgh gezogen. Als sie uns am ersten Schultag vorgestellt wurde, bin ich voll auf sie abgefahren. Sie war süß, sie machte einen schlauen Eindruck, und das Beste war: Sie hatte keine Ahnung von meiner Karriere als Volltrottel im Umgang mit Mädchen. Ich wusste, dass ich schnell zuschlagen musste. An dem Abend sprang ich über meinen Schatten und fragte Mom, was Mädchen wirklich wollen.

»Mädchen mögen Gentlemen«, sagte sie ziemlich laut. »Und Mädchen haben es gern, wenn man ihnen gelegentlich *Blumen* schenkt.« Dabei schaute sie Dad böse an. Es war ein Tag nach ihrem Geburtstag oder so.

Am zweiten Schultag zog ich also einen Anzug an und kam mit einer echten Rose zur Schule, die ich Mariah vor der ersten Stunde überreichte.

»Es wäre mir eine Ehre und Freude, wenn ich dich am Wochenende in eine Eisdiele ausführen könnte«, sagte ich mit britischem Akzent.

»Ach *ja*?«, sagte sie.

»Greg, du siehst aus wie eine Schwuchtel«, sagte Will Carruthers, ein in der Nähe stehender Jock.

Aber es funktionierte. Unglaublich! Wir hatten tatsächlich ein Date. Wir trafen uns in einer Eisdiele in Oakland, und ich habe uns ein Eis gekauft, und dann setzten wir uns hin, und ich dachte, von jetzt an wird mein Leben immer so sein, und das ist der Wahnsinn.

Und da ging das Gequassel los.

Mein Gott, was hat dieses Mädchen alles zusammengequasselt. Sie redete ohne Punkt und Komma. Und es ging ausnahmslos um ihre Freunde, die sie in Minnesota zurückgelassen hatte und die ich nicht kannte. Sie wollte über nichts anderes reden. Ich hörte Geschichten über diese Leute, die hundert Stunden dauerten, und weil ich ein Gentleman war, durfte ich nicht sagen: »Wie langweilig«, oder: »Das hast du mir schon erzählt.«

Das Problem war, dass die Gentleman-Taktik ***zu*** gut funktionierte. Die Anforderungen waren grotesk. Ich musste jeden Tag in meinen besten Sachen zur Schule gehen, ihr ständig irgendwas spendieren, abends stundenlang am Telefon hängen, usw. Und wofür? Jedenfalls nicht für Sex. Gentlemen dürfen nicht rummachen. Nicht, dass ich damals so richtig gewusst hätte, was rummachen ***überhaupt bedeute**te*. Außerdem musste ich ständig diesen bescheuerten britischen Akzent aufsetzen, so dass alle dachten, ich hätte einen an der Waffel.

Darum musste ich das Ganze beenden. Aber wie? Ich konnte ja schlecht ehrlich sein und sagen: »Mariah, wenn mit dir Zusammensein bedeutet, dass ich einen Haufen Geld ausgeben und dir beim Quasseln zuhören muss, dann ist es die Sache nicht wert.« Ich erwog eine Strategie des Schreckens, indem ich plötzlich nur noch über Dinosaurier reden oder sogar so tun würde, als *sei* ich ein Dinosaurier, aber auch dazu fehlte mir der Mut. Ich saß in einer brutalen Zwickmühle.

Und dann, aus heiterem Himmel, rettete mich Aaron Winer. Er lud sie ins Kino ein und machte in der letzten Reihe mit ihr herum. Am nächsten Tag in der Schule waren *die beiden* ein Pärchen! Rumms! Problem gelöst. Ich gab vor, verbittert zu sein, aber in Wirklichkeit war ich dermaßen erleichtert, dass ich im Geschichtsunterricht einen hysterischen Lachanfall bekam und zur Schulkrankenschwester geschickt werden musste.

Und das war's. An der Highschool habe ich mich nicht mal ansatzweise mit Mädchen oder Anmachtaktiken aufgehalten. Offen gestanden hatte mich die Sache mit Mariah komplett von dem Wunsch geheilt, eine Freundin haben zu wollen. Wenn das immer so war wie mit ihr, dann scheiß drauf.

Viertes Kapitel

Was ist aus ihnen geworden?

Cameron »Cammie« Marshall ist inzwischen Präsidentin des Mathe-Clubs. Sie trägt immer noch einen »Hallo Kitty«-Rucksack, was möglicherweise nicht mal ironisch gemeint ist. Sie ist definitiv nicht mehr das schärfste Mädchen ihrer Stufe, obwohl ich glaube, dass ihr das kaum was ausmacht.

Madison Hartner ist rattenscharf und wahrscheinlich mit einem Footballspieler von den Pittsburgh Steelers oder so zusammen.

Leah Katzenberg hat sich den Schädel rasiert und einen Haufen Metall in diversen Teilen ihres Gesichts. Vier von fünf Englischlehrern an der Benson haben den Versuch aufgegeben, sie zur Lektüre von Büchern zu bewegen, die von Männern geschrieben wurden.

Mara La Bastille und ihre beiden gleichermaßen phänomenalen Titten sind an eine andere Highschool abgewandert.

Mariah Epps ist jetzt bei den Theaterkids gelandet. Sie hat eine Anhängerschar von hundertprozentig schwulen männlichen Kumpels, darunter Justin Howell. Meine Fresse, was die alles zusammenquatschen, wenn der Tag lang ist.

Rachel Kushner ist im Abschlussjahr an akuter myeloischer Leukämie erkrankt.

Fünftes Kapitel

Das sterbende Mädchen

Ich erfuhr von Rachels Leukämie so ziemlich unmittelbar, als ich nach Hause kam.

Um es kurz zu wiederholen: Der erste Tag meines Abschlussjahrs war überraschend ungrauenhaft. Alle, angefangen bei der wohlhabenden, designer-näsigen Olivia Ryan bis hin zu Nazir dem mürrischen Syrer, fanden mich okay, und niemand schmiedete konkrete Pläne, mich zu Fall zu bringen. Ein noch nie da gewesener Zustand. Außerdem waren jetzt die Dinge bei weitem nicht mehr so stressig, weil es keine Mitschüler aus Klassen über mir gab, die mir ihren Beutelsenf auf den Kopf oder über den Rucksack quetschen konnten. Genau das sind ja die Vorteile, wenn man in der Abschlussklasse ist. Meine Lehrer erzählten zwar einen Haufen Müll darüber, was für ein schweres Jahr wir vor uns hätten, aber in der Zwölften weiß man allmählich, dass alle Lehrer das jedes Jahr sagen und immer lügen.

Meine Glückskurve hatte ihren höchsten Punkt erreicht. Ich konnte nicht ahnen, dass in dem Moment, als Mom hereinkam, die beste Zeit meines Lebens schon wieder vorbei war. Sie hatte ungefähr acht Stunden gedauert.

INNEN. MEIN ZIMMER – TAG

GREG sitzt auf seinem Bett. Er ist gerade aus der Schule gekommen und versucht für den Unterricht *Eine Geschichte zweier Städte* zu lesen, aber es fällt ihm schwer, sich zu konzentrieren, weil er EINEN UNERKLÄRLICHEN STÄNDER in der Hose hat. Das TITTEN-Bild auf GREGS LAPTOP, der in der Nähe aufgeklappt ist, macht es nicht besser. Es KLOPFT an der Tür.

MOM

im Off

Greg? Schatz? Kann ich reinkommen und mit dir reden?

GREG

leise

Scheiße Scheiße Scheiße

MOM

Betritt das Zimmer, während GREG unauffällig-auffällig den Computer zuklappt

Schatz, wie geht es dir?

MOM hockt sich mit verschränkten Armen auf den Fußboden vor seinem Bett. Mit zusammengezogenen Augenbrauen und gerunzelter Stirn starrt sie Greg, ohne zu blinzeln, in die Augen. Alles sichere Anzeichen, dass sie Greg gleich bitten wird, ETWAS LÄSTIGES zu tun.

GREGS UNERKLÄRLICHER STÄNDER macht einen Rückzug auf der ganzen Linie.

MOM

wieder

Schatz? Geht's dir gut?

GREG

Was *ist* denn?

MOM

nach langem Schweigen

Ich muss dir was richtig Trauriges sagen, Schatz. Es tut mir so leid.

NAHAUFNAHME von Gregs verständnislosem Gesicht, während er darüber spekuliert, was los sein könnte. DAD ist nicht zu Hause. Vielleicht hat ihn die Universität gefeuert? Wegen bizarren Verhaltens? Kann man wegen bizarren Verhaltens gefeuert werden? Oder vielleicht hat Dad die ganze Zeit ein Doppelleben als KRIMINELLES SUPERHIRN geführt? Und ist jetzt aufgeflogen, und die ganze Familie muss auf eine geheime INSEL in der Karibik fliehen? Wo sie in einer kleinen Hütte mit einem verrosteten Blechdach leben und sich eine LEBENDIGE ZIEGE halten wird? Und gibt es da EINGEBORENENMÄDCHEN mit Kokosnussschalen auf den Titten und Baströckchen? Oder war das Hawaii? Greg verwechselt das wohl mit Hawaii.

GREG

Okay.

MOM

Ich habe gerade mit Denise Kushner telefoniert. Rachels Mom? Kennst du Denise?

GREG

Nicht wirklich.

MOM

Aber du bist mit Rachel befreundet.

GREG

Naja.

MOM

Ihr zwei habt euch früher mal ganz gut verstanden, oder? Sie war doch deine Freundin?

GREG

Das war vor ungefähr sechs Jahren.

MOM

Schätzchen, man hat bei Rachel Leukämie diagnostiziert. Denise hat es gerade erfahren.

GREG

Oh.

nach kurzem Schweigen, behämmert:

Ist das was Ernstes?

MOM

fängt jetzt an, ein bisschen zu weinen

O Schatz. Sie wissen es nicht. Sie machen erst mal die Untersuchungen, und sie werden alles tun, was in ihrer Macht steht. Aber sie wissen es einfach nicht.

beugt sich vor

Herzchen, es tut mir so leid. Es ist dermaßen unfair. So *unfair*.

GREG

klingt jetzt wie ein noch größerer Idiot

Äh ... das ist scheiße.

MOM

Recht hast du. Absolut recht. Es *ist* scheiße.

vehement, und auch ein bisschen seltsam, weil Eltern nicht sagen, dass irgendwas scheiße ist

Es *ist* scheiße. Richtig, richtig scheiße.

GREG

Bemüht sich immer noch, die richtigen Worte zu finden, vergeblich

Das ist wirklich .... wahnsinnig scheiße.

Wenn er einfach weiterredet, kommt vielleicht irgendwas heraus, das nicht bescheuert ist?

Mordsmäßig scheiße.

Herrje.

Mann.

MOM

bricht zusammen

Es ist *scheiße*. Du hast *recht. Es ist einfach unglaublich scheiße.* Greg. O mein armes Schätzchen. Es ist so scheiße.

GREG

Windet sich vor Peinlichkeit, erhebt sich vom Bett und setzt sich auf den Boden, wo er versucht, seine MOM zu umarmen, die auf den Fersen hin und her wippt und weint. Eine Zeitlang vollführen sie eine UMARMUNG IN DER HOCKE.

NAHAUFNAHME von Gregs verwirrtem und irgendwie ausdruckslosem Gesicht; er ist offensichtlich erschüttert, aber das wirklich Erschütternde ist, dass er nicht so traurig ist wie seine MOM – nicht mal annähernd – und sich deswegen schuldig fühlt und ein bisschen beleidigt ist. Kennt Mom Rachel überhaupt so gut? Nein. Warum FLIPPT dann MOM wegen dieser Sache DERMASSEN aus? Andererseits, warum flippt Greg nicht *mehr* aus? Ist Greg ein schlechter Mensch, weil er nicht weinen muss? Greg hat eine Vorahnung, dass sich das Ganze zu einer TOTAL LÄSTIGEN, ZEITAUFWENDIGEN SACHE auswachsen wird.

MOM

weint endlich nicht mehr ganz so heftig

Herzchen, Rachel braucht jetzt ihre Freunde mehr denn je.

GREG

Hhhm

MOM

nochmal, nachdrücklich

Mehr denn *je*. Ich weiß, es ist schwer, aber du hast keine Wahl. Es ist eine *Mitzwa*.

Mitzwa ist das hebräische Wort für »Megastress«.

GREG

Ähh

MOM

Weißt du, je mehr Zeit du mit ihr verbringst, desto leichter wird es für sie sein.

GREG

Hhm.

MOM

Es ist *scheiße*. Aber du musst stark sein. Du musst ihr ein *guter Freund* sein.

Es war definitiv scheiße. Aber was zum Teufel könnte ich da groß machen? Wieso würde es ihr besser gehen, wenn ich sie anrufen und ihr endlich vorschlagen würde, dass wir uns treffen? Und was sollte ich überhaupt sagen? »Hey, ich hab gehört, dass du Leukämie hast. Klingt ganz so, als bräuchtest du ein Rezept aus der Notapotheke … Greg-omol.«

Ich wusste zum Beispiel schon mal gar nicht, was Leukämie überhaupt *war*. Ich klappte also den Computer wieder auf.

Das war der Augenblick, in dem Mom und ich eine oder zwei Sekunden lang Titten betrachteten.

MOM

angewidert

Igitt, Greg.

GREG

Wo kommt das denn plötzlich her?!

MOM

Darf ich dich mal was fragen – findest du es tatsächlich schön, dir so was anzusehen? Die sehen derart unecht aus.

GREG

Weißt du, was da passiert ist? Es gibt da diese neuen

Pop-ups auf Facebook, das sind mehr oder weniger Pornos – die tauchen manchmal einfach so auf …

MOM

Richtige Brüste sehen nicht aus wie Luftballons.

GREG

Das ist Reklame.

MOM

Greg, ich bin nicht blöd.

Wie sich also herausstellte, ist Leukämie ein Blutzellen-Krebs. Es ist die häufigste Form von Krebs bei Teenagern, obwohl Teenager die spezielle Sorte, die Rachel hatte – akute myeloische Leukämie –, normalerweise nicht bekommen. »Akut« heißt, dass die Leukämie mehr oder weniger plötzlich aus dem Nichts auftaucht und sich schnell ausbreitet, und »myeloisch« hat was mit Knochenmark zu tun. Im Prinzip wurden Rachels Blut und Knochenmark von aggressiven, schnell streuenden Krebszellen befallen. Ich stellte mir Rachel bildlich vor, mit ihren großen Zähnen und dem krausen Haar, wie sie unter diesem unsichtbaren mikroskopischen Beschuss stand und all diese fiesen Dinger in ihren Adern herumschwammen. Mit einem Mal regte mich das gewaltig auf. Aber anstatt zu heulen, hatte ich eher den Drang zu kotzen.

GREG

Wissen das die anderen?

MOM

Ich glaube, dass Rachels Familie das vorerst für sich behält.

GREG

besorgt

Also sollte ich es eigentlich gar nicht wissen?

MOM

guckt irgendwie komisch

Nein, Schatz. Es ist in Ordnung, dass du es weißt.

GREG

Aber wieso?

MOM

Na ja, ich habe mit Denise gesprochen. Und weißt du, wir waren der Meinung, dass du Rachel vielleicht aufheitern könntest.

fängt an zu nörgeln

Rachel kann jetzt wirklich einen Freund gebrauchen, Schatz.

GREG

Okay.

MOM

Sie braucht jetzt wirklich jemanden, der sie zum Lachen bringt.

GREG

Okay. Okay.

MOM

Ich finde nur, wenn du ein wenig Zeit mit ihr –

GREG

Okay okay, *Herrgott noch mal.*

Mom schaut Greg traurig und verständnisvoll an.

MOM

Es ist völlig in Ordnung, darüber wütend zu sein.

Sechstes Kapitel

Telefonsex

Da saß ich nun, war wie gelähmt und wusste nicht, was ich sagen sollte. Wie um alles in der Welt fängt man eine Unterhaltung mit einer sterbenden Person an? Die vielleicht nicht einmal weiß, dass man weiß, dass sie stirbt? Ich machte mir eine Liste von Gesprächseröffnungen, die irgendwie alle versprachen, in die Hose zu gehen.

Einstiegssatz:

Hey, ich bin's, Greg. Hast du Lust abzuhängen?

Vermutliche Antwort:

Rachel: Wieso willst du plötzlich mit mir abhängen?

Greg: Weil wir nicht mehr viel Zeit zum Abhängen haben.

Rachel: Du willst also nur mit mir abhängen, weil ich sterbe.

Greg: Ich will ein bisschen Zeit mit Rachel verbringen! Du weißt schon! Solange es noch geht.

Rachel: Ich glaube, das ist wahrscheinlich das Gefühlloseste, was je ein Mensch zu mir gesagt hat.

Greg: Zeit für einen zweiten Versuch.

Einstiegssatz:

Hey, ich bin's, Greg. Ich hab das von deiner Leukämie gehört und rufe an, um dich aufzuheitern.

Vermutliche Antwort:

Rachel: Warum sollte dein Anruf mich aufheitern können?

Greg: Naja, darum! Äh … keine Ahnung!

Rachel: Das erinnert mich bloß an damals, als du kein einziges Mal mit mir abhängen wolltest.

Greg: O Mann.

Rachel: Und jetzt versaust du mir auch noch die letzten Tage meiner Existenz. Genau das machst du.

Greg:

Rachel: Die wenigen Tage, die mir noch zum Leben bleiben, musst du mir auch noch mit deiner Scheiße zumüllen.

Greg: Fuck, ich probier's noch mal.

Einstiegssatz:

Hey, ich bin's, Greg. Du und ich macht zwei, plus Pasta macht drei.

Vermutliche Antwort:

Rachel: Hä?

Greg: Ich lade dich gerade auf ein *Date* ein. Ein Date à la Greg.

Rachel: Was?

Greg: Hör zu. Uns bleiben nur noch wenige gemeinsame Tage, und sie sind kostbar. Lass uns nachholen, was wir versäumt haben. Lass uns zusammen sein.

Rachel: O mein Gott, das ist ja so romantisch.

Greg:

Greg: Verdammt.

Es gab einfach keine ideale Lösung. Mom verlangte von mir, eine Freundschaft zu erneuern, die nie eine richtige Grundlage gehabt und die in unsäglicher Peinlichkeit geendet hatte. Wie soll man so was hinkriegen? Unmöglich.

»Hallo? Wer ist da?«, fragte Rachels Mom am Telefon. Sie klang aggressiv und bellend, ein bisschen wie ein Hund. Das war für Mrs. Kushner aber ganz normal.

»Oh, hi, ich bin's, Greg«, sagte ich. Dann fragte ich aus irgendeinem Grund – anstatt mich nach Rachels Nummer zu erkundigen: »Wie geht es Ihnen?«

»Gre-e-e-g«, säuselte Mrs. Kushner. »Mir geht es gu-u-ut.« Rumms. Ihr Tonfall hatte innerhalb einer Sekunde eine komplette Kehrtwende vollzogen. Diese Seite an ihr hatte ich bisher weder gekannt noch damit gerechnet, sie je kennenzulernen.

»Das freut mich«, sagte ich.

»Greg, wie geht es d-i-i-r?« Sie sprach jetzt in diesem Singsang, den sich Frauen normalerweise für Katzen aufheben.

»Äh, gut«, sagte ich.

»Und was macht die Schu-u-u-u-le?«

»Ich versuch einfach, sie hinter mich zu bringen«, sagte ich. Dann fiel mir schlagartig ein, wie absolut bescheuert es war, das zu einer Frau zu sagen, deren Tochter Krebs hatte, und fast hätte ich aufgelegt. Aber sie sagte: »Greg, du bist so witzig. Du warst schon immer so ein witziger Kerl.«

Es klang, als würde sie es ehrlich meinen, obwohl sie kein bisschen lachte. Das Ganze wurde noch schräger, als ich befürchtet hatte.

»Ich hab angerufen, weil ich dachte, Sie könnten mir vielleicht Rachels Nummer geben«, sagte ich.

»Sie. Würde. Sich. *Unheimlich freuen*. Von dir zu hören.«

»Genau«, bestätigte ich.

»Sie sitzt gerade in ihrem Zimmer und wartet.«

Ich hatte keinen Schimmer, wie ich diesen Satz verstehen sollte. Sie sitzt gerade in ihrem Zimmer und wartet. Auf mich? Oder auf den Tod? Mein Gott, war das deprimierend. Ich versuchte, der Sache einen positiven Dreh zu geben.

»Wie das pralle Leben«, sagte ich.

Zum zweiten Mal innerhalb von etwa dreißig Sekunden hatte ich etwas Ultrahirnverbranntes von mir gegeben und wieder erwog ich, einfach mein Handy zuzuklappen und es zu verschlucken.

Aber: »Greg, du hast so einen ***köstlichen*** Sinn für Humor«, bescheinigte mir Mrs. Kushner. »Lass ihn dir von denen nicht nehmen, hörst du? Bewahr dir deinen Sinn für Humor.«

»Von ›denen‹?«, fragte ich besorgt.

»Den Leuten«, sagte Mrs. Kushner. »Der ganzen Welt.«

»Aha«, sagte ich.

»Die Welt versucht immer, einen kleinzukriegen, Greg«, verkündete Mrs. Kushner. »Die wollen immer nur das Leben aus einem rausquetschen.« Dazu fiel mir keine Antwort ein, und sie sagte: »Ach, ich weiß auch nicht, was ich da sage.«

Mrs. Kushner war komplett von der Rolle. Mir blieb nur die Wahl, auf der Welle mitzureiten oder in einem Strudel des Wahnsinns zu ersaufen.

»Halleluja«, sagte ich. »Amen.«

»Amen«, krähte sie. Sie gackerte regelrecht. »Greg!«

»Mrs. Kushner!«

»Du kannst Denise zu mir sagen«, sagte sie zu meinem Entsetzen.

»Spitzenmäßig«, sagte ich.

»Das ist Rachels Nummer«, sagte Denise und gab sie mir, und damit hatte es sich, Gott sei Dank. Inzwischen empfand ich es fast als Erleichterung, jetzt mit meiner Irgendwie-naja-nicht-richtigen-Exfreundin über ihren unmittelbar bevorstehenden Tod sprechen zu dürfen.

»Hi, hier ist Rachel.«
»Hey, hier ist Greg.«
»Hi.«
»Yo.«
»…«
»Ich hab beim Doktor angerufen, und er meinte, du brauchst ein Rezept für Greg-omol.«
»Was ist das denn?«
»Das bin ich.«
»Oh.«
»Äh, in der praktischen Gelatinekapsel.«
»Oh.«
»Jaaaaa.«
»Also schätze ich, du hast gehört, dass ich krank bin.«
»Jaaaaa.«
»Hat meine Mom dir das erzählt?«
»Äh, ich hab's von meiner Mom.«
»Oh.«
»Darum, also …«
»Also was?«
»Was?«
»Was wolltest du sagen?«
»Äh.«
»Greg, was?«
»Na ja, ich hab angerufen … weil ich fragen wollte … ob du Lust hast, mit mir abzuhängen.«
»Jetzt gleich?«
»Äh, klar.«
»Nein danke.«
»Äh … du hast keine Lust, mit mir abzuhängen?«
»Nein, aber trotzdem danke.«
»Naja, dann vielleicht ein andermal.«
»Vielleicht ein andermal.«

»Okay, äh – ciao.«
»Ciao.«

Als ich auflegte, kam ich mir vor wie der größte Idiot aller Zeiten. Irgendwie war das Gespräch hundertprozentig so gelaufen wie erwartet, und trotzdem hatte es mich voll auf dem falschen Fuß erwischt. Übrigens passierten solche peinlichen Fiaskos jedes Mal, wenn Mom in mein Sozialleben eingriff. Wobei ich betonen muss, dass ich nicht das Geringste dagegen habe, wenn Mütter das Sozialleben ihrer Kinder organisieren, solange diese noch in den Kindergarten gehen oder so. Aber ich habe eine Mutter, die noch bis zur neunten Klasse Verabredungen mit Spielkameraden für mich traf. Das Schlimmste daran war, dass die einzigen anderen Zwölf- und Dreizehnjährigen, deren Spieltermine noch von ihren Müttern gemacht wurden, die Kids mit den leichten bis ernsthaften Entwicklungsstörungen waren. Ich möchte mich jetzt nicht im Einzelnen darüber auslassen, aber sagen wir mal so, es hat emotionale Wunden gerissen und möglicherweise dazu beigetragen, dass ich immer wieder Angstanfälle habe und mich totstelle.

Jedenfalls ist das gerade nur Teil eines größeren Verhaltensmusters, mit dem sich Mom in Gregs Leben einmischte. Mom stellte eindeutig das einzige und größte Hindernis zwischen mir und jenem Sozialleben dar, das ich weiter vorn versucht habe zu beschreiben: ein Sozialleben ohne Freunde, Feinde und Peinlichkeiten.

Ich schätze mal, es ist an der Zeit, meine Familie vorzustellen. Tut mir leid, wenn das jetzt scheiße wird.

Siebtes Kapitel

Die Familie Gaines: eine Zusammenfassung

Dr. Victor Gaines: Das wäre mein Dad, Professor der Altphilologie an der Carnegie Mellon University. Kein Mensch ist so schräg wie Dr. Victor Quincy Gaines. Ich vermute stark, dass Dad in den achtziger Jahren ein richtiger Partylöwe war und die Schaltkreise seines Gehirns teilweise von Drogen und Alkohol zersetzt wurden. Eine seiner Lieblingsbeschäftigungen ist es, im Wohnzimmer auf seinem Schaukelstuhl zu sitzen, hin und her zu wippen und die Wand anzustarren. Im Haus trägt er normalerweise ein Muumuu, also mehr oder weniger eine Decke, in die Löcher hineingeschnitten wurden, und er unterhält sich mit unserem Kater Cat Stevens, als wäre dieser ein normaler Mensch.

Es fällt schwer, Dad nicht zu beneiden. Pro Semester gibt er höchstens zwei Kurse, meistens nur einen, was aber anscheinend nur einen kleinen Prozentsatz seiner Arbeitswoche in Anspruch nimmt. Manchmal geben sie ihm ein ganzes Jahr frei, damit er ein Buch schreiben kann. Dad hält nicht sehr viel von seinen Kollegen, den anderen Professoren. Er findet, sie jammern zu viel. Dad verbringt viel Zeit in den Feinkostläden am Strip, wo er mit den Besitzern plaudert und obskure Tierprodukte kauft, die außer ihm niemand bei uns zu Hause anrührt, zum Beispiel Yak-Kaldaunen und Straußensalami und getrockneten Kuttelfisch.

Alle zwei Jahre lässt sich Dad einen Bart wachsen, dann sieht er aus wie ein Taliban.

Marla Gaines: Und das ist meine Mom, Marla, die Ex-Hippiebraut. Mom führte ein sehr interessantes Leben, bevor sie Dad heiratete, aber die Einzelheiten sind ein streng gehütetes Geheimnis. Wir wissen, dass sie irgendwann mal in Israel gelebt hat, und wir vermuten, dass sie zwischenzeitlich etwas mit einem Spross der saudiarabischen Königsfamilie hatte, was ein ziemlich dicker Hund wäre, weil sie jüdisch ist. Marla Weissman Gaines ist sogar *sehr* jüdisch. Sie ist Geschäftsführerin von Ahavat Ha'Emet, einer gemeinnützigen Organisation, die jüdische Teenager nach Israel schickt, um dort in einem Kibbuz zu arbeiten und ihre Unschuld zu verlieren. Ich sollte erwähnen, dass der Verlust der Unschuld streng genommen nicht zum Aufgabenprofil von Ahavat Ha'Emet gehört. Ich stelle lediglich fest, dass man Israel nicht wieder verlässt, ohne flachgelegt worden zu sein. Man könnte sich eine zwanzig Zentimeter dicke Windel aus Titan an seine Lenden tackern und würde trotzdem irgendwie flachgelegt werden. Sie sollten einen offiziellen Tourismus-Slogan draus machen: **Israel: Wo deine Unschuld den Bach runtergeht.™**

Die Israelis haben's drauf.

Jedenfalls ist meine Mom eine sehr liebevolle Frau, die Dad tun und lassen lässt, was immer zum Teufel er will, aber sie ist andererseits auch sehr dogmatisch und willensstark, besonders wenn es um Dinge wie Recht und Unrecht geht; wenn sie der Meinung ist, dass es richtig wäre, eine Sache zu tun, dann wird diese Sache auch getan. Ohne Wenn und Aber.

Auf Gedeih und Verderb. Ob wir wollen oder nicht. Diese Eigenschaft, die Mütter so an sich haben, nervt gewaltig und hat mir mehr oder weniger mein bisheriges Leben kaputtgemacht – wie auch das von Earl. Vielen Dank auch, Mom.

Gretchen Gaines: Gretchen ist meine ältere kleine Schwester. Sie ist vierzehn, was bedeutet, dass jede Form von normaler Interaktion mit ihr zum Scheitern verurteilt ist. Wir waren mal ziemlich gut befreundet, aber vierzehnjährige Mädchen sind Psychopathen. Gretchens Hauptbeschäftigungen sind: Mom anschreien und grundsätzlich nichts von dem essen, was auf den Tisch kommt.

Grace Gaines: Grace ist meine jüngere kleine Schwester. Sie ist sechs. Gretchen und ich sind ziemlich sicher, dass Grace nicht geplant war. Übrigens ist euch vielleicht aufgefallen, dass unsere Vornamen alle mit *GR* anfangen und überhaupt nicht jüdisch klingen. Als Mom mal beim Abendessen ein bisschen zu viel Wein getrunken hatte, vertraute sie uns allen an, dass sie vor unserer Geburt und nachdem ihr klargeworden war, dass ihre Kinder Dads ebenfalls nichtjüdischen Nachnamen erhalten würden, beschloss, dass wir alle »Überraschungsjuden« werden sollten, also Juden, die hinterhältigerweise angelsächsische Namen tragen. Ich weiß, es ergibt keinen Sinn. Ich schätze, es ist ein Indiz dafür, dass die Hirnpilz-Anfälligkeit bei uns in der Familie liegt.

Jedenfalls strebt Grace eine Karriere als Schriftstellerin und Prinzessin an, und wie Dad behandelt auch sie Cat Stevens, als sei er ein Mensch.

Cat Stevens Gaines: Cat Stevens war mal der Hammer, früher – da machte er so Sachen wie sich auf die Hinterbeine stellen und fauchen, wenn man das Zimmer betrat, oder er kam auf dem Flur auf einen zugerannt, krallte sich ans Schienbein und biss zu – inzwischen ist er jedoch alt und träge geworden. Man kriegt ihn noch zum Beißen, aber dazu muss man ihn erst am Bauch packen und schütteln. Streng genommen ist er mein Kater; von mir hat er auch den Namen bekommen. Das war, als ich sieben war und aus dem National Public Radio – der als werbefreier Intellektuellen-Sender natürlich der einzige ist, der im Gaines-Haus läuft – von Cat Stevens' Existenz erfahren hatte. Mir schien es damals ein naheliegender Name für eine Katze zu sein.

Erst Jahre später wurde mir klar, dass Cat Stevens, der Musiker, total out ist.

Ich kann es nicht oft genug sagen: Dad fühlt sich Cat Stevens (dem Kater) *stark* verbunden. Nicht nur teilt er ausufernde philosophische Gedankengänge mit ihm, Dad benutzt Cat Stevens auch als Trommel, was Cat Stevens herrlich findet. Cat Stevens ist auch das einzige Familienmitglied, das gern das Fleisch isst, das Dad vom Einkaufen mitbringt, obwohl er seiner Begeisterung manchmal durch Erbrechen Ausdruck verleiht.

Gamma-Gamma Gaines: Dads Mom lebt in Boston und kommt uns manchmal besuchen. Wie im Fall von Cat Stevens habe ich ihr den Namen gegeben, als ich noch ein Kleinkind war. Jetzt kann ich es nicht mehr rückgängig machen, und meine Schwestern und ich müssen sie Gamma-Gamma nennen. Es ist peinlich. Ich schätze mal, wir machen alle Fehler, wenn wir jung sind.

Achtes Kapitel
Telefonsex 2

Von Rachels Leukämie hatte ich an einem Dienstag erfahren. Am Mittwoch, nach weiterer Meckerei von Mom, rief ich sie nochmal an, und wieder wollte sie sich nicht mit mir treffen. Am Donnerstag legte sie auf, sobald ich meinen Namen nannte.

Daher hatte ich am Freitag auch nicht die Absicht, mich bei ihr zu melden. Als ich von der Schule nach Hause kam, ging ich direkt ins Wohnzimmer, um mir einen Film anzusehen: ***Alphaville*** (Godard, 1965), den ich mir später mit Earl zu Recherchezwecken ein zweites Mal reinziehen wollte. Mir ist klar, dass ihr immer noch keine Ahnung habt, wer Earl ist, obwohl wir schon mittendrin sind in diesem unerträglich blöden Buch.

Earl wird demnächst vorgestellt, wahrscheinlich nachdem ich versucht habe, meinen Kopf gegen eine Tür zu donnern.

Jedenfalls lief gerade erst der Vorspann, als Mom hereinplatzte und eine ihrer typischen Nummern abzog. Sie schaltete den Fernseher aus, öffnete den Mund und ließ einen unablässigen Wortschwall vom Stapel. Nichts, was ich tat, konnte sie am Reden hindern. Wenn sie einmal angefangen hat, ist sie nicht zu bremsen.

MOM

Das steht hier nicht zur Debatte, Gregory, weil du nämlich die große Chance erhalten hast, etwas im Leben eines Menschen zu bewir

GREG

Mom, was soll der

MOM

etwas Einmaliges und Sinnvolles zu tun, und lass dir sagen, das ist keineswe

GREG

Geht's jetzt um Rachel? Weil

MOM

und ich dich Tag für Tag herumhängen sehe wie einen nassen Lappen, während eine Freundin von dir

GREG

Darf ich bitte mal was sagen?

MOM

vollkommen inakzeptabel, *vollkommen,* du hast alle Zeit der Welt, während Rachel offen gestan

GREG

Mom, hör auf zu reden, kann ich auch mal was sagen

MOM

wenn du meinst, deine faulen Ausreden seien wichtiger als das Glück eines Mädchens mit einer schwe

GREG

Heilige Scheiße, Mom. Hör bitte auf zu reden.

MOM

du nimmst jetzt dein *Handy* und rufst *Rachel* an, und *verabredest* dich endlich, damit

GREG

Rachel hört mir ja nicht zu! Sie legt gleich auf. Mom! SIE LEGT GLEICH WIEDER AUF.

MOM

in dieser Welt muss man geben lernen, so sieht's nun mal aus, weil auch *dir* alles gegeben wurde

GREG

WÜÜÜÜÜÜÜÜRRRRRRGGGGGGG

MOM

meinst, du könntest dich aus der Geschichte herauswürgen, dann hast du dich gewaltig geirrt, Freundchen. Nix da, du wirst

Es war zwecklos. Ich musste Rachel anrufen. Gegen Moms nicht zu bremsenden Wortschwall ist man machtlos. Wahrscheinlich ist Mom auch auf diese Art Chefin einer gemeinnützigen Organisation geworden: Das A und O bei denen ist ja, die Leute durch Zutexten dazu zu bringen, irgendwas zu tun. Das ist so, wie wenn einen Will Carruthers überredet, ihm »mal« deine Doritos rüberzureichen, nur dass sie bei den Gemeinnützigen nicht das zusätzlich überzeugende Argument anbringen, dir später in der Umkleide aufzulauern und dir das Handtuch auf den nackten Hintern zu klatschen.

Daher musste ich Rachel noch mal anrufen.

»Was willst du?«

»Hi, leg bitte nicht auf.«

»Ich sagte: Was willst du?«

»Ich will, dass wir uns sehen. Komm schon.«

»…«

»Rachel?«

»Ach ja? In der Schule ignorierst du mich, aber nach der Schule möchtest du dich mit mir treffen.«

Na ja, das stimmte. Rachel und ich hatten ein paar gemeinsame Kurse, unter anderem Mathe, wo wir direkt nebeneinandersaßen, und ja, ich machte keinerlei Anstalten, im Unterricht mit ihr zu reden. Aber ich meine, das war ja auch mein Ding in der Schule. Ich machte keinerlei Anstalten, mit *irgend*wem zu reden. Keine Freunde, keine Feinde. Genau darum ging es.

Wenn ihr glaubt, ich hätte auch nur die leiseste Ahnung gehabt, wie ich das am Telefon erklären könnte, habt ihr nicht richtig aufgepasst. Ich bin ungefähr ein so guter Kommunikator wie Cat Stevens, nur dass die Wahrscheinlichkeit nicht ganz so groß ist, dass ich beiße.

»Nein, ich hab dich nicht ignoriert.«

»Hast du doch.«

»Ich dachte, du ignorierst *mich*.«

»…«

»Siehst du.«

»Du hast mich aber *früher* immer ignoriert.«

»Äh.«

»Ich hab immer gedacht, du wolltest nicht mit mir befreundet sein.«

»Ääh.«

»…«

»…«

»Greg?«

»Die Sache ist nämlich, du hast mir das Herz gebrochen.«

Ich bin auf vielen Gebieten ein schlaues Kerlchen – ziemlich breiter Wortschatz, ganz okay in Mathe –, aber ich bin auch definitiv das blödeste schlaue Kerlchen, das es gibt.

»*Ich* habe *dir* das Herz gebrochen?«

»Na ja, irgendwie.«

»Wie soll ich dir ›irgendwie‹ das Herz gebrochen haben?«

»Ähm … erinnerst du dich an Josh?«

»Josh Metzger?«

»Damals im Religionsunterricht dachte ich, du wärst in Josh Metzger verliebt.«

»Wie kamst du denn *darauf*?«

»Ich dachte, *alle* in unserer Klasse wären in Josh verliebt.«

»Josh war doch die ganze Zeit depressiv.«

»Nein, er war einfach verschlossen und, äh … verträumt.«

»Greg, das klingt jetzt, als wärst *du* in Josh verliebt.«

»Harr!«

Das war jetzt unerwartet. Es war noch nie passiert. Rachel hatte *mich* zum Lachen gebracht. Ich meine, es war nicht mal irrsinnig komisch, aber ich hatte einfach nicht damit gerechnet, weshalb anstatt eines normalen Lachens so ein »Harr!«-Geräusch dabei herauskam. Jedenfalls war das der Moment, in dem ich wusste, dass ich einen Fuß in der Tür hatte.

»Du hast wirklich gedacht, ich wäre in Josh verliebt?«
»Ja.«
»Und das hat dir das Herz gebrochen?«
»*Natürlich.*«
»Na ja, du hättest was sagen sollen.«
»Ja, ich hab mich da wirklich bescheuert verhalten.«

Eine meiner wenigen funktionierenden Gesprächstaktiken besteht darin, mein früheres Ich herunterzumachen. Der zwölfjährige Greg benahm sich dir gegenüber wie ein Idiot, sagst du? Er benahm sich *allen* gegenüber wie ein Idiot. Und er hatte ungefähr dreißig Stofftiere in seinem Zimmer! Was für ein Loser.

»Greg, es tut mir leid.«
»Nein! Nein, nein, nein. Es ist meine Schuld.«
»Und, was machst du gerade?«
»Nichts«, log ich.
»Dann kannst du vorbeikommen, wenn du Lust hast.«

Mission accomplished. Ich musste nur noch Earl anrufen.

Neuntes Kapitel

Eine mehr oder weniger typische Unterhaltung mit Earl

»Hey, Earl?«

»Was geht ab, Ike?«

»Ike« ist ein gutes Zeichen. Das ist Slang für »Dude«, und wenn Earl »Ike« sagt, heißt es, dass er gute Laune hat, was selten der Fall ist.

»Hey, Earl, ich kann heute nicht *Alphaville* gucken.«

»Scheiße, ey, wieso nicht?«

»Tut mir leid, Mann, ich muss mit diesem Mädchen aus … äh, mit diesem Mädchen aus der Synagoge abhängen.«

»Waaaas?«

»Sie hat…«

»Leckst du ihr die Muschi?«

Earl kann manchmal ein bisschen vulgär sein. Tatsächlich ist er, ob ihr's glaubt oder nicht, viel zurückhaltender geworden, seit er in die Oberstufe geht. Bis zur neunten Klasse hätte er die Frage wesentlich brutaler und scheußlicher gestellt.

»Klar, Earl, ich werde ihr die Muschi lecken.«

»Ha!«

»Genau.«

»*Weißt* du überhaupt, wie man 'ne Muschi leckt?«

»Äh, nicht wirklich.«

»Papa Gaines hat nie zu dir gesagt, hör mal zu, mein Junge, eines Tages wirst du 'ne Muschi lecken müssen?«

»Nee. Aber er hat mir erklärt, wie man ein Arschloch leckt.«

Wenn Earl voll auf dem Ekel-Trip ist, muss man mitmachen, sonst kommt man sich vor wie ein Streber.

»Gott segne den Mann.«

»Du sagst es.«

»*Ich* könnte dir ein paar Tipps zum Muschilecken geben, aber es ist ein bisschen kompliziert.«

»Wie schade.«

»Ich müsste ein paar Skizzen machen und Zeugs.«

»Na ja, vielleicht kannst mir du ja heute Abend welche zeichnen.«

»Keine Zeit, mein Sohn. Ich hab hier an die zwanzig Muschis, die geleckt werden müssen.«

»Tatsache.«

»Ich hab einen Muschi-Überschuss.«

»Klar. Zwanzig Vaginas, die alle bei dir Schlange stehen.«

»Iih, spinnst du? *Spinnst* du? Wer redet denn von *Vaginas*? Greg, was zum Teufel ist los mit dir? Mann, ist ja ekelhaft.«

Earl verkehrt manchmal gern die Rollen, indem er so tut, als sei man selber eklig und er nicht, obwohl er eindeutig viel ekliger ist. Eine klassische Witznummer, die er über die Jahre perfektioniert hat.

»Oh, pardon.«

»Mann, ist das krank. Du bist pervers.«

»Ja, das war wirklich unpassend.«

»Ich spreche von *Muschis*. Ich hab Honigsenf hier, ein bisschen Heinz 57, und jede Menge Muschis.«

»Nee, das ist nicht eklig. Was ich gesagt habe, das war eklig, aber nicht das, was du da gerade sagst.«

»Ich hab Dijonsenf hier. Und *Mayonnaise*.«

Die Ekeltour kann ewig dauern, und wenn man tatsächlich etwas mitzuteilen hat, muss man manchmal ohne Vorwarnung einfach das Thema wechseln.

»Also, tut mir leid, ich kann jedenfalls heute Abend nicht Godard angucken.«

»Also morgen?«

»Ja, morgen.«

»Nach der Schule. Treib ein paar Rinderlendchen auf.«

»Okay, aber ich glaube nicht, dass Mom heute Abend Steaks macht.«

»*Rinderlendchen*. Bestell Ma und Pa Gaines Grüße von mir, Ike.«

Earl und ich sind Freunde. Irgendwie. Nein, eigentlich sind Earl und ich eher so was wie Arbeitskollegen.

Das Erste, was man über Earl Jackson wissen muss: Wenn man eine Bemerkung über seine Körpergröße macht, verpasst er dir einen Windmill-Kick an den Kopf. Kleine Leute sind oft extrem athletisch. Earl ist mehr oder weniger so groß wie ein Zehnjähriger, aber er kann jedes beliebige Objekt innerhalb eines Radius von zwei Metern zu Boden treten. Hinzu kommt, dass Earls Standardlaune *angepisst* ist, und seine Ersatz-Standardlaune ist *mega-angepisst*.

Und er ist nicht nur zu kurz geraten. Er sieht auch richtig jung *aus*. Er hat dieses runde, Yoda-mäßige Gesicht mit großen Augen, das die Mädchen total mütterlich werden lässt. Die Erwachsenen nehmen ihn nicht richtig ernst, vor allem die Lehrer nicht. Sie können sich einfach nicht mit ihm unterhalten wie mit einem normalen Menschen. Sie beugen sich viel zu weit zu ihm runter und sprechen in so einem lächerlichen, auf- und absteigenden Singsang: »*Hal*-lo *Ear*-rul!« Als würde er ein unsichtbares Kraftfeld ausströmen, das die Leute bescheuert macht.

Das Schlimmste daran ist, dass alle seine Verwandten größer sind als er – seine Brüder und Halbbrüder, seine Stiefschwestern, seine Cousins und Cousinen, seine Tanten und Onkel, sein Stiefvater, selbst seine Mom. Es ist wirklich ungerecht. Auf Familienfesten tätschelt ihm ungefähr alle neunzig Sekunden irgendwer freundlich den Kopf, und das nicht immer unbedingt jemand, der älter ist als er. Er wird ständig von Leuten zur Seite gestoßen, die nicht einmal merken, dass sie ihn zur Seite stoßen. Wenn er vor die Tür geht, kommen seine Brüder angerannt und veranstalten Bockspringen über seinem Kopf. Wenn das euer Leben wäre, ihr hättet auch eine permanente Wut im Bauch.

Andererseits ist Earls Zuhause in gewisser Hinsicht ziemlich cool. Er wohnt mehr oder weniger unbeaufsichtigt mit zwei Brüdern, drei Halbbrüdern und einem Hund in einem riesigen Haus ein paar Straßenecken oberhalb der Penn Avenue, wo sie die meiste Zeit nichts anderes machen als Videospiele zu spielen und sich Pizza liefern zu lassen. Seine Mom wohnt auch im Haus, aber sie bleibt meistens oben im zweiten Stock. Über das, was sie da oben macht, wird selten geredet – besonders nicht, wenn Earl in der Nähe ist –, aber ich kann zumindest so viel sagen: Bacardi Silver Mojitos und Chatrooms spielen eine Rolle dabei. Und im Erdgeschoss hocken sechs Kerle und lassen die Sau raus. Party ohne Ende! Wo liegt das Problem?

Problem Nr. 1. Na ja, da wäre die beunruhigende Finanzsituation. Die Väter sind abwesend – Earls Dad ist in Texas oder so, und der Dad der Halbbrüder sitzt im Gefängnis –, und Earls Mom bringt eigentlich kaum Geld ins Haus. Zwei Halbbrüder, die Zwillinge Maxwell und Felix, sind Mitglieder in einer der aufstrebenden Gangs von Homewood – The Frankstown Murda Cru – und tragen durch Dealen ein wenig zum Familienunterhalt bei. Earl selber hat die meisten wichtigen Drogen durchprobiert, obwohl er heutzutage nur noch Zigaretten raucht. Es gibt daher gewisse Vorkommnisse von Drogenhandel und Gangaktivitäten im Haus, was man wahrscheinlich als Problem bezeichnen könnte.

Probleme 2 und 3. Ich schätze, ich sollte auch erwähnen, dass im Haus ein kleines Lärmproblem existiert – Videospiele, Musik, Geschrei – und auch ein Geruchsproblem. Gewöhnlich liegt überall Müll herum, unter dem sich häufig kleine Pfützen aus Müllsaft gebildet haben; außerdem werfen die Jungs nicht sehr oft die Waschmaschine an. Manchmal besäuft sich auch einer exzessiv und erbricht sich über den Fußboden, und es kann manchmal tagelang dauern, bis jemand das aufwischt, wie auch die vom Hund dort regelmäßig hinterlassenen Haufen. Ich will jetzt nicht »rumzicken wie ein verkniffenes Arschloch« (Felix' Formulierung), aber in Sachen Wohnsituation ist es dort sicherlich suboptimal.

Problem 4. Außerdem ist es keine ausgesprochen akademische Umgebung. Earl ist der Einzige, der jeden Tag zur Schule geht; Devin und Derrick kreuzen manchmal wochenlang nicht im Unterricht auf; die Halbbrüder haben allesamt die

Schule geschmissen, auch der dreizehnjährige Brandon, der vermutlich der gewalttätigste und aggressivste von allen ist. (Zum Beispiel hat er ein riesiges und schmerzhaft aussehendes Nackentattoo mit dem Schriftzug »TRU NIGGA«, umrahmt von ein paar Abbildungen von Handfeuerwaffen. Brandon besitzt selber eine Knarre und hat es auch schon fertiggebracht, einen anderen Menschen zu schwängern, obwohl er noch nicht mal richtig durch den Stimmbruch ist. Würde die Stadt Pittsburgh einen Preis für den am wenigsten vielversprechenden Mitbürger ausschreiben, käme er mit Sicherheit in die engere Wahl). Aufgrund des oben erwähnten Lärmproblems ist das Haus der Jacksons kein idealer Ort zum Lesen, Hausaufgaben machen oder sonst irgendeiner geistigen Arbeit nachzugehen; wird man in einem Zimmer allein mit einem Buch erwischt, gilt das manchmal als ausreichender Anlass, um einem die Fresse zu polieren.

Probleme 5 bis 10. Das Haus selbst bricht irgendwie zusammen – ein großer Teil der Regenrinne liegt im Vorgarten, und in manchen Zimmern tropft Wasser von der Decke; meistens ist auch mindestens eine der Toiletten verstopft, und niemand hat so richtig Lust, sich darum zu kümmern. Im Winter streikt im Allgemeinen die Heizung, und alle müssen in ihren Wintermänteln schlafen. Es gibt eindeutig ein Rattenproblem und ein Kakerlakenproblem, und Wasser aus der Leitung zu trinken ist keine gute Idee.

Die Videospiele hingegen sind cool.

Darum hängen Earl und ich, wenn wir uns treffen, eher bei mir herum. Earl ist inzwischen fast schon ein Familienmitglied: der kettenrauchende, vertikal benachteiligte Sohn, den meine Eltern nie hatten. Sie sind die einzigen Erwachsenen außer Mr. McCarthy, die überhaupt halbwegs mit ihm reden können, ohne ihn auf die Palme zu bringen. Betonung auf »halbwegs«. Ihr Umgang miteinander ist immer ein bisschen surreal.

INNEN. UNSER WOHNZIMMER – TAG

DAD sitzt in seinem Schaukelstuhl und betrachtet gedankenversunken die Wand, wie es seine Art ist. CAT STEVENS schläft auf der Couch. Eintritt EARL auf dem Weg zur Haustür, der eine ungeöffnete Packung Zigaretten gegen seine Handfläche klatscht.

EARL

Was macht das Leben, Mr. Gaines?

DAD

greift das Wort nachdenklich auf

Das Leben.

EARL

geduldig

Was macht Ihr Leben?

DAD

Leben! Ja, das Leben. Das Leben ist gut, wie ich gerade auch zu Cat Stevens hier sagte. Was macht dein Leben?

EARL

Läuft ganz okay.

DAD

Wie ich sehe, gehst du raus und machst eine Zigarettenpause.

EARL

Ja. Wollen Sie mitkommen?

DAD

Fünf Sekunden rätselhaften Starrens

EARL

Also dann.

DAD

Earl, findest du nicht auch, dass das Leiden im Leben eine ...eine relative Vorstellung ist – dass jedes Leben eine eigene Balance hat, dass es eine individuelle Grenze gibt, unterhalb derer ein Mensch zu leiden beginnt?

EARL

Ja, schätze schon.

DAD

Wobei die wichtigste Erkenntnis dabei ist, dass das Leiden des einen das Glück eines anderen bedeutet.

EARL

Klingt gut, Mr. Gaines.

DAD

Na schön.

EARL

Dann geh ich mal eine von denen hier rauchen.

DAD

Viel Erfolg, junger Mann.

Etwa achtzig Prozent der Kommunikation zwischen Dad und Earl läuft so oder ähnlich ab. Manchmal nimmt Dad Earl mit zu einem seiner Feinkost- oder Bioläden, wo sie irgendwas unaussprechlich Ekelhaftes kaufen, das sie dann gemeinsam verzehren. Es ist ein bizarrer Anblick, und ich habe gelernt, mich davon fernzuhalten.

Die Unterhaltungen zwischen Mom und Earl sind einen Hauch weniger irre. Sie sagt ihm oft, er sei »zum Schreien komisch«, und sie hat auch kapiert, dass es nicht wirklich was bringt, ihn überzeugen zu wollen, mit dem Rauchen aufzuhören, und solange ich nicht rauche, erlaubt sie es ihm. Was ihn betrifft, so macht er selbst an einem mega-angepissten Tag halblang, wenn sie in der Nähe ist, und unterlässt auch alle seine typischen, mit den Wutausbrüchen einhergehenden Eigenheiten, zum Beispiel in rasendem Tempo mit den Füßen zu stampfen und die Konsonanten »grrr« zu knurrren. Er droht in ihrer Gegenwart nicht mal damit, jemanden in den Kopf zu treten.

Das also ist Earl. Ich habe wahrscheinlich einen ganzen Haufen ausgelassen und werde Earl später noch ausführlicher beschreiben müssen, aber es gibt auch keinen Grund zur Annahme, dass ihr dieses Buch dann noch lesen werdet, darum schätze ich mal, ihr braucht euch vorerst keine Gedanken um ihn zu machen.

Zehntes Kapitel

Als Casanova eine Katastrophe

Auf dem Weg zu Rachel wurde mir bewusst, dass ich gerade einen kolossalen Fehler gemacht hatte.

»Du Idiot, Greg«, dachte ich, und habe es möglicherweise auch gesagt. »Jetzt denkt sie, du wärst fünf Jahre lang in sie verliebt gewesen.«

Blödmann. Ich konnte mir die Szene lebhaft vorstellen: Ich würde bei ihr aufkreuzen und klingeln, dann würde Rachel die Tür aufreißen und mich umarmen, dass das krause Haar flatterte und die etwas großen Zähne über meine Wange schrammten. Dann würden wir rummachen oder darüber reden müssen, wie sehr wir uns liebten. Allein bei dem Gedanken brach mir der Schweiß aus.

Und außerdem hatte sie Krebs. Was, wenn sie über den Tod reden wollte? Das wäre ein Desaster, oder? Denn ich hatte, was das betraf, ziemlich radikale Ansichten: Es gibt kein Leben nach dem Tod, und nichts passiert, nachdem man gestorben ist, und er bedeutet schlicht das Ende deines Bewusstseins, ein für alle Mal. Würde ich lügen müssen? Denn das wäre ja definitiv viel zu deprimierend, oder? Würde ich mir aus Beruhigungszwecken irgendein Leben nach dem Tod für sie ausdenken müssen? Würde ich darin diese schaurigen nackten Babyengel einbauen müssen?

Und was, wenn sie heiraten wollte? Damit sie vor ihrem Tod noch eine Hochzeit erleben konnte? Da durfte ich nicht Nein sagen, oder? Mein Gott, und wenn sie Sex haben wollte? Würde ich überhaupt einen hochkriegen? Ich war mir ziemlich sicher, dass ich unter diesen Umständen keinen hochkriegen würde.

Das waren die Fragen, die mir durch den Kopf gingen, als ich mich mit wachsender Verzweiflung zu ihrer Türschwelle schleppte. Aber es war Denise, die mir aufmachte.

»Gre-e-eg«, schnurrte sie mit ihrer Katzenstimme. »Wie schön, dich zu *sehen*.«

»Dito, Denise«, sagte ich.

»Greg, du bist zum Schreien.«

»Ich steh in zwölf Staaten auf der Fahndungsliste.«

»HA.« Ein gewaltiges Gackern. Dann noch eins. »HA.«

»Auf meinem Hintern ist ein Tattoo mit einer Warnung des Gesundheitsministeriums.«

»HÖR AUF. HÖR. AUF. HA-A-A-A.« Warum habe ich diese Wirkung nie auf Mädchen, die ich gern beeindrucken würde? Warum immer nur auf Mütter und unattraktive Mädchen? Wieso kann ich meinen Charme nur bei denen voll aufdrehen? Keine Ahnung.

»Rachel ist oben. Möchtest du vielleicht eine Cola Light?«

»Nein danke.« Um zum Schluss noch einen draufzusetzen, fügte ich hinzu: »Koffein macht mich nur noch widerlicher.«

»Moment mal.«

Plötzlich ein ganz anderer Tonfall. Die alte kratzbürstige, aggressive Mrs. Kushner war wieder da. »Greg, wer behauptet, dass du widerlich bist?«

»Oh. Äh, na ja, die Leute …«

»Hör mal. Sag denen: Ihr könnt mich mal.«

»Nein. Ja. Ich wollte nur einen Wi…«

»Hey. Hörst du mir zu? Sag denen: Ihr könnt mich mal.«

»Ihr könnt mich mal, genau.«

»Die Welt braucht mehr Leute wie dich. Nicht *weniger*.«

Das beunruhigte mich. Gab es eine Initiative, die Typen wie mich abschaffen wollte? Weil so eine Initiative wahrscheinlich bei mir *anfangen* würde.

»Ja, Ma'am.«

»Rachel ist oben.«

Ich ging rauf.

Wider Erwarten befanden sich in Rachels Zimmer weder Infusionsständer noch Herzmonitore. Tatsächlich hatte ich es mir wie in einem Krankenzimmer vorgestellt, mit einer Schwester, die rund um die Uhr im Einsatz war. Rachels Zimmer lässt sich mit zwei Worten zusammenfassen: Kissen; Poster. Auf ihrem Bett lagen mindestens fünfzehn Kissen, und die Wand war zu hundert Prozent mit Postern und Fotos aus Zeitschriften bedeckt. Vorherrschend waren Hugh Jackman und Daniel Craig, besonders ohne ihre Hemden. Hätte ich nur anhand der Einrichtung raten müssen, wer hier wohnte, wäre meine Antwort gewesen: ein fünfzehnköpfiger Alien, der es auf menschliche Promis abgesehen hat.

Aber statt eines Aliens stand Rachel etwas unbehaglich in der Nähe der Tür.

»Rachel-l-l-l«, sagte ich.

»Hallo«, sagte sie.

Wir blieben reglos stehen. Wie sollten wir uns begrüßen, verdammt noch mal? Ich machte mit ausgestreckten Armen einen Schritt nach vorn, um eine Umarmung einzuleiten, kam mir aber dabei nur wie ein Zombie vor. Sie trat ängstlich einen Schritt zurück. Jetzt musste ich mir etwas überlegen.

»Ich bin das Zombie-Knuddel-Monster«, sagte ich und torkelte auf sie zu.

»Greg, ich habe Angst vor Zombies.«

»Fürchte nicht das Zombie-Knuddel-Monster. Das Zombie-Knuddel-Monster wird dein Gehirn nicht auffressen.«

»Greg, hör *auf*.«

»Okay.«

»Was soll das werden?«

»Ein Fistpound.«

Ich hatte *tatsächlich* meine Faust gegen ihre Faust hauen wollen.

»Nein danke.«

Zusammengefasst: Ich torkelte wie ein Zombie in Rachels Zimmer und habe ihr eine Scheißangst damit gemacht, dann wollte ich einen Fistpound anbringen. Es ist unmöglich, sich dämlicher anzustellen als Greg S. Gaines.

»Dein Zimmer gefällt mir.«

»Danke.«

»Wie viele Kissen hast du da?«

»Weiß ich nicht.«

»Ich wünschte, ich hätte auch so viele Kissen.«

»Frag doch deine Eltern, ob sie dir welche schenken.«

»Das würde ihnen nicht gefallen.«

Keine Ahnung, warum ich das gesagt habe.

»Wieso nicht?«

»Äh.«

»Es sind doch bloß *Kissen*.«

»Stimmt, aber sie würden misstrauisch werden oder so.«

»Dass du die ganze Zeit schläfst?«

»Nein, äh … sie würden wahrscheinlich glauben, ich onaniere drauf herum.«

Ich muss betonen, dass ich die obige Unterhaltung zu hundert Prozent auf Autopilot geführt habe.

Rachel war verstummt; ihr Mund stand offen, und ihre Augen wurden irgendwie ganz groß.

Schließlich sagte sie: »Das ist *ekelhaft*.« Aber sie machte auch Schnaufgeräusche. Ich konnte mich vom Religionsunterricht her an ihre Schnaufgeräusche erinnern; sie kündeten ein paar gigantische Lacher an.

»So sind meine Eltern«, sagte ich. »Total krass.«

»Sie kaufen dir keine Kissen [schnauf], weil sie glauben, dass du [schnaufschauf], weil sie glauben, dass du darauf herum ona- [SCHNAUFschnaufschnauf].«

»Ja, sie haben wirklich krasse Vorstellungen von mir.«

Jetzt konnte Rachel nicht mal mehr sprechen. Sie hatte komplett die Kontrolle verloren. Sie lachte und schnaufte dermaßen heftig, dass ich ein bisschen fürchtete, sie könnte sich die Milz zerren oder etwas in der Art. Trotzdem, wenn Rachel von einem ihrer Mega-Lachkrämpfe geschüttelt wird, ist es eine Herausforderung, ihn so lange wie möglich am Laufen zu halten.

- »Ich meine, sie sind ja auch selber schuld, was kaufen sie mir so sexy Kissen.«
- »Wir hatten da dieses eine Kissen im Haus, das mussten sie schließlich verbrennen, weil mich das Ding dermaßen erregt hat.«
- »Das Kissen war so was von sexy, ich wollte, ich wollte einfach nur die ganze Nacht mit ihm schlafen, bis zum Morgengrauen.«
- »Ich habe die schmutzigsten Sachen zu diesem Kissen

gesagt: ›Du Schlampen-Kissen du‹, habe ich gesagt, ›du bist so ein dreckiges Luder, hör auf, *mit meinen Gefühlen zu spielen.*‹«

- »Das Kissen hieß Francesca.«
- »Dann kam ich eines Tages von der Schule nach Hause und habe das Kissen mit dem Tisch aus dem Nachbarhaus beim Oralsex erwischt, und – okay, okay. Ich hör ja auf.«

Rachel flehte mich an aufzuhören. Ich hielt die Klappe und wartete, bis sie sich beruhigt hatte. Ich hatte ganz vergessen, wie heftig sie lachen konnte. Es dauerte eine Weile, bis sie wieder durchatmen konnte.

»Oh – ohhh– aua – oooh.«

Die Dreistufen-Verführungsmethode des Greg Gaines

1. Ins Zimmer des Mädchens taumeln und so tun, als sei man ein Zombie.
2. Zum Fistpound ansetzen.
3. Andeuten, dass man regelmäßig auf Kissen masturbiert.

»Muss ich dich jetzt von *meinen* Kissen fernhalten?«, fragte sie, immer noch unter unfreiwilligen Keuch- und Lach-Anfällen.

»Nein. Spinnst du? Die Kissen da sind doch alles Kerle.«

Zwei Worte: explodierender Nasenschleim. Das Problem bei Mega-Gelächter ist nur, dass man schlecht daran anknüpfen kann. Früher oder später ist man erschöpft, und der letzte Lacher verhallt, und danach folgt das große Schweigen. Was dann?

»Du stehst auf Filme, oder?«

»Geht so.«

»Ich meine, weil bei dir lauter Schauspieler an der Wand hängen.«

»Was?«

»Hugh Jackman, Hugh Jackman, Daniel Craig, Hugh Jackman, Ryan Reynolds, Daniel Craig, Brad Pitt.«

»Es geht dabei nicht in erster Linie um Filme.«

»Oh.«

Sie saß an ihrem Schreibtisch, und ich saß auf ihrem Bett, das viel zu weich war. Ich war in einem unbequemen Winkel darauf eingesackt.

»Ich mag Filme«, sagte Rachel, als wollte sie sich entschuldigen. »Aber der Film muss nicht besonders toll sein, solange Hugh Jackman mitspielt.«

Zu meinem Glück und auch zu meinem Pech erhielt ich in diesem Moment eine SMS von Earl.

```
yo pa gaines hat mich zum bioladen
gefahren also wenn du ne geile gur-
ken relish für deine muschi da
brauchst schlag einfach alaaaarm
```

Zu meinem Glück, weil sie vom Thema Film ablenkte, denn es wäre schwierig geworden, mich mit Rachel über Filme zu unterhalten, ohne meine Karriere als Filmemacher zu erwähnen, die ich aus offensichtlichen Gründen nicht erwähnen wollte. Zu meinem Pech, weil ich eine Art ersticktes Lachen ausstieß, woraufhin Rachel wissen wollte, was in der SMS stand.

»Von wem war die?«

»Äh, von Earl.«

»Oh.«

»Du kennst doch Earl? Earl Jackson, aus der Highschool?«

»Ich glaube nicht.«

Wie zum Teufel sollte ich ihr von Earl erzählen?

»Äh, Earl und ich schicken uns hin und wieder ekelhafte SMS.«

»Oh.«

»Daraus besteht mehr oder weniger unsere Freundschaft.«

»Und was steht in der da?«

Ich erwog, sie ihr zu zeigen. Dann kam ich jedoch zu dem Schluss, dass sie die Apokalypse auslösen würde.

»Ich kann sie dir nicht zeigen. Sie ist viel zu widerlich.«

Das war ein taktischer Fehler, denn ein nervigeres Mädchen hätte vielleicht gesagt, »Greg, jetzt *musst* du sie mir zeigen«, und machen wir uns nichts vor: Die meisten Mädchen sind nervig. Ich meine, die meisten *Menschen* sind nervig. Und »nervig« ist eigentlich auch nicht der korrekte Ausdruck. Ich schätze mal, ich meine, dass die meisten Menschen versuchen, einem in allem einen Strich durch die Rechnung zu machen.

Aber eins musste man Rachel lassen: Sie versuchte nicht, einem ständig einen Strich durch die Rechnung zu machen.

»Ist schon okay. Du musst sie mir nicht zeigen.«

»Sie ist wirklich nicht vorzeigbar.«

»Ich muss sie nicht unbedingt sehen.«

»Nur so viel sei gesagt, dass es um die Verbindung von Essen und Sex geht. Oralsex, so in der Richtung.«

»Greg, warum erzählst du mir das?«

»Nur damit du sicher sein kannst, dass du echt nicht wissen willst, was in der SMS steht.«

»Wieso verbindet Earl Essen mit Oralsex?«

»Weil er ein Psychopath ist.«

»Oh.«

»Er ist einfach total verrückt. Wenn man ihm auch nur eine Sekunde ins Hirn schauen könnte, würde man wahrscheinlich erblinden.«

»Scheint ein ziemlich merkwürdiger Freund zu sein.«

»Allerdings.«

»Wie seid ihr beiden denn Freunde geworden?«

Diese scheinbar harmlose Frage ließ sich unmöglich problemlos beantworten.

»Ich meine, ich bin ja *auch* ziemlich merkwürdig.«

Das bewirkte, dass Rachel tatsächlich einen kleinen Nachbeben-Schnaufer von sich gab.

»Na ja, das mit den Kissen ist schon ziemlich merkwürdig.«

Earl und ich *sind* merkwürdig. Und vielleicht sind wir deshalb befreundet. Aber ihr habt wahrscheinlich eine bessere Erklärung verdient.

Außerdem, was heißt »merkwürdig« überhaupt? Ich habe es gerade an die fünfmal hingeschrieben und plötzlich starre ich es an, ohne dass es noch irgendeine Bedeutung hätte. Ich habe gerade das Wort »merkwürdig« ermordet. Jetzt sind es nur noch ein paar sinnleere Buchstaben. Als wäre die Seite mit lauter Leichen übersät.

Ich bin kurz davor durchzudrehen. Ich muss kurz mal raus und mir ein paar Snacks oder Reste vom Abendessen oder sonst was holen.

Okay, bin wieder da.

Obwohl, fangen wir lieber ein neues Kapitel an, weil dieses hier irgendwie total in die Hose gegangen ist und ich Angst davor habe, was passieren wird, wenn ich damit weitermache.

Elftes Kapitel

Ich, der Zorn Gottes, werde meine eigene Tochter heiraten und mit ihr die reinste Dynastie gründen, die die Erde je gesehen hat

Earl und ich entstammen offensichtlich völlig verschiedenen Welten. Und es ist eindeutig verrückt, dass wir überhaupt Freunde geworden sind. In mancher Hinsicht ist unsere Freundschaft total unerklärlich. Ich schätze mal, ich erzähle euch einfach die Hintergrundgeschichte, und ihr macht euch selber einen Reim darauf. Danach können wir dann unsere triumphale Rückkehr ins Leukämieland antreten. Leukämieland ist nicht halb so beliebt wie Legoland.

Einige Beobachter würden unsere Freundschaft als eine Errungenschaft des staatlichen Schulsystems in Pittsburgh bezeichnen, aber ich sage euch, sie zeugt von der Macht der Videospiele. Mom hat Videospiele im Haus grundsätzlich nie zugelassen, mit Ausnahme von pädagogisch wertvollen Spielen wie *Math Blaster*, und das nicht so sehr, damit wir Rechnen lernten, sondern eher, um uns zu überzeugen, dass Videospiele ätzend sind. Meine erste Begegnung mit Earl ließ jedoch keinen Zweifel daran aufkommen, dass Videospiele in Wahrheit der Hammer waren.

Das war in der zweiten oder dritten Woche der Vorschule. Bis dahin war es mir gelungen, den Kontakt mit den anderen

Kindern zu meiden – das war mein oberstes Ziel, weil mir alle anderen Vorschulkinder irgendwie böse oder langweilig oder beides zu sein schienen –, bis uns eines Tages Miss Szczerbiak in Gruppen einteilte und Pappkartons verzieren ließ. Zu meiner Gruppe gehörten ich, Earl und zwei Mädchen, deren Namen ich vergessen habe. Die Mädchen hatten mit dem Karton nichts weiter vor, als ihn von oben bis unten mit Glitter zu bestreuen, aber Earl und mir war klar, dass das furchtbar aussehen würde.

»Lass uns eine Kanone draus machen«, sagte Earl.

Das fand ich großartig.

»Die Laserkanone aus *GoldenEye*«, fügte Earl hinzu.

Ich hatte keine Ahnung, wovon er sprach.

»*GoldenEye* für N64«, erläuterte Earl. »Meine Brüder haben einen N64, und *die* lassen mich spielen, wann ich will.«

»Ich habe *Math Blaster* zu Hause auf meinem Computer«, sagte ich.

»*Math Blaster* kenn ich nicht«, sagte Earl abfällig.

»Man muss Rechenaufgaben lösen und dann darf man Weltraummüll abschießen.« Als ich merkte, wie jämmerlich sich das anhörte, verstummte ich. Ich hoffte, Earl hatte es irgendwie überhört. Aber das war nicht der Fall, und er sah mich halb mitleidig, halb verächtlich an.

»Bei *GoldenEye* muss man nicht rechnen, und man schießt auf *Leute*«, sagte er triumphierend, womit die Sache entschieden war. Während die Mädchen den Karton artig in Glitter tauchten und sich über Elfen oder die Freuden der Hausarbeit oder was weiß ich unterhielten, saßen Earl und ich am anderen Ende des Tisches, wo er mir die komplette Handlung von *GoldenEye* erzählte, dreimal. Ziemlich schnell war abgemacht, dass ich nach der Schule mit zu ihm nach Hause gehen würde. Ein günstiges Schicksal wollte es, dass mich Dad an dem Tag von der Schule abholte. Er fand nichts dabei, sein Kind nach Homewood losziehen zu lassen – in Begleitung eines anderen Kindes, das er noch nie zuvor gesehen hatte, und dessen zwei wilden Brüdern, von denen der eine wiederholt schwor, jeden anderen Menschen totzuschießen.

Earl hatte zumindest in einem Punkt gelogen: Die Brüder ließen Earl *nicht* mit dem N64 spielen, wann er wollte. Als wir im Haus der Jacksons ankamen, verkündete Devin (der älteste), er müsse erst noch eine Mission beenden, bevor wir mitmachen könnten.

Also setzten wir uns im Schein des Bildschirms auf den Fußboden, und es war das Wunderbarste, was ich je erlebt hatte. Wir befanden uns in der Gegenwart eines Meisters. Hingerissen vor Glück schauten wir zu, wie Devin seinen Panzer durch die Straßen von St. Petersburg lenkte und alles umnietete, was ihm in die Quere kam. Wir beklagten uns nicht, als Devin sagte, er müsse noch eine zweite Mission spielen. Wir verharrten in ehrfürchtigem Staunen, als er durch ein Schlachtschiff schlich und dabei auf hinterhältige Weise Dutzende Menschen ermordete.

»Jetzt ihr alle gegen mich«, sagte Devin und schaltete um auf Multiplayer. Ich griff mir einen Controller. Es waren mehr Schalter und Knöpfe daran, als ich mit allen Fingern erreichen konnte, darum probierte ich, einen Fuß mit einzubeziehen. Das klappte nicht besonders gut. Earl versuchte mir zu erklären, wie er funktionierte, gab aber bald auf. Wie sich herausstellte, war auch er kein großer Experte. Zwanzig Minuten lang irrten wir auf einer verschneiten sibirischen Raketenbasis herum, schleuderten wahllos Granaten in den Wald, liefen hilflos gegen Mauern, weil wir nicht wussten, wie man sich umdrehte, und wurden von Devin abgeschlachtet, der dafür jedes Mal eine neue und aufregende Waffe wählte: das Sturmgewehr, die Schrotflinte, die Laserpistole. Derrick, der andere Bruder, ignorierte Earl und mich komplett und zog es vor, allein gegen den Meister zu kämpfen. Es war ein aussichtsloses Unterfangen. Unter unablässigen, gnadenlosen Schmähungen färbte Devin die Tundra rot mit unserem Blut.

»Ihr nervt, Versager«, sagte Devin schließlich. »Und jetzt verpisst euch.«

Eine Freundschaft war geboren. Earl war definitiv der Anführer und ich sein Sidekick. Selbst wenn wir keine Videospiele spielten, ordnete ich mich ihm unter, weil er sich in weltlichen Dingen so viel besser auskannte als ich. Zum Beispiel wusste er, wo bei ihnen in der Küche der Alkohol stand. Ich befürchtete schon, wir würden davon probieren müssen, aber das war zum Glück nicht vorgesehen. »Von Alkohol krieg ich saumäßige Kopfschmerzen«, erklärte er mir irgendwann.

Zum damaligen Zeitpunkt ging es im Jackson-Haushalt ein bisschen geordneter zu. Earls Stiefvater wohnte noch dort, seine Halbbrüder waren im Krabbelalter, und seine Mutter hatte ihr Exil im zweiten Stock noch nicht bezogen. So konnte ich den Verfall von Earls Haus hautnah miterleben. Es ist eigentlich nicht die Geschichte, die ich hier erzählen will, darum spare ich mir die Details, aber im Prinzip war es so, dass Earls Stiefvater auszog und dann im Gefängnis landete, Earls Mom eine Reihe von Männerfreundschaften hatte und mit dem Trinken begann, und um die Zeit herum, als die jüngsten Halbbrüder in die Vorschule kamen, sie schon mehr oder weniger aufgegeben hatte, sich um irgendwas zu kümmern, und damit anfing, sich rund um die Uhr in Chatrooms aufzuhalten. Ich habe viel davon mitbekommen, während es passierte, war aber erst im Nachhinein in der Lage, mir einen Reim darauf zu machen. Und selbst heute habe ich nur eine vage Ahnung. Es fiel mir ziemlich schwer zu verstehen, was dort ablief.

Wie dem auch sei: Während über die Jahre die Dinge weiter den Bach runtergingen, verbrachten wir immer weniger Zeit bei Earl und begannen schließlich bei mir rumzuhängen. Nur wussten wir nicht, was wir in meinem Haus anstellen sollten. Wir versuchten es mit Brettspielen, was ätzend war. Wir kramten irgendwo ein paar G. I. Joe-Figuren heraus, aber das war im Vergleich zu den Videospielen dermaßen öde, dass wir fast durchdrehten. Wir rannten mit Wasserpistolen durchs Haus und jagten Cat Stevens, aber Dad verbot uns das, nachdem dabei ein paar Sachen kaputtgegangen waren. Als wir schließlich an einem Sonntagnachmittag das ganze Haus nach irgendetwas durchsuchten, das auch nur entfernt einem Videospiel ähnelte, stieß Earl auf Dads DVD-Sammlung.

Komischerweise hatten mich Dads DVDs nie richtig interessiert. Die einzigen Filme, die ich mir bis dahin hatte anschauen wollen, waren Kinder- oder Trickfilme. Diese anderen, nicht-animierten Streifen schienen mir was für Erwachsene zu sein. Ich hatte mehr oder weniger angenommen, dass sie langweilig wären. Und wahrscheinlich hätten sie mich auch, wenn ich versucht hätte, sie mir allein anzusehen, zu Tode gelangweilt.

Aber Earl entdeckte sie und flippte aus und machte Glotzaugen und sagte: »Scheiße Mann, das ist es«, und irgendwas in meinem Kopf machte ***klick***, und ich sah die Filme mit völlig neuen Augen.

Besonders begeistert war er anscheinend von *Aguirre, der Zorn Gottes*. »Guck dir diesen durchgeknallten Typen an!«, schrie er und zeigte auf Klaus Kinski, der auf dem Cover einen Wikingerhelm trägt und aussieht wie ein Psychopath.

Und darum legten wir – mit Dads Erlaubnis – den Film ein und schauten ihn uns an.

Es sollte das einschneidendste Erlebnis in unserem bisherigen Leben sein.

Der Film war unglaublich. Er war verstörend und schrecklich und unglaublich. Wir mussten ihn jedes Mal anhalten, wenn ein Untertitel eingeblendet wurde, und ein paarmal aus dem Zimmer rennen und Dad dazu bringen, uns dieses und jenes zu erklären, bis Dad schließlich den Film mit uns ansah, und selbst *dann* war er noch unglaublich.

Dads Anwesenheit war sogar eine große Hilfe. Er las uns laut die Untertitel vor und beantwortete unsere Fragen zur Handlung – und wir hatten jede Menge Fragen, weil in dem Film alle verrückt sind.

Noch einmal: Er war unglaublich. Keiner von uns beiden hatte so etwas je erlebt. Es war komisch, es war grausig. Es wurde viel gestorben, aber nicht wie in den Videospielen. Der Tod kam langsamer, blutiger und nicht so regelmäßig daher. Bei *GoldenEye* sieht man, wie jemand erschossen wird, und dann sieht man, wie er auf den Rücken fällt und am Boden zerbröselt: Hier jedoch tauchten die Leichen wie aus heiterem Himmel auf. Das Beiläufige daran riss uns vom Hocker. Jedes Mal, wenn jemand starb, schrien wir: »Oh, *krass!*« Die Spannung war nicht auszuhalten. Am Anfang ist Klaus Kinski noch einigermaßen normal und bringt die erste halbe Stunde niemanden um. Danach mordet er, als wäre es keine große Sache, und man hat keine Ahnung, wann er es als Nächstes tun wird. Man kann sein unberechenbares Psychopathenhirn nicht durchschauen. Wir flippten völlig aus.

Uns begeisterte alles an dem Film. Uns begeisterte, wie langsam er war. Uns begeisterte, dass er eine Ewigkeit dauerte. Eigentlich wollten wir, dass er nie aufhörte. Uns begeisterten der Dschungel, die Flöße, die albernen Rüstungen und Helme. Uns begeisterte, dass er ein bisschen wie ein

Amateurvideo daherkam, als wäre das alles tatsächlich ***passiert*** und irgendwer auf dem Floß hätte zufällig eine Kamera dabeigehabt. Ich glaube, am meisten begeisterte uns, dass es für ***niemanden*** ein Happy End gab. Die ganze Zeit hatten wir irgendwie erwartet, dass einer überleben würde, denn so funktionieren Geschichten: Selbst wenn es ein totales Desaster ist, bleibt jemand übrig, der hinterher alles erzählen kann. Nicht in ***Aguirre, der Zorn Gottes***. Nix da. ***Jeder*** stirbt. Der Hammer.

Auch kamen in dem Film die ersten Brüste vor, die ich je gesehen habe, obwohl sie nicht meiner Vorstellung entsprachen, wie Brüste auszusehen hatten. Sie ähnelten Kuheutern, und eine war größer als die andere. (Im Nachhinein betrachtet könnte das möglicherweise für meinen totalen Mangel an sexueller Reife verantwortlich gewesen sein, von dem wir schon gesprochen haben. Andererseits lief ich wenigstens nicht durch die Gegend und sagte Dinge wie: »Das Beste an deinen beiden Titten ist, dass sie gleich groß sind.«)

Danach stellten wir Dad einen Haufen Fragen über den Film, und irgendwie kamen wir auf die Dreharbeiten zu sprechen, die ein totales Desaster gewesen sein müssen. Die Leute wurden krank, Schauspieler und Crew saßen monatelang im Dschungel fest, und möglicherweise sind ein paar von den Crewmitgliedern gestorben, Dad war sich da nicht sicher. Das Beste war, dass der Hauptdarsteller Klaus Kinski im richtigen Leben genauso verrückt war wie als Aguirre. Er hat sogar auf einen der Mitarbeiter am Set geschossen – weil er ihm zu laut war und Kinski sich nicht konzentrieren konnte. Also schoss er seinem Kollegen vom Filmteam ***mit einer Pistole in die Hand***. Wenn das immer noch nicht ausreicht, dass ihr dieses Buch fallen lasst und sofort losgeht, um euch den Film anzusehen, kann ich euch auch nicht helfen. Vielleicht seid ***ihr*** ja diejenigen mit dem Gehirnpilz.

Natürlich mussten wir ihn uns gleich noch mal anschauen. Dad hatte keine Lust auf eine weitere Runde, aber uns gefiel er beim zweiten Mal sogar noch besser. Wir machten die deutschen Stimmen nach, vor allem die von Kinski, der sprach, als würde er gerade gewürgt. Wir machten Kinskis Gang nach, dieses betrunkene Torkeln. Wir lagen stundenlang im Haus herum und stellten uns tot, bis Gretchen einen von uns fand, einen Mini-Nervenzusammenbruch erlebte und unkontrolliert zu heulen anfing.

Mit einem Wort: Für uns war das der beste Film aller Zeiten. Und am Wochenende darauf luden wir ein paar Klassenkameraden zu einer Vorführung ein.

Sie fanden ihn furchtbar.

Wir schafften gerade mal die ersten zwanzig Minuten. Sie beschwerten sich, dass er zu langsam sei. Sie konnten die Untertitel nicht lesen, und wir waren noch nicht geübt genug, um sie ihnen vorlesen zu können. Pizarros Rede am Anfang, sagten sie, daure ewig und sei langweilig. Auch die Handlung fanden sie blöd: Aguirre und alle anderen suchten eine Stadt, *von der gleich am Anfang gesagt wird, dass sie nicht existiert*. Sie begriffen nicht, dass es *genau darum ging*. Sie kapierten nicht, dass der Hammer *gerade* diese wahnwitzige Sinnlosigkeit war. Stattdessen sagten sie ständig, wie schwul der Film sei.

Es war eine Katastrophe, aber auch hilfreich. Denn so wurde uns vor Augen geführt, was wir im Prinzip längst wussten: Wir waren anders als die anderen Kids. Wir hatten andere Interessen, andere Werte. Man kann es schwer erklären. Im Grunde hatten auch Earl und ich nicht viel gemeinsam, aber wir waren die einzigen Zehnjährigen in Pittsburgh, die *Aguirre, der Zorn Gottes* mochten, und das war schon mal was. Es war sogar eine ganze Menge.

»Die jungen Nihilisten«, nannte uns Dad.

»Was sind Nihilisten?«

»Nihilisten glauben, dass nichts einen Sinn hat. Sie glauben an nichts.«

»Genau«, sagte Earl. »Ich bin Nihilist.«

»Ich auch«, sagte ich.

»Braver Junge«, sagte Dad und grinste. Dann hörte er auf zu grinsen und meinte: »Sag's nicht deiner Mom.«

Und das ist ein Teil der Hintergrundgeschichte von mir und Earl. Er wird später wahrscheinlich noch von Bedeutung sein, obwohl, wer weiß das schon genau. Ich fasse es nicht, dass ihr immer noch dabei seid, das hier zu lesen. Am besten, ihr haut euch gleich mal selber ein paar rein, nur um die unsäglich bescheuerte Erfahrung, die dieses Buch darstellt, vollkommen zu machen.

Zöwlftes Kapitel

Der Video-Idiot

Wenn ich eins über die Menschen gelernt habe, dann, dass sie einen am ehesten mögen, wenn man die Klappe hält und sie das Reden übernehmen lässt. Jeder spricht gern über sich. Nicht nur die Kids, die ein schönes Leben haben. Nehmen wir zum Beispiel Jared »Crackhead« Krakievich, einen der dürrsten und unbeliebtesten Schüler an der Benson. Soweit ich weiß, hat Jared nie Crack geraucht, aber er lässt beim Laufen die Arme so komisch hinter dem Rest seines Körpers her baumeln wie ein Huhn, sein Mund steht immer mindestens zu drei Vierteln offen, und in seiner Zahnspange haben sich meistens irgendwelche Essensreste verfangen. Er riecht nach Gewürzgurken, und seine Eltern sind Yinzer. Alles in allem könnte man meinen, dass er keine Lust hat, über sein Leben zu sprechen, aber das war ein Irrtum, wie ich neulich im Bus feststellen konnte. Zum Beispiel erfuhr ich, dass sein Hund spürt, wenn der Quarterback Ben Roethlisberger drauf und dran ist, gefeuert zu werden, und dass er (Jared, nicht der Hund und auch nicht Ben Roethlisberger) gerne Gitarre lernen würde.

Falls ihr nicht aus Pittsburgh seid, sollte ich wahrscheinlich erklären, dass »Yinzer« Leute mit einem starken Pittsburgher Dialekt sind. Außerdem laufen sie zu allen Zeiten im Outfit der Pittsburgh Steelers herum – auch am Arbeitsplatz und bei Hochzeiten.

Im Prinzip will ich damit nicht sagen, dass man Leuten zuhört, um irgendetwas Interessantes zu erfahren. Man tut es, um nett zu sein und damit sie einen mögen, weil eben jeder gerne von sich erzählt.

Aber diese Theorie ließ sich irgendwie nicht auf Rachel anwenden. Jedes Mal, wenn ich zu Rachel ging, war ich entschlossen, sie zum Reden zu bringen, und wenn ich dann da war, dauerte es nicht lange, bis ich quasselte wie jemand auf Chrystal Meth.

INNEN. RACHELS ZIMMER – TAG

Zum zweiten oder dritten Mal ist GREG bei RACHEL zu Besuch. Beide hocken im Schneidersitz auf dem Boden.

GREG

Also. Was siehst du dir gern im Fernsehen an?

RACHEL

Ach, einfach, was gerade läuft.

GREG

Aus dem Gleis geworfen von der schnöden Gehaltlosigkeit der Antwort

Na ja, zum Beispiel – Naturdokus? Realityshows? Alles, was gerade kommt?

RACHEL

Ja, mehr oder weniger.

GREG

Aber nicht den Kochsender, oder?

Rachel zuckt die Achseln.

GREG

Hier ist mein Problem mit dem Kochsender: Okay, also die meiste Zeit sieht das Essen eklig oder seltsam aus. Es liegt in einer komischen Sauce, die aussieht wie Sperma, oder es ist mit Tintenfisch gefüllter Ziegenhuf oder so was. Aber manchmal ist es auch irgendwas *Gutes*, und die Leute essen es und machen *Mmmm! Lecker!* – und das macht es noch schlimmer! Weil man *selbst* es ja nicht essen kann. Man guckt nur zu, wie die Leute da irgendwas Köstliches essen und erfährt nicht mal, wie es schmeckt, und es macht einen wahnsinnig. Aber meistens sieht das Essen gar nicht so gut aus.

RACHEL

diplomatisch

Manche Leute finden schon, dass es gut aussieht.

GREG

Okay, aber außerdem zeigen sie immer einen Koch*wettbewerb*. Essen ist doch kein Sport. Es ist lächerlich, Köche gegeneinander antreten zu lassen. Wie zum Beispiel bei *Iron Chef*, dieser kulinarischen Gameshow, wo das Ganze in einem Küchen-*Stadion* stattfindet? Das ist lächerlich. Und am Ende heißt es jedes Mal: »Sie haben ehrenhaft am Wettbewerb teilgenommen.« Wie kann man denn einen Eintopf überhaupt *unehrenhaft* kochen?

RACHEL

kichert
Hmmm.

GREG

Ich meine, wenn der Kochsender aus *Essen* einen Sport machen kann, warum da haltmachen? Weißt du? »*Eiserner Klempner*, heute in der Klo-Arena.« Oder, oder, nein, warte. Vergiss es. »Und heute live aus dem Klo-Center: Die *Super-Pupser.*«

Vier Stunden später. Greg und Rachel sitzen noch HAARGENAU SO DA.

GREG

… Ich will damit nur sagen, es ist doch verrückt, dass wir Tiere in unseren Häusern wohnen lassen. Einfach verrückt.

RACHEL

Ich sollte jetzt wahrscheinlich runter zum Essen.

GREG

aufgeschreckt
Warte mal, wie spät ist es?

RACHEL

So gegen acht.

GREG

Au Scheiße.

Auf ihre stille Art war Rachel tatsächlich so was wie genial.

1. Rachel setzte meine eigene Taktik gegen mich ein: Respekt, Rachel. Das ist ein Judotrick der allerersten Sahne. Sie steuerte unsere Unterhaltungen so, dass ich redete und sie zuhörte. Und tatsächlich bewirkte das, dass ich gern Zeit mit ihr verbrachte. Ich hab euch ja gesagt, die Taktik ist der Hammer. Auch im Zuhören war sie fantastisch. Ich meine, ich an ihrer Stelle hätte mich echt gelangweilt oder wäre irgendwann sauer geworden. *Super-Pupser*, Greg? Echt jetzt.

2. Rachel machte keinerlei Anspielungen, dass wir fummeln oder heiraten sollten. Obwohl ich ihr erzählt hatte, dass ich heftig in sie verliebt gewesen war, versuchte sie nicht, die verlorene Zeit nachzuholen. Was wahrscheinlich dazu geführt hätte, dass ich eine Scheißangst bekommen und vielleicht eine ernste seelische Störung vorgetäuscht hätte, eine Taktik, die ich hin und wieder erwog, um mich aus bestimmten Situationen herauszuwinden. Wenn sich je ein paar Jocks in der Umkleidekabine auf mich stürzen sollten zum Beispiel. Im Fernsehen werden seelisch gestörte Kids immer wieder gern von Jocks gequält, aber meinen Beobachtungen im realen Leben zufolge halten sich alle mehr oder weniger von ihnen fern. Jedenfalls hatte ich befürchtet, die Taktik bei Rachel anwenden zu müssen, aber zum Glück war das nicht nötig.

3. Indem sie mich dazu brachte, so viel zu reden, verleitete Rachel mich schließlich dazu, vertrauliche Informationen auszuplaudern, was letztlich zu meinem Niedergang führte. Verrate ich zu viel? Vielleicht verrate ich an dieser Stelle zu viel.

INNEN. RACHELS ZIMMER – TAG

GREGS dritter oder vierter Besuch bei Rachel. Greg hat bemerkt, dass HUGH JACKMAN auf einem der Bilder einen leichten Silberblick hat und dass ihm eines seiner Augen durchs Zimmer folgt. Rachel hat gerade irgendetwas gesagt und schweigt.

GREG

abgelenkt
Was?

RACHEL

Ach, war nicht so wichtig.

GREG

Entschuldige, Hugh Jackmans gruseliges rechtes Auge verfolgt mich gerade durch dein Zimmer.

RACHEL

Er ist nicht gruselig!

GREG

Worüber hatten wir gerade gesprochen?

RACHEL

Über unseren Religionsunterricht damals.

GREG

Genau. Was für eine Zeitverschwendung.

RACHEL

Findest du?

GREG

Ich hab da nichts gelernt. Im Ernst, ich kann dir nichts über Juden erzählen. Ich *bin* Jude, trotzdem hätte ich eine Sechs in Jüdischsein verdient.

RACHEL

Ich glaube, du meinst »Judentum«.

GREG

Siehst du, genau das meine ich. Ich weiß nicht mal, wie es heißt. Und ich habe eindeutig keine Ahnung, woran Juden glauben. Ob Juden glauben, dass sie in den Himmel kommen, zum Beispiel. Glauben wir daran?

RACHEL

Keine Ahnung.

GREG

Genau. Gibt es einen jüdischen Himmel? Was passiert, wenn ein Jude stirbt? Weißt du es?

HUGH JACKMAN starrt Greg vorwurfsvoll an.

GREG

Au Scheiße.

RACHEL

Was denn?

GREG

hastig

Äh, nichts. Tut mir leid, ich bin ein Idiot.

RACHEL

Wieso?

GREG

Äh.

sagt es so blöd, wie man es in Worten nur ausdrücken kann

Die Todes-Sache.

RACHEL

Greg. Ich *sterbe* ja nicht.

GREG

lügt

Ja, weiß ich doch.

RACHEL

betrachtet ihn aus zusammengekniffenen Augen

Ich bin krank, aber jeder ist mal krank. Nur weil man krank ist, heißt das nicht, dass man sterben muss.

GREG

heuchlerisch

Ja ja ja ja, nein, ja.

RACHEL

Du glaubst, ich werde bald sterben.

GREG

lügt, was das Zeug hält

Nein! *Nein!!*

RACHEL

argwöhnisch

Hm.

INNEN. RACHELS ZIMMER – TAG

Gregs vierter oder fünfter Besuch bei RACHEL. Greg sitzt mit dem Rücken zu HUGH JACKMAN auf dem Bett, was aber heißt, dass er jetzt einen dümmlich und breit grinsenden DANIEL CRAIG in einer Badehose anstarren muss.

DANIEL CRAIG

Man kann die Umrisse meiner Genitalien erkennen! Ist das nicht *geil*?

RACHEL

kichert

Das klingt nicht mal ansatzweise wie Daniel Craig.

GREG

Ich muss erst warm werden. Ich bin noch nicht im Akzent-Modus.

RACHEL

Das klang eher wie ein Cowboy-Akzent.

GREG

Ja, ich hab den falschen Teil von meinem Mund benutzt. Bei Akzenten geht's nur darum, bestimmte Teile von deinem Mund einzusetzen. Darum wirken die Gesichter von Ausländern manchmal so verzerrt. Zum Beispiel das von Daniel Craig, der einen Schmollmund macht wie eine Frau.

RACHEL

Macht er *gar* nicht.

GREG

Guck ihn dir doch an! Guck doch mal, wie er die Lippen vorstülpt. Eigentlich sieht er ein bisschen wie ein Frosch aus.

schaltet auf Autopilot, weil Rachel stumm/abwartend bleibt

Ich verstehe einiges von Akzenten, selbst wenn ich sie nicht nachmachen kann. Ich habe sie studiert. Ich meine, ich habe eine Menge Filme gesehen. Übrigens ist das Coole an Akzenten, dass sie sich von ungefähr vor achtzig Jahren zu vor vierzig Jahren bis heute verändert haben. Da muss man sich nur alte Filme angucken. Die Münder der Menschen waren damals anders geformt, glaube ich.

Manchmal möchte ich herumlaufen und die ganze Zeit mit einem amerikanischen Akzent der Fünfziger sprechen, weil das in gewisser Weise der schrägste von allen ist. Damit kannst du den Leuten richtig Angst einjagen. Denn sie hören den Akzent und denken nicht an die fünfziger Jahre; sie denken, der Typ klingt total schräg und verklemmt und konservativ, wie ein bekackter Roboter, und wissen nicht, wieso.

Weißt du, ich musste mir erst einen Haufen Filme von damals ansehen, bevor mir klar wurde, dass die Leute früher einfach anders gesprochen haben.

RACHEL

Also bist du wirklich so was wie ein Filmexperte.

GREG

Ich bin kein Experte. Ich habe nur eine Menge Filme gesehen.

RACHEL

Hast du einen Lieblingsfilm?

INNEN. FERNSEHRAUM IM GAINES-HAUS – ZWEI STUNDEN SPÄTER

Auf dem Bildschirm: KLAUS KINSKI. Auf der Couch: RACHEL und GREG. Auf Gregs Schoß: eine Schale mit KALTEN RINDERLENDCHEN, die er im Kühlschrank gefunden hat.

GREG

Siehst du, wie die Kamera sich bewegt, ein bisschen wacklig, wie eine Handkamera? Begreifst du, dass der Film auf diese Weise weniger den Eindruck einer erfundenen Geschichte macht und eher so, als hätte sich alles wirklich ereignet? Verstehst du, was ich meine?

RACHEL

Ich glaub schon.

GREG

Das ist der Hammer, oder? Das kommt einem so vor, weil alles ein bisschen wie ein Dokumentarfilm aussieht. Bei Dokumentarfilmen gibt's immer viel Handkamera, keine riesigen, gleichmäßigen Kranaufnahmen wie bei den großen Actionfilmen.

RACHEL

Ja, es ist ein bisschen wie Reality-TV.

GREG

Genau! Das auch. Na ja, außer dass die Beleuchtung beim Reality-TV immer total unnatürlich ist, und hier war es so, dass sie eigentlich nicht viel künstliches Licht in den Dschungel bringen konnten. Wahrscheinlich hatten sie sogar nichts weiter als Reflektoren.

RACHEL

Was sind Reflektoren?

GREG

knabbert Rindfleisch

Mmmmrfelktoren ärhrrmpf ... warte mal, diese Szene ist der Hammer.

RACHEL

Du solltest auch Filme drehen.

MOM

vom Flur her

Macht er ja! Er zeigt sie nur keinem.

GREG

MOM VERDAMMT, WAS MACHST DU HIE

MOM

Oh, Schätzchen. Hast du Rachel etwa nichts zu essen angeboten?

GREG

HERRGOTTNOCHMAL, MOM.

RACHEL

Ich hab keinen Hunger!

GREG

außer sich vor Wut

Scheiße, Mom. Du kannst doch nicht einfach auf dem Flur lauschen. Und außerdem kannst du defini

MOM

Ich bin gerade *vorbeigegangen* und habe gehört, wie Rach

GREG

itiv den Leuten nicht einfach von äh,

RACHEL

Ist schon

MOM

Greg, du benimmst dich wie ein kleines

GREG

Sachen erzählen, von denen du *weißt*, dass sie absolut pri

AGUIRRE

Wenn ich will, dass die Vögel tot von den Bäumen fallen, dann fallen die Vögel von den Bäumen.

MOM

du und Earl, ihr habt euch mit diesen Filmen so viel Mühe gegeben und dann be

RACHEL

Es ist okay, ich muss sie nicht unbedingt sehen.

GREG

Siehst du? Hast du das gehört?

MOM

hältst du sie einfach für dich, als würdest du nicht wollen, dass

GREG

Hast du – *Mom*. Hast du gehört, was Rachel gesagt hat?

MOM

Sie ist nur höflich. Greg, du hast da etwas Fleischsaft auf deinem Kinn.

GREG

Würdest du *bitte einfach endlich rausgehen!*

MOM geht ab und lächelt versonnen, als hätte sie gerade etwas ganz besonders Schlaues getan und sich nicht wie eine SCHRECKLICHE MUTTER aufgeführt. Inzwischen kaut Greg wieder Rinderlenden, denn wenn er gestresst ist, muss er zwanghaft essen.

RACHEL

Komm, wir spulen nochmal zurück. Ich glaube, wir haben eine wichtige Stelle verpasst.

GREG

Ja, das war die beste Stelle.

RACHEL

nach längerem Schweigen

Wenn deine Filme geheim sind, erzähl ich niemandem davon. Du kannst dich auf mich verlassen.

GREG

frustriert

Sie sind ja nicht *geheim*, sie sind einfach nicht gut genug zum Vorzeigen. Sollten wir irgendwann mal einen richtig guten machen, zeigen wir ihn auch.

RACHEL

Das klingt logisch.

GREG

Was?

RACHEL

Ich versteh das.

GREG

Oh.

Sie schauen sich in die Augen.

Wäre das jetzt eine rührselige Liebesgeschichte, würde Greg von einem SELTSAMEN NEUEN GEFÜHL ergriffen werden – dem Gefühl verstanden zu werden, auf eine elementare Weise, auf die er fast nie verstanden wird.

Und dann würden Greg und Rachel übereinander herfallen wie zwei liebeskranke Frettchen.

Aber es ist nun mal keine rührselige Liebesgeschichte. Kein NEUES GEFÜHL ergreift Greg. Es gibt keine FRETTCHENMÄSSIGE FUMMEL-SESSION.

Stattdessen wendet sich Greg irgendwie unbehaglich ab und unterbricht den Augenkontakt.

RACHEL

Soll ich dir eine Serviette holen oder so?

GREG

Nein, nein, ich geh schon.

Dreizehntes Kapitel

Weitere Hintergrundinfos über Earl

Der erste Film, von dem Earl und ich ein Remake drehten, war *Aguirre, der Zorn Gottes*. Na klar, was sonst. Wir waren elf und hatten ihn an die dreißigmal gesehen, was bedeutete, dass wir alle Untertitel und sogar einen Teil der deutschen Dialoge auswendig konnten. Diese gaben wir manchmal im Unterricht zum Besten, wenn uns die Lehrerin etwas fragte. Besonders Earl machte oft davon Gebrauch, wenn er eine Antwort nicht wusste.

INNEN. MRS. WOZNIEWKIS FÜNFTE KLASSE – TAG

MRS. WOZNIEWSKI

Earl, kannst du uns einige Erdschichten nennen?

EARLs Augen treten hervor. Er atmet schwer durch die Nase.

MRS. WOZNIEWSKI

Fangen wir doch mit der innersten an. Kennst du ein anderes Wort für …

EARL

(auf Deutsch)

Ich bin der große Verräter.

MRS. WOZNIEWSKI

Hmmm.

EARL

auf Deutsch

Die Erde, über die ich gehe, sieht mich und bebt.

MRS. WOZNIEWSKI

Earl, möchtest du uns sagen, was das bedeutet?

EARL

funkelt seine Klassenkameraden bedrohlich an

grrrrrh

MRS. WOZNIEWSKI

Earl.

EARL

steht auf und zeigt auf MRS. WOZNIEWSKI, spricht auf Deutsch zur Klasse

Der Mann ist einen Kopf größer als ich. DAS KANN SICH ÄNDERN.

MRS. WOZNIEWSKI

Earl, würdest du bitte auf den Flur gehen und dort warten, bis die Stunde aus ist.

Und dann kaufte Dad eines Tages eine Videokamera und dazu Schnitt- und Montagesoftware für seinen Computer, um seine Vorlesungen aufzunehmen oder so. Wir kannten die Einzelheiten nicht; wir wussten nur, dass die Einzelheiten langweilig waren. Wir wussten auch, dass diese Technologie aus einem bestimmten Grund ihren Weg in unser Leben gefunden hatte: damit wir jede einzelne Szene aus *Aguirre, der Zorn Gottes* wiederauferstehen lassen konnten.

Wir veranschlagten dafür etwa einen Nachmittag. Stattdessen dauerte es drei Monate, und mit »es« meine ich, »die ersten zehn Minuten des Films wiederauferstehen zu lassen und dann entnervt aufzugeben.« Wie Werner Herzog im südamerikanischen Dschungel stießen auch wir auf fast unüberwindbare Rückschläge und Widrigkeiten. Ständig löschten wir aus Versehen bereits gedrehtes Material oder vergaßen die Kamera einzuschalten oder die Batterien waren leer. Wir wussten nicht genau, wie die Beleuchtung oder der Ton funktionierte. Einige Schauspieler – meistens Gretchen – erwiesen sich als unfähig, ihren Text richtig aufzusagen oder ihre Rolle überzeugend zu spielen oder nicht in der Nase zu bohren. Außerdem bestand unsere Besetzung meistens nur aus drei Personen – beziehungsweise zwei, weil einer die Kamera halten musste. Als Drehort diente uns der Frick Park, wo andauernd Jogger und Hunde ins Bild liefen, die alles noch weiter vermasselten, indem sie eine Unterhaltung mit uns anfingen.

F: Dreht ihr hier einen Film?

A: Nee. Wir eröffnen ein italienisches Restaurant im mittleren Preissegment.

F: Hä?

A: *Ja, natürlich drehen wir einen Film.*

F: Worum geht's in dem Film?

A: Wir machen eine Dokumentation über die menschliche Blödheit.

F: Kann ich mitmachen?

A: *Wir* wären ja schön blöd, Sie *nicht* mitmachen zu lassen.

Hinzu kam, dass Requisiten und Kostüme unmöglich nachzubilden waren. Earl hatte einen Topf auf, was lächerlich wirkte. Wir besaßen nichts, was Kanonen ähnelte oder Schwertern. Mom erlaubte uns auch nicht, Einrichtungsgegenstände aus dem Haus mit in den Park zu nehmen, und als wir es eines Tages doch taten, wurde uns die Kamera für eine Woche entzogen.

Außerdem stellten wir uns extrem bescheuert an. Wenn wir im Wald ankamen, hatten wir komplett vergessen, an welcher Aufnahme wir gerade arbeiteten, oder falls wir uns erinnerten, wussten wir unseren Text nicht mehr oder die Kameraeinstellung und wo die Schauspieler gestanden und in welche Richtung sie sich bewegt hatten; wir mühten uns dann erfolglos ein Weilchen ab, etwas zu drehen, von dem wir meinten, dass es stimmte. Anschließend gingen wir nach Hause, um aufzuschreiben, was zu tun war, aber dann gab es irgendwie Mittagessen oder wir landeten vor dem Fernseher oder so; am Ende eines Drehtags versuchten wir dann alles auf den Computer zu packen, aber es fehlten immer irgendwelche Aufnahmen, und die Szenen, die überlebt hatten, sahen beschissen aus – schlecht ausgeleuchtet, unverständliche Dialoge, verwackelte Kamera.

Das ging monatelang so, und irgendwann wurde uns klar, wie langsam wir vorankamen, und gaben auf, nachdem wir zehn Minuten Film zustande gebracht hatten.

Dann bestanden Mom und Dad darauf, sich unser Werk anzusehen.

Es war ein Alptraum. Zehn Minuten lang schauten Earl und ich voller Entsetzen auf den Bildschirm, wo wir durch die Gegend tappten und mit Pappröhren und Wasserpistolen herumfuchtelten und deutsches Fantasie-Kauderwelsch brabbelten, ohne die fröhlichen Jogger, Familien und Senioren mit ihren Beagles weiter zu beachten. Wir hatten schon vorher gewusst, dass der Film schlecht war, aber jetzt, als Mom und Dad dabeisaßen und zuschauten, kam er uns noch zehnmal schlechter vor. Wir sahen jetzt völlig neue Dinge, die beschissen waren: dass der Film keinen richtigen Plot hatte, zum Beispiel, und wir vergessen hatten, Musik zu unterlegen, und dass man ganz oft nichts sehen konnte und Gretchen mehr oder weniger nur wie ein Haustier in die Kamera starrte und Earl offensichtlich seinen Text nicht gelernt hatte und ich immer immer *immer* diesen dümmlichen Gesichtsausdruck hatte, als hätte ich mich gerade einer Lobotomie unterzogen. Und das Schlimmste war, dass *Mom und Dad so taten, als würde er ihnen gefallen.* Sie sagten andauernd, wie beeindruckend er war, wie gut sie unsere schauspielerischen Leistungen fanden, wie sie es gar nicht fassen konnten, dass wir so etwas Tolles zustande gebracht hätten. Tatsächlich bewunderten sie diesen unsäglichen Müll auf dem Bildschirm unter lauter Ohs und Ahs.

Im Prinzip behandelten sie uns wie Kleinkinder. Ich hätte mich am liebsten umgebracht. Earl sich auch. Stattdessen saßen wir nur da und sagten nichts.

Hinterher verzogen wir uns total am Boden zerstört in mein Zimmer.

INNEN. MEIN ZIMMER – TAG

EARL

Scheiße. Das war zum Kotzen.

GREG

Wir sind zum Kotzen.

EARL

Fuck, ich war noch viel verfickter zum Kotzen als du.

GREG

versucht dieselbe Lässigkeit hinzukriegen, mit der der elfjährige Earl Worte wie »fuck« in sämtlichen Variationen sagen kann

Äh, Scheiße.

EARL

Fuck.

DAD

im Off, durch die Tür

Abendbrot in zehn Minuten, Leute.

nachdem keine Antwort erfolgt

Leute? Das war wirklich ziemlich unglaublich. Mom und ich sind schwer beeindruckt. Ihr könnt beide echt stolz auf euch sein.

eine kürzere Pause

Alles in Ordnung bei euch, Leute? Kann ich reinkommen?

EARL

sofort

Bloß nicht.

GREG

Uns geht's gut, Dad.

EARL

Wenn er reinkommt und was über den blöden Film sagt, tret ich mir selber in den Kopf.

DAD

Also dann!

Schritte legen nahe, dass DAD gegangen ist.

GREG

Das war dermaßen scheiße.

EARL

Ich hol das Band und verbrenn es.

GREG

hat immer noch Probleme, überzeugend zu fluchen

Ja, äh, fuck. Scheiße.

GREG und EARL schweigen. NAHAUFNAHME von Earl. Earl hat eine Erkenntnis.

EARL

Werner Herzog kann mich am Arsch lecken.

GREG

Was?

EARL

Mann, scheiß auf *Aguirre, der Zorn Gottes*. Werner Herzog kann mir seinen Kopf mal ganz tief ins Arschloch stecken.

GREG

unsicher

Okay.

EARL

Wir müssen unseren *eigenen* Film drehen.

kommt in Fahrt

Wir sollten nicht den Film von irgendeinem anderen nachdrehen. Wir machen unseren *eigenen* Film.

völlig aufgedreht

Wir drehen *Der Zorn Gottes II.*

GREG

Earl, der Zorn Gottes II.

EARL

SCHEISSE, GENAU.

In unserer kreativen Partnerschaft hat Earl immer die besten Ideen, und *Earl, der Zorn Gottes II* war definitiv eine seiner besten. Auf so etwas wäre ich nie gekommen, obwohl die Idee gar nicht mal so kompliziert oder verrückt war: Mehr oder weniger sollte es ein Remake von *Aguirre* werden, außer dass wir diesmal alle Stellen ändern würden, die wir nicht umsetzen konnten, oder auch nur die Stellen, auf die wir keine Lust hatten. Wenn es eine Szene gab, die uns nicht gefiel, flog sie in unserer Version raus. Eine Rolle, die wir nicht hinkriegten: *Sayonara*. Ein Dschungel, den wir nicht nachbauen konnten: verlegt in ein Wohnzimmer oder den Innenraum eines Autos. Die einfachsten Ideen sind immer die besten.

So handelte also *Earl, der Zorn Gottes II* von einem durchgeknallten Typen namens Earl und seiner Suche nach der

Stadt El Dorado *in einem normalen Einfamilienhaus in Pittsburgh.* Wir drehten am Originalschauplatz des Gaines-Anwesens in Point Breeze, improvisierten die meisten Dialoge, Cat Stevens hatte ein paar fantastische Gastauftritte, wir untermalten das Ganze mit einer Funkmusik-CD, die bei Dad herumlag, und wir brauchten für alles noch mal einen oder zwei Monate. Am Ende brannten wir das Video auf eine DVD und veranstalteten eine geheime Vorführung für uns allein im Fernsehzimmer.

Der Film war scheiße. Aber er war nicht halb so scheiße wie unser erster.

Es war die Geburtsstunde zweier Filmkarrieren.

Vierzehntes Kapitel

Cafeteria-Tiefgang

Im Oktober war also etwas Merkwürdiges passiert: Es gab jetzt in der Schule eine Person, zu der ich besonders nett war und mit der ich mich traf und so weiter. Ist es legitim, das Wort »Freundschaft« zu verwenden? Ich schätze, ja. Ich war mit Rachel befreundet. Übrigens hat es sich nicht schön angefühlt, diesen Satz hinzuschreiben. Kein bisschen. Freunde zu haben ist der beste Weg, sich das Leben zu versauen.

Jedenfalls konnte ich sie in der Schule schlecht weiterhin ignorieren, wenn wir außerhalb der Schule so viel Zeit miteinander verbrachten, und das bedeutete, dass wir in der Schule plötzlich als Freunde wahrgenommen wurden. Alle sahen, wie ich mich vor und nach dem Unterricht mit Rachel unterhielt, was häufig dazu führte, dass sie ziemlich laut lachen musste, und das erregte Aufmerksamkeit. Und wenn wir in Gruppen arbeiten sollten, waren wir fast immer in derselben Gruppe. So was fällt den Leuten auf.

Darum dachten wahrscheinlich manche, wir seien ein Pärchen, und dass wir vielleicht sogar Sex hätten. Und wie wehrt man sich gegen so ein Gerücht, ohne wie der totale

Arsch auszusehen? Man kann schlecht überall hingehen und beteuern: »Rachel und ich haben nichts miteinander! Vor allem keinen Sex. Ich weiß nicht mal, wie ihr Genitalbereich aussieht, oder ob er sich an einer anderen Stelle befindet als normalerweise oder so.«

Das Harmloseste, was man über uns vermutete, war auf jeden Fall, dass wir locker miteinander gingen. Und die Sache ist die: Die meisten Leute, vor allem die Mädchen, schienen davon total begeistert zu sein. Ich habe eine Theorie dazu, und sie ist deprimierend.

Theorie: Die Leute sind immer total begeistert, wenn ein unattraktives Mädchen und ein unattraktiver Typ miteinander gehen.

Keiner hat sich jetzt direkt hingestellt und etwas in der Richtung gesagt, aber ich glaube, ich habe trotzdem recht. Wenn ein Mädchen zwei unattraktive Menschen sieht, die miteinander gehen, denkt sie: »Hey! Selbst unattraktive Leute können sich ineinander verlieben. Sie müssen irgendwas anderes aneinander toll finden als ihre äußere Erscheinung. Ist das nicht wahnsinnig süß?« Während ein Typ so was sieht und denkt: »Schon mal *ein Kerl weniger*, mit dem ich um die geilsten Titten in jenem Tittenwettbewerb konkurrieren muss, der sich da Highschool nennt.«

Zeit mit Rachel zu verbringen bedeutete ja unweigerlich auch, zumindest teilweise von ihrer Gruppe absorbiert zu werden, den Jüdischen Mädchen der oberen Mittelschicht im Abschlussjahr, Subclique 2a, bestehend aus: Rachel Kushner, Naomi Shapiro und Anna Tuchman. Naomi Shapiro war ständig laut, polternd und sarkastisch. Anna Tuchman war okay, schleppte aber immer irgendein Taschenbuch mit sich herum, mit einem Titel wie *Das Taiji-Schwert* oder *Kluft des Schicksals* oder Ähnliches. Ich hatte mich ein paarmal vor dem Unterricht breitschlagen lassen, mit diesen Mädchen herumzulungern. Sich über längere Zeit an ihren Gesprächen zu beteiligen war reichlich anstrengend.

INNEN. EINGANGSBEREICH DER BENSON HIGH – MORGEN

ANNA

Uff. Ich hab heute null Bock auf Englisch.

NAOMI

MR. CUBALY IST DERMASSEN EIN PERVERSLING.

Kichern von RACHEL und ANNA.

NAOMI

tut, als verstünde sie den Grund des Kicherns nicht

WAS DENN?! ER GLOTZT MIR IMMER IN DEN AUSSCHNITT.

Erneutes Kichern. Auch GREG versucht höflich zu kichern und scheitert.

NAOMI

MAN SOLLTE IHM SAGEN, MACHEN SIE DOCH EIN FOTO, MR. CUBALY, DAS HÄLT LÄNGER.

ANNA

tut entsezt

Naomi-i-i-i!!

Plötzlich schauen alle erwartungsvoll auf GREG, um zu erfahren, was *er* zu alledem meint.

GREG

hält es für das Sicherste, einfach zusammenzufassen, was bisher gesagt wurde

Äh ... irgendein Titten-Foto machen. Wie Mr. Cubaly.

NAOMI

KOTZ. JUNGEN SIND SOLCHE PERVERSLINGE. GREG, KANNST DU *EINMAL* AN WAS ANDERES DENKEN ALS AN SEX?

SÄMTLICHE MITSCHÜLER IN DER HALLE

Greg, wir haben alle deine neckische, freundschaftliche Plauderei mit dieser lauten und nervigen Person registriert.

Also ja, meine hart erkämpfte soziale Unauffälligkeit bekam definitiv ein paar Kratzer ab. Eines Tages in der Mittagspause beging ich sogar den Fehler, mit Rachel und ihren Freundinnen in die Schul-Cafeteria zu gehen, wohin ich seit Jahren keinen Fuß mehr gesetzt hatte.

Die Cafeteria ist das nackte Chaos. Zum einen herrscht dort ein permanenter unterschwelliger Essenskrieg. Er nimmt selten so gewalttätige Formen an, dass das Sicherheitspersonal einschreiten muss, andererseits kommt es immer wieder vor, dass jemand versucht, jemand anderen aus nächster Nähe mit Speisen oder Gewürzsauce zu beballern, und bei jedem zweiten Mal verfehlt er sein Ziel und irgendwer in einem anderen Teil der Cafeteria kriegt es ab. Das Ganze gleicht also einer der eher lascheren Schlachten des Zweiten Weltkriegs.

Zweitens gibt es tagein, tagaus nichts als Pizza und Kroketten. Um etwas Abwechslung hineinzubringen, belegen sie die Pizza manchmal mit kleinen grauen, Scheißbrocken-artigen Wurströllchen, aber damit endet schon die Vielfältigkeit des Angebots. Auch landet viel Essen auf der Erde, und sowohl Pizza als auch Kroketten sind sehr glitschig, wenn man drauftritt. Zusätzlich klebt viel angetrocknete Pepsi am Boden, auf der man zwar gut laufen kann, aber irgendwie macht es das noch ekliger.

Und schließlich ist die Cafeteria extrem bevölkert, was bedeutet, dass man wahrscheinlich zu Tode getrampelt wird, wenn man versehentlich auf einem Stückchen Pizzakäse oder einer zerquetschten Krokette ausrutscht.

Im Prinzip geht es hier zu wie im halb offenen Strafvollzug.

Da saß ich nun und musste meinen Rucksack unbequem auf dem Schoß balancieren, weil ich vermeiden wollte, dass er unterm Tisch Fettflecken ansetzt und ganze Insektenkolonien anzieht, und aß das seltsame, aber vermutlich gesunde Essen, das Dad mir eingepackt hatte, denn würde ich mich jeden Tag von Pizza und Kroketten ernähren, wäre ich noch übergewichtiger und hätte einen Pickel etwa von der Größe eines menschlichen Augapfels im Gesicht. Naomi erzählte in ihrer lauten Art, wie Ross irgendwas völlig Unsensibles gesagt hat und sie nur meinte, fang bloß nicht damit an, während ich mich bemühte, höflich zuzuhören und wahrscheinlich ein dümmliches Lächeln oder Grinsen aufgesetzt hatte. Und in diesem Zustand befand ich mich, als sich Madison Hartner zu uns setzte.

Für den Fall, dass ihr euch nicht mehr erinnert: Madison Hartner ist das unglaublich scharfe Mädchen, das wahrscheinlich mit einem Footballspieler der Pittsburgh Steelers oder zumindest einem Collegestudenten oder so zusammen ist. Sie ist auch diejenige, die ich in der fünften Klasse gnadenlos gehänselt habe, der ich den Spitznamen Madison Furzner verpasst und den Popel-Lippenstift unterstellt hatte, etc. Das war natürlich alles Schnee von gestern, und mittlerweile, im Oktober unseres Abschlussjahrs, gingen wir einigermaßen höflich miteinander um. Wir sagten manchmal Hi, wenn wir uns auf dem Flur begegneten, und vielleicht machte ich dann sogar noch irgendeinen faden, harmlosen Witz, worauf sie lächelte oder so und ich ein paar Sekunden lang davon träumte, mein Gesicht in ihre Titten zu drücken wie ein drolliger kleiner Pandabär, und dann gingen wir beide wieder unseres Wegs.

Wollte ich Madison an die Wäsche? Ja. Natürlich wollte ich das. Ich hätte ein Jahr meines Lebens dafür hergegeben, um nur einmal mit ihr herumzumachen. Naja, oder sagen wir, einen Monat. Und natürlich hätte sie es freiwillig tun müssen. Ich will ja nicht, dass irgendein abartiger, Wünsche erfüllender Dschinn sie erst dazu zwingen müsste, im Tausch gegen einen Monat meines Lebens mit mir herumzumachen. Dieser ganze Absatz ist unglaublich schwachsinnig

Die Sache ist die: Hätte man mich, Greg, gefragt: »In wen bist du verknallt?« Dann hätte die Antwort Madison gelautet. Die meiste Zeit gelang es mir jedoch, nicht an Mädchen zu denken, weil an der Highschool Typen wie ich es nie im Leben schaffen, mit den Mädchen herumzufummeln, mit denen sie wirklich wollen, darum ist es zwecklos, sich wie ein armer Idiot ewig Gedanken darüber zu machen.

Ich habe Dad einmal ganz direkt auf das Thema Mädchen angesprochen, und da hat er gesagt, ja, an der Highschool ist es unmöglich, aber auf dem College wird es anders, und wenn ich einmal am College wäre, hätte ich »keine Probleme, Mädels zu vernaschen«, was peinlich, aber gleichzeitig auch beruhigend war. Dann fragte ich Mom. Die sagte, dass ich im Grunde sehr gut aussehe, und diese Aussage wurde sogleich als Beweisstück Nr. 16 087 im Fall *Mom gegen die Wahrheit* zu den Akten genommen.

Jedenfalls: Madison, ein scharfes und fast überall beliebtes Mädchen, schlenderte zu uns an den Tisch und stellte ihr Tablett neben Rachels ab. Was bewog sie, das zu tun? Es folgt mal wieder eine von meinen langen, umständlichen Erklärungen zu einem beliebigen Thema.

Es gibt zwei Sorten von scharfen Mädchen: Böse Scharfe Mädchen und Scharfe Mädchen, Die Außerdem Mitfühlende, Herzensgute Mädchen Sind Und Nicht Willentlich Dein Leben Zerstören (SMDAMHMSUNWDLZ). Olivia Ryan – das erste Mädchen in unserer Klasse, das sich die Nase hat machen lassen – ist definitiv ein Böses Scharfes Mädchen, weshalb auch alle eine Scheißangst vor ihr haben. Hin und wieder zerstört sie einfach wahllos das eine oder andere Leben. Manchmal tut sie das, weil die betreffende Person irgendeinen Spruch auf Facebook gepostet hat,

liv ryan ist ne biiitch!!!!,

oder etwas in der Art, aber meistens hat sie überhaupt keinen Grund dazu und bricht über einen herein wie ein Vulkan, dessen Lava einem das Fleisch von den Knochen schmilzt. Ich würde mal schätzen, dass an der Benson etwa 75 Prozent der scharfen Mädchen böse sind.

Madison Hartner allerdings ist nicht böse. Stattdessen könnte sie die Vorsitzende der SMDAMHMSUNWDLZ sein. Bester Beweis dafür ist Rachel. Bevor Rachel Krebs bekam, kannten sich Madison und Rachel im besten Fall flüchtig, aber als die Sache mit dem Krebs passierte, wurden Madisons Freundschaftshormone aktiviert.

Ich muss hierzu noch sagen, das Problematische an den SMDAMHMSUNWDLZ ist folgendes: Bloß weil sie einem nicht absichtlich das Leben zerstören, heißt das noch lange nicht, dass sie es nicht manchmal trotzdem tun. Sie können nichts dafür. Sie sind wie Elefanten, die unbekümmert durch den Dschungel ziehen und gelegentlich ein Backenhörnchen tottrampeln, ohne es überhaupt zu merken: scharfe, sexy Elefanten.

Tatsächlich ähnelt Madison meiner Mom in vielen Punkten. Sie ist versessen darauf, Gutes zu tun, und sie ist der absolute Hammer in der Kunst, andere zu irgendwelchen Aktivitäten zu überreden. Das ist eine unglaublich gefährliche Kombination, wie man später in diesem Buch feststellen wird, falls ich es je zu Ende bringen kann, ohne durchzudrehen und meinen Laptop aus dem Fenster eines fahrenden Autos in einen Teich zu schmeißen.

Na schön. Die leukämiegesteuerten Freundschaftshormone hatten also begonnen, in Madisons Blutkreislauf den Betrieb aufzunehmen, und jetzt demonstrierte sie ihre Freundschaft, indem sie uns in der Mittagspause Gesellschaft leistete.

»Sitzt hier jemand?«, fragte sie. Sie hat so eine tiefe, schmelzende, irgendwie weise klingende Stimme, was gar nicht richtig zu ihrem Äußeren passt. Auch das ist scharf. Ich komme mir vor wie der letzte Idiot, wenn ich andauernd schreibe, wie scharf sie ist, darum höre ich jetzt damit auf.

»ICH GLAUBE NICHT«, sagte Naomi.

»Setz dich zu uns«, sagte Rachel.

Also setzte sie sich. Naomi sagte nichts mehr. Das Gleichgewicht der Kräfte hatte sich in einer Weise verschoben, die keiner von uns sofort begriff. Die Luft war spannungsgeladen. Es war ein Moment großer Chancen und noch größerer Gefahren. Die Welt war drauf und dran, sich für alle Zeiten zu verändern. Ich hatte Rindfleisch im Mund.

»Greg, dein Lunch sieht aber interessant aus«, sagte Madison.

Es bestand aus Resten von Rindergeschnetzeltem, Sojabohnensprossen und Salat in einem Plastikbehälter. Teriyaki-Sauce und Frühlingszwiebeln und ähnliches Zeugs waren auch dabei. Das Ganze sah mehr oder weniger so aus, als wäre ein Alien auf die Erde gekommen und hätte einen Kurs in Salatzubereitung gemacht, bei der Abschlussprüfung aber nicht besonders toll abgeschnitten. Jedenfalls war das meine Chance, und ich ergriff sie.

»Ich *hab* schon gegessen«, sagte ich. »Das hier ist die Kotze eines Außerirdischen.«

Rachel und Anna prusteten los, und *Madison kicherte tatsächlich ein bisschen*. Ich hatte keine Zeit, den ständerauslösenden Nebeneffekt, den das hatte, richtig wahrzunehmen, weil Naomi offensichtlich drauf und dran war, im nächsten Moment einen lauten und lästigen Versuch zu starten, die allgemeine Aufmerksamkeit zurückzuerobern, was ich um jeden Preis verhindern musste.

»Ja, ich mache bei Mr. McCarthy eine Dokumentation über das Kotzverhalten von Außerirdischen. Ich begleite sie mit der Kamera überallhin und sammle ihre Kotze in Behältern wie diesem hier ein. Hast du gedacht, ich würde das *essen*? Also echt. Madison, du musst mich für pervers halten. Ich bin *Kotzhistoriker*, da könntest du ruhig ein bisschen Respekt zeigen. Nur darum habe ich diese wunderschöne Kotzprobe hier in meinem Container. Zu *Forschungs*zwecken.«

Naomi unternahm hin und wieder den Versuch, mich zu unterbrechen, indem sie »KRASS« und »IIIH, DAS IST JA WIDERLICH« jaulte, aber ohne Erfolg. Ich kam jetzt ein bisschen in Fahrt und hatte schon ein paar ziemlich gute Lacher geerntet, besonders von Rachel, die sich aufführte wie die Gräfin von Prustenburg.

»Ich habe keineswegs vor, diese wertvolle Kotze zu *verspeisen*. Ich will euch mal was erklären, Leute. Wenn Aliens kotzen, ist das ein Zeichen des Vertrauens. Ich habe einen *Haufen* Zeit mit Aliens verbracht und ihr Vertrauen gewonnen, damit sie mir ihre wunderbare Kotze zur Verfügung stellen, und ich werde den *Teufel* tun und dieses Vertrauen missbrauchen, indem ich diese Kotze esse. Obwohl sie nahrhaft aussieht und so, als würde sie fantastisch schmecken. Guckt sie euch an, guckt euch diese komischen, samenförmigen Dinger an. Ob ich beim Anblick dieser Kotze nicht aufs Ganze gehen will? Sie in den Mund stecken und essen will? *Na klar* will ich. Aber es geht hier um *Vertrauen*, Leute. Nächste Frage. Rachel.«

Ich wusste, dass ich ein bisschen Luft holen konnte, ohne dass Naomi zu Wort kam, wenn ich die hilflos prustende und gackernde Rachel aufforderte, etwas zu sagen. Gleichzeitig versuchte ich mich nicht so sehr auf die Tatsache zu fixieren, dass ich das vermutlich schärfste Mädchen an der Benson High zum Lachen brachte. Es war bei Weitem das einzige Mal im Leben, dass mir so was gelungen war.

»Wo *findet* man Aliens überhaupt?«, brachte Rachel schließlich heraus.

»Hervorragende Frage«, sagte ich. »Die Aliens tarnen sich gern als Menschen, aber wenn man weiß, wonach man suchen muss, sind sie ziemlich leicht zu identifizieren.« Halbherzig schaute ich mich in der Cafeteria nach einer Eingebung um. Aus irgendeinem Grund blieb ich bei Scott Mayhew hängen, einem der *Magic* spielenden Gruftis von vor achtzehntausend Wörtern. Er trug einen Trenchcoat und tapste mit seinem Kantinentablett voller Schulmittagessen unbeholfen durch die Gegend.

»Außerirdische besitzen einen ausgefallenen Modegeschmack, bei dem Trenchcoats eine wichtige Rolle spielen«, fuhr ich fort, »und sie haben noch nicht richtig gecheckt, wie man sich auf Menschenbeinen normal bewegt. Zum Beispiel, guckt aber nicht hin, Scott Mayhew da drüben? Genau. Ein Alien, wie er im Buche steht.«

Mein Herz schlug wie wild. Einerseits hatte ich gerade eine Todsünde begangen, was meine ganze Lebensphilosophie betraf: *Mach dich nie über jemanden lustig*. Über andere herzuziehen ist wahrscheinlich die einfachste Art, Freundschaften und Feindschaften an der Highschool, beziehungsweise eigentlich überall, zu schließen, und das widerspricht, wie ich schon eine Milliarde Mal bemerkt habe, hundertprozentig meinem Lebensziel.

Auf der anderen Seite aber kriegten sich jetzt drei Mädchen nicht mehr ein, und eine davon war Madison und eine andere Rachel, und ich musste es wohl oder übel weiter durchziehen.

»Ihr habt wahrscheinlich gesehen, dass Scott sich ziemlich seltsam durch die Gegend bewegt, und habt euch insgeheim gefragt, was es mit ihm auf sich hat. Naja – er kommt aus dem Weltall. Er ist auf irgendeinem abgefuckten Meteor oder so zu Hause. Und es hat reichlich lange gedauert, bis wir eine *Vertrauensbasis* aufgebaut haben, die es erlaubt, dass ich seine Kotze herumtragen darf. Ihr könnt euch nicht vorstellen, wie oft ich dafür mit ihm abhängen und mir außerirdische Lyrik von ihm anhören musste. Sie handelt hauptsächlich von Zentauren. Und nachdem er mir heute Vormittag ein paar von seinen Gedichten vorgelesen hatte und ich sagte, ›Ich möchte dir dafür danken, das war wirklich wunderschön‹, meinte er endlich: ›Die Ehre ist ganz *meinerseits*; hiermit biete ich dir meine *Kotze* dar.‹ Und dann hat er in dieses Ding hier reingekotzt. Es war die Härte.«

Und dann verstummte ich, weil Scott in dem, was er gerade tat, irgendwie innegehalten hatte und uns quer durch die Caféteria hinweg anstarrte. Was er sah, kann ihm nicht gefallen haben. Anna, Rachel und Madison schauten zu ihm hinüber und lachten. Und ich war dabei, mit einem blöden fetten Grinsen im Gesicht irgendwas zu erzählen. Er wusste, dass wir uns über ihn lustig machten. Es war offensichtlich. Er warf mir einen kalten und wütenden Blick zu.

»GREG, DU BIST VOLL DANEBEN UND WIDER-

LICH«, verkündete Naomi, gierig die entstandene Gesprächspause in Beschlag nehmend.

»Greg, du bist gemein«, sagte Madison und lächelte süß.

Wie zum Teufel sollte ich mich hier herauswinden? »Nein, nein, nein!«, schrie ich. »Naomi, Alien-Kotze ist nicht widerlich. Darum *geht's* ja gerade. Sie ist etwas Schönes und Wertvolles. Und Madison, ich ***bin*** nicht gemein, wenn ich so was sage. Es ist eher umgekehrt. Ich *feiere* dieses magische Band, das zwischen Scott und mir entstanden ist. Mit seiner Kotze. Die ich genau hier in diesem Plastikding aufbewahre.«

Aber ich fühlte mich beschissen dabei. Ich hatte mich vorübergehend nicht mehr im Griff gehabt und Scott Mayhew niedergemacht und wahrscheinlich dafür gesorgt, dass er mich jetzt hasste. Zusätzlich hatte ich jetzt den Ruf als einer, der über andere herzieht. So beschissen fühlte ich mich, dass ich mehr oder weniger nichts mehr sagte, bis die Glocke zur nächsten Stunde läutete, und natürlich ging ich in den nächsten Wochen nicht mehr in die Cafeteria. Schon beim Gedanken, da unten zu essen, begannen meine Achselhöhlen exzessiv zu schwitzen und zu jucken.

Später vertraute mir Rachel an, dass Scott Mayhew total in Anna verknallt war.

»Ohhh. Das erklärt es natürlich.«

»Wirklich?«

»Ja. Sie liest immer Bücher über Zentauren und so Zeugs.«

»Ich finde, er ist zu schräg für sie.«

»So schräg ist er gar nicht.«

Ich war wegen der ganzen Scott-Geschichte immer noch empfindlich und schämte mich.

»Greg, er ist ziemlich schräg. Und seine Haare sind unsäglich.«

»Na ja, aber er ist lange nicht so schräg wie ***ich***.«

»Könnte sein. Schließlich bist du derjenige, der eine Dokumentation über Alien-Kotze dreht.«

»Genau.«

»Sind deine anderen Filme auch Dokus?«

Ich glaube, Rachel wollte mir Gelegenheit geben, ihr wieder irgendein ellenlanges, endloses Märchen zu erzählen, aber ich kam mir offen gestanden immer noch zu beschissen vor, um mir irgendetwas Neues auszudenken. Erst die Sache mit Scott, und jetzt sprach mich Rachel auch noch auf meine Filme an; ich wusste einfach nicht, was ich antworten sollte.

Darum sagte ich einfach nur: »Ähhhh. Nicht wirklich. Äh.«

Aber zum Glück verstand Rachel, was das bedeutete.

»Tut mir leid, ich weiß ja, dass sie geheim sind. Ich hätte nicht danach fragen sollen.«

»Nein. Ich führe mich auf wie ein Idiot.«

»Nein, tust du nicht. Dir ist wichtig, dass sie geheim sind. Ich möchte gar nicht, dass du sie mir beschreibst.«

Ich muss sagen: In dem Moment fand ich Rachel klasse. Andererseits schätze ich mal, dass ich *euch* die Filme beschreiben sollte. Ihr seid wesentlich weniger klasse als Rachel, ihr bescheuerten Leser.

Naja, ich bin ja eigentlich derjenige, der gerade beschlossen hat, dass ihr was über die Filme lesen müsst, deswegen ist die eigentliche menschliche Scheißfabrik kein anderer als ich selbst.

Was wohl niemanden hier überraschen dürfte.

Fünfzehntes Kapitel

Gaines/Jackson: Das Werkverzeichnis

Die folgende Liste stellt selbstverständlich nur eine Auswahl dar.

Earl, der Zorn Gottes II (Regie: G. Gaines u. E. Jackson, 2005). Ja, ich weiß. Die *II* ergibt keinen Sinn. Es hätte entweder *Aguirre, der Zorn Gottes II* oder *Earl, der Zorn Gottes I* heißen müssen. Was auch immer. Zum damaligen Zeitpunkt schien *Earl, der Zorn Gottes II* einfach zu funktionieren. Außerdem waren wir elf. Macht mal halblang, Leute.

Earls meisterliche Darstellung eines psychotischen, Fantasie-Deutsch sprechenden spanischen Konquistadoren wurde von einem nahezu vollständigen Mangel an Plot, Charakterentwicklung, verständlichen Dialogen usw. überschattet. Im Nachhinein betrachtet hätten wir wahrscheinlich etwas weniger Material von Cat Stevens verwenden sollen, wie er ausflippt und einen von uns beiden angreift. Außerdem wäre es gut gewesen, wenn wir Untertitel eingefügt hätten, denn man kann beim besten Willen nicht verstehen, was Earl da sagt. *»Ich haufen mit staufen ZAUFENSTEINNNN«*, zum Beispiel. ☆

Ran II (Regie: G. Gaines u. E. Jackson, 2006). Wir haben uns bei *Ran II* echt gesteigert, mit Kostümen, einem Soundtrack, Waffen und einer Handlung, für die wir uns sogar vorher hingesetzt und versucht haben, sie aufzuschreiben. Hier kommt sie: Ein Kaiser und seine Söhne essen zu Abend. Einer der Söhne macht sich über den Kaiser lustig. Der Kaiser wird zornig und tötet seinen eigenen Hofnarren. Die Frau von einem der anderen Söhne kommt reingerannt und verkündet, dass sie sich gerade mit einem anderen Kaiser wiederverheiratet hat. Sie erleidet den Tod durch Kopfnüsse. Der zweite Kaiser wohnt unterdessen in einem Badezimmer und isst Seife und hat eine langatmige Ausraster-Szene, als ihm ein Bote die Nachricht überbringt, dass seine Frau tot ist. Der Bote entpuppt sich als der aufmüpfige Sohn; der aufmüpfige Sohn macht dann allerdings den Fehler, unter einem Baum vorbeizuwgehen, auf dem ihm ein mysteriöser Attentäter mit einer Zahnpastatube auflauert. Der Attentäter und der erste Kaiser jagen sich dann eine Zeitlang gegenseitig durch den Wald. Das führt dazu, dass der zweite Kaiser eine sogar noch längere Ausraster-Szene hat. Schließlich rennt er ins Wohnzimmer und begeht Selbstmord durch Ellbogen-in-die-Stirn-Rammen, während der aus irgendeinem Grund wieder zum Leben erwachte Hofnarr ein sehr lautes Quatschlied singt.

Und dann wird es erst richtig kompliziert. ☆☆

Apocalypse Later (Regie: G. Gaines u. E. Jackson, 2007). Auch dies ist nicht unser bester Titel. Nachdem wir in Erfahrung gebracht hatten, was die Apokalypse war, fanden wir es lächerlich, dass *Apocalypse Now* nicht vom Weltuntergang handelte. Dieser Film lässt sich am besten folgendermaßen zusammenfassen:

1. Earl mit Kopftuch und Wasserpistole verlangt zu erfahren, wann genau die Apokalypse stattfinden soll.
2. Ich erkläre Earl aus dem Off, dass die Apokalypse noch eine Weile auf sich warten lassen wird.
3. Earl sitzt auf einem Stuhl und flucht *ausgiebig*.
4. Das Ganze noch mal von vorn. ☆½

Star Peaces (Regie: G. Gaines u. E. Jackson, 2007). Die Handlung spielt im Jahr 2007 auf dem Planeten Erde, nicht in der Zukunft, und obwohl er einen abgefahrenen Namen hat, ist Luke Crazy Böse-Finger der luschigste Knabe der ganzen Nachbarschaft. Beispiel: Seine Brieftasche enthält nichts als Pudding, und anstatt mit ihm zu knutschen, boxen ihn die Mädchen lieber in den Bauch. Dann entdeckt er in einem Sandkasten zwei Roboter, die ihm mitteilen, dass er die Fähigkeit besitzt, Gegenstände per Geisteskraft zu bewegen. Die Richtigkeit dieser Aussage wird nicht bewiesen, aber er erzählt trotzdem allen davon, und wenn man ihn um eine Vorführung bittet, wird er sehr sauer und vollführt den Tanz des Wütenden Roboters. Einmal glaubt er, sein Fahrrad sei eine Art futuristisches Speedbike, und fährt damit im Frick Park mit einer Wasserpistole herum, wobei er mit den Lippen Weltall-Geräusche schnalzt und fremde Leute attackiert, die er für SS-Männer hält. Dann kreuzt die Polizei auf, also jetzt richtige Polizisten, die nicht im Drehbuch standen, aber von einer alten Dame, die wir fast überfahren hätten, gerufen worden waren. Das erwies sich als der Hammer, denn wir hatten irgendwie noch gar kein Ende geschrieben. ☆☆½

Hello, Good-Die (Regie: G. Gaines u. E. Jackson, 2008). Der Durchbruch! Es war der erste von vielen Filmen, in denen wir Sockenpuppen verwendeten. James Bondage, britischer

Superspion, wacht im Bett neben einer schönen Frau auf, die insgeheim eine Sockenpuppe ist. Wir wissen, dass sie undercover arbeitet, als James Bondage sagt: »Das Wunderbare an dir ist, dass du keine Sockenpuppe bist.« ☆☆½

Cat-ablanca (Regie: G. Gaines u. E. Jackson, 2008). Die schlichte Wahrheit ist: Katzen können nicht schauspielern. ☆

2002 (Regie: G. Gaines u. E. Jackson, 2009). Nachdem wir *2001* gesehen hatten, fühlten wir uns wie befreit. Wenn *Aguirre, der Zorn Gottes* gezeigt hatte, dass ein Filmplot kein Happy End braucht, so bewies *2001*, dass ein Film nicht mal einen Plot braucht und eine Menge Szenen einfach nur aus bizarren Farben bestehen können. Künstlerisch gesehen ist er unser anspruchsvollster Film, was ihn gleichzeitig zu dem mit dem geringsten Spaßfaktor macht. ☆☆½

The Manchurian Cat-idate (Regie: G. Gaines u. E. Jackson, 2010). Katzen können nicht nur nicht schauspielern, sie hassen es auch, Kostüme zu tragen. ☆☆☆½

Sechzehntes Kapitel

Hoffentlich das letzte aus einem Überangebot an Earl-Hintergrundinfo

Insgesamt machten wir zweiundvierzig Filme, angefangen mit *Earl, der Zorn Gottes II*. Wenn ein Film abgedreht war, hatten wir folgendes Ritual: Wir brannten ihn auf zwei DVDs, löschten ihn auf Dads Computer und trugen dann das Rohmaterial zur Mülltonne hinter unserem Haus, wo Earl eine Zigarette rauchte. Dabei schaute Mom meist missbilligend zu – sie fand, wir sollten die herausgeschnittenen Szenen für später aufheben, und außerdem war sie von Earls Raucherei nicht gerade begeistert, obwohl sie sie tolerierte –, aber sie ließ es geschehen, weil wir ihr keine andere Wahl ließen.

Wir wollten nicht, dass irgendjemand außer uns die Filme sah. Niemand. Nicht Mom und Dad; wir wussten, dass wir auf deren Urteil nichts geben konnten. Nicht unsere Klassenkameraden; deren Meinung *interessierte* uns nicht, nicht nach dem Fiasko mit *Aguirre, der Zorn Gottes*. Und es war ja nicht so, als wären wir mit irgendeinem von denen richtig befreundet gewesen.

Was Earl betrifft, ihm ging es einfach vollkommen am Arsch vorbei, ob er Freundschaften schloss oder nicht. Ich war der engste Freund, den er hatte, und abgesehen vom Filmemachen hingen wir nicht besonders oft zusammen herum. In der Mittelstufe begann er, vieles allein zu unternehmen; ich wusste nicht, wo er unterwegs war, jedenfalls nicht bei sich und auch nicht bei mir zu Hause. Er hatte eine Drogenphase, aber da wurde ich nicht wirklich eingeweiht. Sie hielt auch nicht lange an; bei zwei Filmen, die wir drehten, war er mehr oder weniger die ganze Zeit zugedröhnt, (*Walk Lola Walk* [2008], *Gay. I.* [2008]), danach riss er sich ziemlich bald wieder zusammen. In der achten Klasse beschränkte er sich schon wieder auf Zigaretten. Aber er blieb weiterhin ein großer Einzelgänger, und manchmal bekam ich ihn wochenlang nicht zu Gesicht.

In meinem Fall war es so, dass es mir in der Mittelstufe einfach schwerfiel, Freundschaften zu schließen. Ich weiß nicht, wieso. Wenn ich es gewusst hätte, wäre es ja nicht so unmöglich gewesen.

Zum einen interessierte ich mich in der Regel nicht für das, was die anderen Kids interessierte. Für viele Kids waren das Sport oder Musik, zwei Dinge, die mich einfach nicht richtig begeistern konnten. Musik interessierte mich nur als Soundtrack für einen Film, und was Sport angeht, also mal ehrlich: Irgendwelche Typen, die ein paar Bälle durch die Gegend schlagen oder versuchen, sich gegenseitig umzunieten, und so was soll man sich auch noch drei Stunden am Stück ansehen – irgendwie finde ich das eine ziemliche Zeitverschwendung. Ich weiß nicht. Ich möchte nicht herablassend klingen, darum werde ich mich zu dem Thema nicht weiter äußern, außer dass es mir buchstäblich unmöglich ist, sich irgendwas vorzustellen, das bescheuerter ist als Sport.

Daher teilte ich mit den anderen nicht wirklich irgendwelche Interessen. Genauer gesagt, ich hatte bei wie auch immer gearteten sozialen Anlässen keine Ahnung, worüber ich reden sollte. Ich wusste definitiv nicht, wie man außerhalb eines Films einen Witz macht, darum versuchte ich mir in meiner wachsenden Panik etwas möglichst Interessantes einfallen zu lassen, wobei meistens so etwas herauskam:

1. Ist dir schon mal aufgefallen, dass die Leute entweder wie Nagetiere oder wie Vögel aussehen? Wenn man sie so klassifiziert, dann hätte ich eindeutig ein Nagetiergesicht, aber du siehst eher wie ein Pinguin aus.
2. Wenn das ein Videospiel wäre, könnte man einfach alles in diesem Zimmer kaputtmachen und man würde noch einen Haufen Geld dabei gewinnen, das man nicht einmal aufheben müsste; man würde einfach direkt hineinlaufen und plötzlich hätte man es auf dem Konto.
3. Wenn ich wie der Leadsänger von irgendeiner verschnarchten Rockband reden würde, wie zum Beispiel der von Pearl Jam, würde doch jeder denken, ich hätte eine schwere Kopfverletzung. Wie kann es dann sein, dass der Typ von Pearl Jam das darf?

Das alles sind tolle Sachen, über die man mit Leuten reden kann, mit denen man befreundet ist, aber nicht, wenn man versucht, höflich Konversation zu machen. Und irgendwie habe ich es nie bis zum Freundschaftsstadium geschafft. Als ich dann in die Highschool kam und ein bisschen mehr den Bogen raushatte, wie man sich mit Leuten unterhält, da *wollte* ich gar nicht mehr mit irgendwem befreundet sein. Abgesehen von Earl, der wie gesagt eher so etwas wie ein Arbeitskollege war.

Und Mädchen? Vergesst die Mädchen. Ich hatte bei Mädchen nie eine Chance. Man kann es im dritten Kapitel nachlesen, das da heißt »Bringen wir dieses peinliche Kapitel schnell hinter uns.«

Also, zusammenfassend lässt sich sagen: Wir haben unsere Filme nie irgendjemandem gezeigt.

Siebzehntes Kapitel

Mr. McCarthys Büro

Mr. McCarthy ist einer der wenigen vernünftigen Lehrer an der Benson. Er ist eher jung und scheint gegen all die deprimierenden Eigenschaften einer Highschool irgendwie immun zu sein. Viele der jüngeren Lehrer an der Benson brechen mindestens einmal pro Tag in Tränen aus; ein paar von den anderen sind auf die übliche Weise etwas blöd oder tyrannisch; aber Mr. McCarthy ist einfach eine Klasse für sich.

Er ist weiß, hat aber einen rasierten Schädel und die Unterarme voller Tattoos. Nichts begeistert ihn mehr als Fakten. Wenn einer in der Klasse eine beliebige Tatsache anbringt, trommelt er sich auf die Brust und schreit »WAHRER FAKT« oder manchmal »RESPEKT, GUTE RECHERCHE«. Wenn die Tatsache nicht der Wahrheit entspricht, heißt es hingegen: »FALSCHER FAKT«. Er trinkt den ganzen Tag vietnamesische Suppe aus einer Thermosflasche, eine Tätigkeit, die er »das Orakel konsultieren« nennt. Zu den seltenen Gelegenheiten, bei denen er richtig aufgeregt ist, tut er so, als wäre er ein Hund. Meistens ist er jedoch wahnsinnig lässig, und er unterrichtet manchmal barfuß.

Jedenfalls ist Mr. McCarthy der einzige Lehrer, mit dem

mich annähernd so etwas wie eine Freundschaft verbindet, und er hat mir und Earl erlaubt, unseren Lunch bei ihm im Büro zu essen.

Um diese Zeit ist Earl immer mürrisch. Er muss Förderkurse besuchen, und seine Klassenkameraden sind Vollidioten. Außerdem finden die Kurse im Keller statt.

Übrigens ist Earl schlau genug, dass er jeden Kurs belegen könnte, nach dem ihm ist. Ich habe keine Ahnung, warum er Förderunterricht nimmt, und um Earls Entscheidungsprozesse richtig auszuloten, bräuchte man ungefähr zwanzig Bücher, darum will ich mich nicht damit aufhalten. Es genügt der Hinweis, dass er zur Mittagspause schon vier Stunden lähmender Blödheit über sich hat ergehen lassen müssen und er sich am liebsten die Pulsadern aufschneiden möchte. In den ersten zehn Minuten unserer Essenspause schüttelt er zu allem, was ich sage, wütend den Kopf. Dann kriegt er sich irgendwann wieder ein.

»Also triffst du dich jetzt mit diesem Mädchen«, sagte er am Tag nach meinem unerquicklichen Besuch in der Cafeteria.

»Ja.«

»Zwingt dich deine Mom immer noch?«

»So ziemlich, ja.«

»Sie stirbt oder was?«

»Na ja«, sagte ich. Ich wusste nicht richtig, was ich dazu sagen sollte. »Ich meine, sie hat Krebs. Aber *sie* glaubt nicht, dass sie sterben wird, darum habe ich irgendwie ein schlechtes Gewissen, wenn wir zusammen sind, weil ich die ganze Zeit denke: Du stirbst du stirbst du stirbst du stirbst.«

Earl schaute mich ungerührt an. »Jeder stirbt«, sagte er. Tatsächlich sagte er: »Je'er stirb«, aber das sieht geschrieben irgendwie bescheuert aus. Wie funktioniert das Schreiben überhaupt? Ich hasse das hier.

»Genau«, sagte ich.

»Glaubst du an ein Leben nach dem Tod?«

»Eigentlich nicht.«

»Doch, glaubst du.« Earl klang, als sei er sich ziemlich sicher.

»Nein, tu ich nicht.«

»Nie im Leben glaubst du *nicht* an kein Leben nach dem Tod.«

»Das ist – äh, das ist eine dreifache Verneinung«, sagte ich, um ihn zu nerven. Was blöd war, weil man nicht auch noch *üben* sollte, andere Leute zu nerven.

»Fick dich, Mann. Du hältst dich für zu schade fürs Leben nach dem Tod.«

Wir aßen. Earls Lunch bestand aus Gummibärchen, Kartoffelchips, Keksen und Coke. Ich nahm mir ein paar von seinen Keksen. »Das checkst du doch gar nicht, Mann, *kein* Leben nach dem Tod. Das kannst du nicht im Ernst glauben, dass du hinterher nicht weiterlebst.«

»Ich habe ein sehr mächtiges Gehirn.«

»Ich tret diesem Gehirn gleich den Kopf ein«, sagte Earl, während er aus unerfindlichen Gründen mit den Füßen auf den Boden hämmerte.

Mr. McCarthy kam herein.

»Greg. Earl.«

»Was geht ab, Mr. McCarthy?«

»Earl, dein Lunch ist Schrott.« Mr. McCarthy gehörte zu den ungefähr vier Leuten auf der Welt, die so was zu Earl sagen durften, ohne dass er ausrastete.

»Wenigstens trink ich nicht irgendeine abgedrehte, seetangmäßige … *Tentakel*suppe aus der Thermosflasche.«

Aus irgendeinem Grund waren Earl und ich damals schwer von Tentakeln fasziniert.

»Genau, ich will nur mal eben das Orakel nachfüllen.«

In diesem Augenblick registrierten wir die Heizplatte auf seinem Schreibtisch.

»Im Lehrerzimmer verlegen sie neue Leitungen«, erläuterte Mr. McCarthy. »Das, meine Knaben, ist die Quelle jeglicher Weisheit. Blicket tief hinab in die Wasser des Orakels.«

Wir schauten in Mr. McCarthys riesigen Suppentopf. Earls Beschreibung hatte es ziemlich auf den Punkt gebracht; die Nudeln sahen aus wie Tentakel, und dazwischen schwamm eine Menge glitschiges und blättriges grünes Zeug herum. Tatsächlich sah es aus, als enthalte der Topf ein ganzes Ökosystem. Ich hätte mich nicht gewundert, wenn auch Schnecken mit dabei gewesen wären.

»Das ist eine *Pho*«, sagte Mr. McCarthy. »Wobei ›Pho‹ anscheinend ›föah‹ ausgesprochen wird.«

»Kann ich mal kosten?«, fragte Earl.

»Nee«, sagte Mr. McCarthy.

»Mist«, sagte Earl.

»Ich darf euch nichts zu essen geben«, entschuldigte sich Mr. McCarthy. »Das gehört zu den Dingen, die sie bei Lehrern wirklich nicht gerne sehen. Sehr schade. Earl, ich kann dir ein vietnamesisches Restaurant empfehlen, wenn du magst. Thuyen's Saigon Flavor, drüben in Lawrenceville.«

»*Lawrenceville*, ich kann mich noch beherrschen«, sagte Earl abfällig.

»Earl weigert sich, nach Lawrenceville zu gehen«, sagte ich. Manchmal machte es mir Spaß, in Gegenwart von Earl und einer dritten Person Earls Verhalten zu erklären, indem ich exakt das, was er gerade gesagt hatte, in anderen Worten wiedergab. Wie ein lästiger Privatassistent, der in keiner Weise hilfreich war.

»Ich hab kein *Geld* zum Essengehen.«

»Earl verfügt über keine Rücklagen für solcherlei Unternehmungen.«

»Ich wollte ja nur mal die Suppe hier auschecken.«

»Earl hatte gehofft, von *Ihrer* Suppe kosten zu dürfen.«

»Völlig ausgeschlossen«, verkündete Mr. McCarthy fröhlich und deckte die Terrine wieder zu. »Greg, lass mal einen Fakt rüberwachsen.«

»Äh … Wie vieles in der vietnamesischen Küche enthält Pho Elemente der französischen Cuisine, speziell die Brühe, die der Consommé entlehnt ist.« Es ist mir peinlich, das zu sagen, aber diesen Fakt hatte ich aus dem Kochsender.

»RESPEKT, GUTE RECHERCHE«, bellte Mr. McCarthy. »Gut gemacht, Greg.« Er spannte den Bizeps des rechten Arms an und boxte sich mit der linken Faust darauf. »Immer schön weiterspielen in der Oberliga.« Er war unglaublich aufgeregt. Tatsächlich knurrte er sogar ein bisschen. Ich befürchtete schon, dass er mich als Nächstes anspringen würde. Stattdessen wandte er sich Earl zu.

»Earl, falls du es dir anders überlegst, kannst du Thuyen sagen, er soll's auf Mr. McCarthys Rechnung setzen. In Ordnung?«

»In Ordnung.«

»Seine Pho ist sowieso viel besser als meine.«

»In Ordnung.«

»Meine Herren.«

»Mr. McCarthy.«

Sobald Mr. McCarthy gegangen war, holten wir uns natürlich ein paar Pappbecher und fielen über die Suppe her. Sie schmeckte okay: wie Hühnersuppe, aber mit einem seltsamen Beigeschmack, den wir nicht richtig identifizieren konnten. Wie Knoblauch und Lakritze in einem. Jedenfalls zog sie einem nicht die Schuhe aus. Zumindest nicht sofort.

Zum ersten Mal fühlte ich mich beim Läuten der Glocke nach der letzten Stunde etwas komisch. Als ich aufstand, schoss mir das Blut in den Kopf, und ich hatte diese braune verschwommene Wand vor Augen, wie es manchmal ist, wenn einem das Blut in den Kopf schießt, und musste stehenbleiben, bis es vorbei war. Währenddessen blieben meine Augen weit geöffnet, und offenbar starrten sie Liv Ryan an, das erste Mädchen an unserer Schule, das sich die Nase hatte machen lassen. Um ganz genau zu sein, meine Augen starrten ihren Busen an.

Hinter der braunen verschwommenen Wand sagte Liv etwas. Ich konnte die Worte definitiv hören, aber aus irgendeinem Grund war ich nicht in der Lage, sie auch zu verstehen.

Ich hatte keinen Schimmer, was verdammt noch mal hier vor sich ging.

»Greg, was ist dein ***Problem?***«, sagte Liv nochmal, und diesmal kamen die Worte bei mir an, und auch ihre Titten wurden langsam erkennbar.

»Blut«, sagte ich. »Mein, äh, Kopf.«

»Was?«, sagte sie.

»Ich konnte nichts sehen«, sagte ich. Das Sprechen fiel mir schwer. Außerdem war mir jetzt klar, dass ich mich wie ein Schwachsinniger anhörte und auch so aussah. Meine Stimme klang grauenhaft nasal, als bestünde mein Gesicht zu etwa 80 Prozent aus Nase.

»Mir ist das Blut in den Kopf gestiegen, und ich konnte nichts sehen«, erklärte ich, obwohl es sein kann, dass ich nicht alle Worte korrekt oder in dieser Reihenfolge ausgesprochen habe.

»Greg, du siehst irgendwie nicht gut aus«, sagte jemand.

»Kannst du bitte aufhören, mich anzustarren«, sagte Liv, und ihre Worte erfüllten mich mit Panik.

»Ich muss los«, stieß ich hervor. Ich musste meinen Rucksack holen, und aus einem unerfindlichen Grund bewegte ich meine Füße.

Das war der Moment, als ich hinfiel.

Ich muss euch wahrscheinlich nicht erzählen, dass an der Benson genauso wie an jeder anderen Highschoool nichts komischer ist als ein Mensch, der hinfällt. Ich behaupte nicht, dass es besonders tiefgründig oder tatsächlich lustig ist; ich sage nur, dass die Leute an der Highschool es für das Komischste überhaupt halten, was eine Person tun kann. Ich weiß nicht genau, warum das so ist, aber es ist so. Die Leute schmeißen sich weg, wenn so etwas passiert. Manchmal fallen sie auch *selber* hin, und dann bricht ihre Welt zusammen.

Also, ich fiel hin. Normalerweise hätte ich das Ganze in den Griff bekommen, indem ich wieder aufgestanden wäre und mich vor meinem Publikum verbeugt oder irgendeinen ironischen Schlenker gebracht hätte, etwas in der Art. Aber ich fühlte mich nicht normal. Ich konnte nicht mehr geradeaus denken. »Alle lachen dich aus«, teilte mir mein Gehirn mit, anstatt mich mit wertvollen Informationen oder einem Plan zu füttern. »Weil du wie ein Idiot hingefallen bist!« Mein Gehirn funktionierte nicht mehr richtig. Panisch schnappte ich mir meinen Rucksack und machte einen Satz in Richtung Tür; dabei *fiel ich ein zweites Mal hin.*

Die Leute waren kurz vorm Kotzen, so sehr mussten sie lachen. Es war ja auch ein Geschenk der Komödiengötter: pummeliger Knabe fällt hin, dreht durch, unternimmt waghalsige Flucht in Richtung Tür und knallt noch mal aufs Linoleum.

Mittlerweile hatte ich mich aus dem Raum und in den Flur geschleppt, und irgendwie war der Flur etwa dreimal so lang wie sonst und wimmelte nur so vor Leuten. Ich schwamm in einem Meer aus menschlichen Leibern und versuchte, nicht vollends auszurasten. Gesichter schwebten vorbei, die mich alle anzustarren schienen. Ich versuchte mich unsichtbar zu machen, aber in meinem ganzen Leben hatte ich mich noch nie so exponiert gefühlt. Ich war nicht nur Stolperboy, ich war auch Die Wandelnde Nase.

Wahrscheinlich dauerte es keine fünf Minuten, aber mir kam es vor, als bräuchte ich eine Stunde, um nach draußen zu gelangen – eine Stunde in der Hölle. Und kaum war ich aus der Schule raus und stand draußen auf der Treppe, erhielt ich eine SMS.

```
in der suppe warn drogen.komm zum
parkplatz
```

Es war Earl.

»McCarthy tut Gras in seine Suppe«, zischte er. Es dauerte ein Weilchen, bis die Botschaft bei mir ankam.

»Mann, er muss eine verdammte Tonne Gras da reingeschmissen haben«, fuhr Earl fort. »Denn ich hab ja nicht mal viel davon gegessen. Aber du hast ja sogar Nachschlag genommen. Du musst völlig im *Eimer* sein, mein Sohn.«

»Stimmt«, sagte ich.

»Du siehst *arschmäßig* high aus.«

»Ich bin hingeknallt.«

»Scheiße«, sagte Earl. »Hätt ich zu gern gesehen.«

So war das also, wenn man high war. Auf einer Party bei Dave Smeggers hatte ich einmal Marihuana probiert, ohne die geringste Wirkung zu verspüren. Vielleicht hatte ich nicht richtig am Joint gezogen.

»Lass uns zu dir gehen und was zu essen klarmachen«, schlug Earl vor.

»Okay«, sagte ich, und wir zogen los. Aber je mehr ich darüber nachdachte, desto mehr fand ich es eine schreckliche Idee. Ich sah arschmäßig high aus! Earls Meinung nach! Also würden Mom und Dad, wenn wir nach Hause kämen, sofort wissen, dass ich auf Droge war! Fuck! Dann würden wir drüber reden müssen! Ich war unfähig, über irgendwas zu reden! Ich war ja nicht mal fähig, in Worten zu denken! Aus irgendeinem Grund hatte ich das Bild von einem Dachs in meinem Kopf! *Einem hammermäßigen Dachs!*

Außerdem würde ich mir eine Erklärung ausdenken müssen, denn ich wollte Mr. McCarthy ja nicht in Schwierigkeiten bringen. Was sollte ich sagen? Dass uns irgendwelche Stoner *gezwungen* hätten, high zu werden? Das war lächerlich, oder? Und was sollte ich sagen, wenn man mich fragte, wo*mit* wir uns zugeknallt hatten? Und, möglicherweise noch wichtiger: *Wie konnte ich den ganzen Weg zum Bus zurücklegen, ohne wieder hinzufallen?*

»Macht Mr. McCarthy in der Klasse einen bekifften Eindruck?«, fragte Earl. »Denn dieser Stoff ist der Vollstrecker. Ich muss dringend was *futtern*. Verdammt.«

Earl hatte eine Superlaune. Ich nicht. Mich quälte nicht nur der Gedanke an Mom und Dad, ich fand auch, dass uns jeder auf der Straße missbilligend anstarrte. Wir waren zwei Kids auf Droge, die frech in der Gegend herumliefen! Und meine Nase saß mir im Gesicht wie ein Ballon! Ein Ballon voller Nasenschleim! Wir *mussten* ja nach allen Seiten Aufmerksamkeit erregen! (Erst jetzt, im Nachhinein, wird mir klar, dass ich und Earl, die wir die Straße entlanggehen, auf der »Kann-mich-gar-nicht-Sattsehen«-Skala der Interessantheit kein berauschendes Ergebnis erzielen würden. [Haha! »berauschendes« Ergebnis! Kapiert? Zum Brüllen komisch! Ich mach natürlich nur Spaß; es war ein Scheißwitz. Tatsächlich ist genau diese Sorte Witz dafür verantwortlich, dass die meisten Leute Stoner hassen.])

»Führt sich Mr. McCarthy in der Klasse *bekifft* auf?«, wiederholte Earl. »Wenn er unterrichtet.«

»Er – eigentlich nicht«, sagte ich. »Na ja, vielleicht. Irgendwie. Man könnte, äh … also nicht richtig, äh, du weißt schon.«

Ich bekam nicht mal einen verdammten Satz auf die Reihe.

Angesichts dieser Vorführung verstummte Earl vorübergehend.

»Verdammt, mein Sohn«, sagte er schließlich. »Verdammt.«

Als wir auf dem Weg im Bus zu mir saßen, bekam ich eine weitere SMS.

> `fange mit chemo morg an. möchtest du vorbeikommen und tschüs zu meinen haaren sagen?:)`

Es ist mir peinlich, aber wir brauchten die ganze Busfahrt, um diese Nachricht zu entziffern. Zum einen kapierten wir nicht, dass »chemo morg« Abkürzungen waren. Stattdessen hielten wir sie für Nonsens-Worte. Wir sprachen sie uns gegenseitig vor.

»Schämo-mooorg.«

»Kemomo-rrrrrg.«

»Oma-Grog.«

»Ha … ha … ha.«

»Heh heh.«

»Jetzt mal ehrlich, was, äh.«

»Heh.«

»Bruhha.«

Als wir aus dem Bus ausstiegen, war Earl endlich darauf gekommen. »Chemotherapie«, sagte er.

»Ohhh.«

»Dein Mädchen kriegt ne Glatze.«

»Was?«

»Chemotherapie. Sie pumpen dir tonnenweise Chemikalien ins Blut, und dann fallen dir alle Haare aus.«

Das klang in meinen Ohren seltsam, obwohl ich irgendwie wusste, dass es stimmte. »Ohhhh.«

»Dann muss man mehr oder weniger andauernd kotzen.«

Au weia, dachte ich, so eine Zwickmühle. Dann grübelte ich über das Wort »Zwickmühle« nach. Nicht lange, und ich hatte eine Vision von meiner Hand an Madison Hartners Busen. Irgendwie war das irre komisch.

»Dude«, sagte Earl und schaute mich besorgt an.

»Was?«

»Was lachst du da?«

»Ähhh.«

»Chemotherapie ist was Ernstes, Mann. Chemotherapie ist echt kein Witz.«

»Nein, ich hab nur … ich hab nur an was anderes gedacht.« Herrgott, ich war dermaßen daneben.

»Also was ist, schickst du ihr ne SMS und sagst ihr, dass wir kommen.«

Ich war mir nicht sicher, ob es eine Frage war. »Vielleicht?«

»Ja, wir müssen deine Freundin besuchen, Blödmann.«

»Okay. Okay.«

»Also schreib, ich und Earl, wir kommen jetzt bei dir vorbei.«

Es dauerte eine Ewigkeit, bis ich die SMS verfasst hatte, und so sah sie aus:

```
okay klingt geil! aber kann ich nen
fruend mitbringen eral er ist cool
er wird dir fegallen???/
```

Nicht zum Aushalten. Es gibt definitiv einen Haufen Kids, die wahnsinnig gern auf Droge sind, aber glaubt mir, Leute, Greg Gaines gehört nicht dazu.

Achtzehntes Kapitel
Drogen sind das Letzte

Das erste Hindernis war Denise.

»Hallo Greg«, sagte sie. Sie schien mit den Gedanken woanders zu sein. Außerdem schaute sie Earl so entgeistert an, als hätte ich ihr ein Lama ins Haus geschleppt. »Und wen haben wir da?«

Earl und ich sagten gleichzeitig etwas.

»Pardon?«

Dann sagte keiner von uns was.

»Ich bin Denise«, sagte Denise schließlich.

»Earl Jackson«, sagte Earl, zu laut. Ich schaute ihn angsterfüllt an. Im Umgang mit Erwachsenen wird Earl gern aufsässig und streitlustig. Mir war klar, dass das bei Denise nicht besonders gut ankam, darum quasselte ich los. Was sich als taktischer Fehler erwies.

Was der nichtbekiffte Greg gesagt hätte: »Earl ist ein guter Freund von mir, und er wollte Rachel gute Besserung wünschen. Ist sie oben?«

Was der bekiffte Greg stattdessen sagte: »Earl ist mein bester – Earl ist einer meiner besten Freunde. Und wir haben gerade zusammen abgehangen, wissen Sie, nichts Besonderes gemacht, wissen Sie, also alles cool. Na ja, äh. Dann haben wir eine SMS von Rachel gekriegt, über ihren Haarverlust – ich meine, der noch nicht stattgefunden hat, klar, darum wollten wir uns ihre Haare angucken. Und abhängen! Nicht nur ihre Haare sehen, denn, wissen Sie, das mit den Haaren, das ist mir so was von egal. Ich bin sicher, dass sie ohne Haare toll aussieht. Aber wir wollten nur mal ein bisschen abhängen. Hallo sagen … so in der Richtung.«

Am Ende dieses Monologs war ich schweißgebadet. Earl wiederum bemühte sich nicht einmal, seinen Ekel zu kaschieren. Er hatte das Gesicht in den Händen vergraben und stieß ein Wort aus, ich glaube, es war »Scheiße«.

»Oka-a-a-ay« sagte Denise. Sie wirkte nicht überzeugt.

Wir verstummten alle einen Moment.

»Also, ist Rachel oben?«, fragte ich schließlich.

»Ja, ja, natürlich«, sagte Denise und winkte uns hinein, worauf wir extrem hastig die Treppe hochrannten, nur weg von Denise.

Das zweite Hindernis war Rachels Misstrauen gegenüber Earl und außerdem unsere rekordverdächtige, Drogenrausch-bedingte Schrägheit.

»Ich war mir nicht sicher, was eure SMS zu bedeuten hat«, sagte sie. Sie beäugte Earl argwöhnisch. Ich hatte das mulmige Gefühl, dass sie ihm vielleicht mit Misstrauen begegnete, weil er schwarz war, obwohl ich mich unheimlich schämte, so etwas zu denken, denn das hieße ja, ein Mädchen, das drauf und dran war, erst ihre Haare zu verlieren und dann wahrscheinlich zu sterben, des Rassismus zu bezichtigen.

»Earl hat's drauf«, sagte ich, als würde das irgendwas erklären.

»Ja, ihr zwei schickt euch gegenseitig ekelhafte SMS.«

Es entstand eine lange, mit unbehaglichem Schweigen belastete Gesprächspause, bis mir einfiel, dass es das Einzige war, was ich Rachel je von Earl erzählt hatte, und als ich mich endlich daran erinnerte, hatte Earl schon die Initiative ergriffen.

»Alles klar?«

»Hallo, Earl.«

Schweigen.

»Dein Zimmer gefällt mir.«

»Danke. Greg ist es zu mädchenhaft.«

Ich wusste, dass ich an dieser Stelle irgendetwas sagen musste, darum schrie ich fast: »Stimmt doch gar nicht!«

»Na klar ist es mädchenhaft«, sagte Earl. »In *meinem* Zimmer hängt jedenfalls kein James Bond im … *Tanga.*«

Was der nicht bekiffte Greg gesagt hätte: »Genau, Earl bevorzugt nackte James Bonds auf seinen Postern.«

Was der bekiffte Greg stattdessen sagte: »Hähä.«

Längeres Schweigen.

»Naja, also, morgen kriege ich meine erste Runde Chemo.«

»Ja, das nervt.«

»Mann, was soll das?« Earl gab mir einen Schubs.

»Was denn?«

»Sag nicht, es nervt.«

»Äh … stimmt, du hast recht.«

»Es nervt schon ein bisschen«, sagte Rachel.

»Ja, aber es ist auch aufregend.«

»Kann sein.«

»Wenn sie es früh genug machen, hat man eine gute Chance«, sagte Earl und starrte zu Boden.

»Genau.« Rachel starrte ebenfalls zu Boden.

Es folgte ein möglicherweise rassistisches Schweigen.

Rachel und Earl waren offensichtlich wenig begeistert voneinander. Ich musste irgendwas tun. Leider hatte ich keine Ahnung, was. Das Schweigen zog sich in die Länge. Rachel starrte weiter zu Boden. Earl fing an zu seufzen. Es war das genaue Gegenteil einer Party; es war so ungefähr das unlustigste gesellige Zusammensein, das man sich vorstellen kann. Hätten Terroristen das Zimmer gestürmt und versucht, uns in Hummus zu ersticken, wäre das ein Fortschritt gewesen. Was genau ist eigentlich Hummus? Mehr oder weniger eine Paste. Wer isst Paste? Besonders Paste, die aussieht wie Katzenkotze? Die Ähnlichkeit ist ja unverkennbar. Cat Stevens' Kotze sieht jedenfalls wie Hummus aus.

Und plötzlich rumorte in mir der Gedanke: »Warum musst du Essen immer mit Kotze vergleichen? Erst die Alien-Sache in der Cafeteria, jetzt das hier. Vielleicht hast du ein Problem.«

Und da merkte ich, dass ich kicherte. Aber auf eine eher nervöse, verängstigte Art, was es noch widerwärtiger machte als einfach bloß ein unbeschwertes Kichern.

Earl war angepisst. »Hör auf mit deinem gottverdammten Gegacker.«

Rachels Reaktion war noch schlimmer: »Ihr könnt ja gehen, wenn ihr wollt«, sagte sie, und es klang, als würde sie gleich anfangen zu weinen. Es war alles furchtbar schrecklich. Ich kam mir vor wie die letzte Arschgeige. Es war der Moment, reinen Tisch zu machen.

»Wir haben was genommen«, plapperte ich.

Earl vergrub wieder den Kopf in den Händen.

»Was?«, sagte Rachel.

»Wir haben uns versehentlich bekifft.«

»Versehentlich?«

Es war der Moment, *ein bisschen* reinen Tisch zu machen. Besser gesagt, es wurde höchste Zeit für die Märchenstunde.

»Ich hatte den totalen Blackout. Ich weiß nicht mal, was passiert ist.«

»Du hattest *keinen* totalen Blackout«, blaffte Earl.

»Nein, wir hatten beide einen.«

»Wovon zum Teufel *redest* du?«

»Wieso seid ihr auf Droge?«, fragte Rachel.

»Ich weiß es nicht!«, sagte ich. »Ich *weiß es nicht.*«

Dann wollte Earl etwas sagen, und ich wusste, er würde Mr. McCarthy erwähnen. Aber ich wollte wirklich nicht, dass er gefeuert wurde.

Also redete ich einfach los. »Es war so, wir sind auf die Toilette gegangen, und da waren ein paar Typen, weißt du, ein paar von den Stonern, und die sagten, wollt ihr was von unserem Gras, und zuerst sagten wir, nee, wir wollen nichts von eurem, äh, Gras, aber dann wurden sie sauer und meinten, yo, das wird jetzt geraucht, klar, sonst äh, kriegt ihr ein paar aufs Maul, und das waren so ungefähr zwanzig Leute, darum meinten wir dann, okay, ist gut, und haben was mit denen geraucht, aber wie gesagt, ich weiß nicht mehr genau, was dann passierte, weil ich einen Blackout hatte.«

Unmittelbar ins Auge springende logische Löcher in der Geschichte, die ich soeben erfunden hatte: Eine unvollständige Liste

1. Earl und ich sind noch nie zusammen aufs Klo gegangen, wahrscheinlich, weil das komisch aussähe.
2. Stoner kiffen nicht auf dem Klo. Sie kiffen in ihren alten Nissan Altimas, etwa anderthalb Ecken von der Schule entfernt. Danach sieht man sie stundenlang nicht mehr, manchmal tagelang.

3. Kein Stoner in der Geschichte der Menschheit hat je irgendjemanden gezwungen, mit ihm zu rauchen. Tatsächlich sind viele von ihnen hocherfreut, wenn sie ihren Stoff *nicht* mit dir teilen müssen.
4. *Zwanzig* sollen das gewesen sein? Auf einer einzigen Schultoilette? Zwanzig Stoner? Warum nicht hundert? Warum nicht gleich Trilliarden? Echt jetzt.
5. Was soll das mit dem »Blackout?« Was heißt das überhaupt?

Also erzählte ich dieses ganze Zeug, und Earl schwieg dazu. Rachel schaute ihn abwartend an, ob er es bestätigen würde. Schließlich sagte er: »Jaaa. So war's.« Er war stinksauer.

Wir führten uns auf wie die letzten Trottel. Aber zumindest sah Rachel nicht mehr aus, als würde sie jeden Moment losheulen. Sie wirkte irgendwie belustigt.

»Ich *hasse* Drogen«, sagte ich. »Ich komme mir vor wie ein Idiot. Es tut mir leid, dass wir dich in diesem bekifften Zustand besuchen.«

»Halt deine blöde Fresse«, sagte Earl zu mir. »Glaubst du, davon geht's Rachel besser? Von deinem Scheißgejammer? Halt bloß die Fresse.«

»Okay«, sagte ich.

»Rachel«, fuhr Earl fort, der jetzt im Kommando-Modus war, zu meiner großen Erleichterung, denn wenn Earl die Kontrolle übernimmt, kann nichts mehr schiefgehen. »Wir sind hergekommen, um dir gute Besserung zu wünschen und dich aufzuheitern. Also lass uns ein bisschen spazieren gehen und uns ein Eis holen oder so.«

Verdammte Scheiße, was für eine tolle Idee. Ich hab euch ja gesagt, Earl hat immer die besten Ideen.

Neunzehntes Kapitel
Earl hintergeht unsere kreative Partnerschaft, während ich auf dem Fresstrip bin

Wie ich schon sagte, nachdem wir Rachel eröffnet hatten, dass wir high waren, war sie in erster Linie amüsiert.

»Greg, ich wusste gar nicht, dass du so ein schlimmer Finger bist«, sagte sie.

»Bin ich gar nicht.«

»Das war ironisch gemeint.«

»Ach so.«

Wir saßen in dieser unglaublich guten Eisdiele in Shadyside, wo sie einem mit dem Mixer oder so Sachen ins Eis mischen. Das Eis an sich ist schon sagenhaft. Aber die Palette an verschiedenem Zeug, das sie einem dazu mischen können, ist der Wahnsinn. Beispiel: Bienenpollen. Zweites Beispiel: Habanero-Paprika. Hab ich mir beides bestellt? Aber hallo. Habe ich sie mir mit der schrägsten Eiscremesorte servieren lassen, die sie dahatten, nämlich Kahlúa? Die Antwort auf eure Frage findet ihr an Bord des Segelschiffs *Jawohl*. Als ich Bienenpollen bestellte, dachte ich dabei an Honig? Ihr findet die Antwort im Namen eines Tieres, das auf »-guar« endet.

Jedenfalls verlor ich komplett die Beherrschung, als ich

mein Eis bekam, und war fünf Minuten für die Außenwelt verloren, denn, mein Gott, schmeckte dieses Eis fantastisch. Als ich wieder auftauchte, hatte sich alles verändert, außerdem waren etliche meiner Körperteile verklebt. Zum Beispiel: beide Handgelenke. Earl konnte damit nicht umgehen.

»Dude. Du musst dir angewöhnen … anders … zu essen.«

»Hmmm, 'tschuldigung.«

»Dermaßen eklig«, sagte Earl, der jetzt sein eigenes Eis nicht mehr essen konnte. »Verdammt.«

»Hmmm, ich möchte irgendwie noch eins«, sagte ich.

»Hol dir doch eins«, schlug Rachel vor.

»Nee. Besser nicht.«

»Mmmngh.«

»Wir sollten sowieso langsam zurück«, sagte Earl und schulterte seinen Rucksack. »Wenn wir uns vor dem Abendessen noch was ansehen wollen.«

»Nnnh ja? Was sehen wir uns denn an?«

Earl und Rachel starrten mich an.

»Dude.«

»Greg, wir gucken uns ein paar Filme an, die ihr zwei gedreht habt.« Rachel sagte das, als wäre es keine große Sache.

»Scheiße, du hast uns nicht mal nicht zugehört, stimmt's?«, fragte Earl.

»Äh.«

»Ver*dammt*.«

Earl zauberte eine angezündete Zigarette aus dem Nichts und begann, wütend daran zu ziehen. Unterdessen bemerkte Rachel, dass ich kurz vor einem Panikanfall stand. »Greg, Earl hat gesagt, es wäre okay – willst du wirklich nicht, dass ich sehe, woran ihr so hart gearbeitet habt?«

Die Antwort auf diese Frage lag fest verschlossen im tiefen Rumpf des Raumschiffs namens *Am Arsch Auf Keinen Fall*.

Idealerweise hätte ich Earl zur Seite nehmen und ihm Folgendes auseinandersetzen können:

- I. Was zum Teufel machst du da?
    - A. Hast du gerade Rachel angeboten, ihr unsere Filme zu zeigen?
        - 1. Denn das ist anscheinend passiert, während ich mein Eis gegessen habe.
        - 2. Korrigier mich, wenn ich mich irren sollte.
    - B. Die Filme, über die wir uns vor langem geeinigt haben, dass wir sie nie Dritten zeigen werden?
        - 1. Sie sind nicht gut genug, um sie anderen zu zeigen.
        - 2. Vielleicht drehen wir eines Tages einen Film, der es wert ist, vorgeführt zu werden.
        - 3. Aber so weit sind wir definitiv noch nicht.
    - C. Scheißescheißescheiße. Du miese Obersau.
- II. Warum zum Teufel machst du so was?
    - A. Weil sie sterben wird?
        - 1. Das sollte überhaupt nichts damit zu tun haben.
        - 2. Verdammte Scheiße! *Earl*.
    - B. Oder hast du nur plötzlich deine Meinung darüber geändert, ob unsere Filme gut sind oder nicht?
        - 1. Sind sie nämlich nicht.
        - 2. Stimmt's?
        - 3. Wir haben weder ein Budget noch richtige Beleuchtung noch sonst irgendwas.
        - 4. Bei den meisten stümpern wir nur herum!
        - 5. Wir sind mehr oder weniger Volltrottel.

III. Earl, du Oberidiot.
   A. Du bist gerade ein echtes Arschloch.
   B. Ein Riesenarschloch.
   C. Bitte jetzt keinen Karatekick gegen meinen Kopf!
      1. AU!
      2. SCHEISSE.

Aber das konnte ich alles nicht sagen. Stattdessen nickte ich irgendwie nur und machte gute Miene zum bösen Spiel. Es stand ja sowieso zwei gegen einen. Ich hatte keine Wahl.

Wir gingen zu Fuß nach Hause. Das Gute war, ich begann mich wieder normal zu fühlen, aber das konnte nicht wirklich für Earls Verrat auf der ganzen Linie entschädigen, auch nicht für die Demütigung, die uns beiden jetzt bevorstand. Ich schätze mal, das beweist nur, dass manche Leute in Gegenwart eines sterbenden Mädchens zum Äußersten in der Lage sind. Selbst übellaunige, vertikal benachteiligte Filmemacher.

Zwanzigstes Kapitel

Batman gegen Spiderman

Batman vs. Spiderman (Regie: G. Gaines und E. Jackson, 2011). Batman liebt Fledermäuse, Spiderman liebt Spinnen. Batman trägt einen Haufen zusätzlicher Klamotten unter seinem Dress, um muskulöser zu erscheinen; Spiderman ist schnell und drahtig, oder zumindest zappeliger. Fledermaus und Spinne waren niemals Feinde .... *bis jetzt!!!* Tatsächlich sind sie es immer noch nicht. Ein Filmproduzent hat sie zusammen in ein Zimmer gesperrt und lässt sie nicht raus, bis einer von beiden besiegt ist, aber sie haben keine Lust, gegeneinander zu kämpfen. Die meiste Zeit sitzen sie herum, während ihre Waffen elendig versagen. ☆☆☆ ½

Die kritische Resonanz auf *Batman vs. Spiderman* war positiv, positiver, als wir erwartet hätten. Obwohl die Filmrezensentin ein total dankbares Publikum war. Sie lachte mehr oder weniger während des ganzen Streifens und machte sich keine Notizen. Zum Beispiel fielen ihr die mittelmäßige Beleuchtung und die häufigen Schattenprobleme wahrscheinlich gar nicht auf. Oder die zahlreichen Brüche bei der Kostümierung – etwa, wie mein ausgiebiges Schwitzen bewirkte, dass die Batman-Hörner in sich zusammenfielen, die ich in meinem Haar mit Schaumfestiger errichtet hatte.

Und, ja. Es war bizarr, sich einen unserer Filme mit jemand anderem anzusehen. In den ersten zwei oder drei Minuten ließ ich ununterbrochen Kommentare vom Stapel, um alles zu erklären.

»Okay, also das ist jetzt nur eine Aufnahme von ein paar Cartoons, die wir gezeichnet haben, weil wir versucht haben, das zu machen, was sie in Comicverfilmungen immer machen, wo sie – warte mal, gleich wird's wieder scharf – ja, also sie fangen immer damit an, dass sie Bilder aus dem ursprünglichen Comic-Heft zeigen – und jetzt, ja Earl kaut drauf rum, weil, keine Ahnung. Und jetzt flippt er aus. Okay, das Strichmännchen da links soll Batman sein, und wenn du genauer hinschaust, haben wir ihn ein bisschen vermasselt, aber wenn man genau im richtigen Moment hinguckt, kann man sehen, dass er, naja, Strichmännchen-Zeugs hat. Äh, Genitalien meine ich. Okay, und rechts isst Spiderman eine Waffel, was später noch mal wichtig wird, weil er…«

Hier sagte Earl, ich solle die Klappe halten.

Also hockte ich da und nahm stumm zur Kenntnis, was in dem Film alles schiefging, während Rachel permanent giggelte und prustete und gelegentlich explodierte wie ein menschlicher Dampfkessel. Es war eine seltsame Erfahrung. Ich wusste nicht, was ich davon halten sollte. Ich glaube, es erhärtete im Prinzip meinen Verdacht, dass man sich einen Film, den man selber gedreht an, nie mit jemandem ansehen darf, den man kennt, weil er voreingenommen und seine Meinung wertlos ist. Ich meine, es war schön, etwas geschaffen zu haben, worüber sich jemand anders kaputtlachen konnte. Aber hätte Rachel den Film auch so wahnsinnig komisch gefunden, wenn sie Earl und mich überhaupt nicht gekannt hätte? Man darf es bezweifeln.

Darum war das Ganze eigentlich nur die Bestätigung dafür, dass es ein Fehler war, anderen Leuten unsere Filme zu zeigen. Denn am Ende mussten wir dafür einen ziemlich hohen Preis zahlen.

EARL

Sind noch ein paar Rinderlendchen da?

ICH

Nee, die hab ich schon vor ein paar Tagen aufgegessen.

EARL

Mist.

Einundzwanzigstes Kapitel

Two Poncy Dudes

Am nächsten Tag ging Rachel also ins Krankenhaus, um sich mit Medikamenten und radioaktiven Partikeln und sonst was vollpumpen zu lassen. *Ich konnte ja nicht ahnen, dass ich mich bald im selben Krankenhaus befinden würde*.

Übrigens, was soll eigentlich immer dieser Quatsch, »Ich konnte ja nicht ahnen, dass …« Natürlich konnte ich nicht *ahnen*, dass ich mich bald zu ihr ins selbe Krankenhaus gesellen würde, weil ich nicht in die gottverdammte *Zukunft* sehen kann. »Ich konnte ja nicht ahnen.« Herrje.

Ihr könnt euch so ziemlich jeden Satz in diesem Buch herausgreifen: Wenn ihr ihn oft genug gelesen habt, werdet ihr wahrscheinlich einen Mord begehen wollen.

Rachel war also im Krankenhaus, und Earl und ich waren zu Hause und sahen uns *Withnail & I* an, einen obskuren englischen Film über zwei Schauspieler, die permanent saufen und Drogen einwerfen. Sie machen einen irrwitzigen Landurlaub, bei dem sie fast verhungern. Dann taucht der Onkel des einen auf und versucht mehr oder weniger, Sex mit dem anderen zu haben. Wir waren gerade wieder so weit, einen neuen Film zu drehen, aber *Mulholland Drive*, den wir bestellt hatten, war noch nicht mit der Post gekommen, darum stöberten wir *Withnail & I* in Dads Sammlung auf und fanden ihn gut genug, um ein Remake davon in Betracht zu ziehen.

Eigentlich war er sogar ziemlich spitzenmäßig. Withnails ewiges alkoholisches Ausrasten erinnerte uns stark an Kinski in *Aguirre, der Zorn Gottes,* und wir waren begeistert, dass im Film Akzente vorkamen, die wir nachmachen konnten. Im Allgemeinen ist Earl im Akzente-Nachahmen besser als ich, würde ich sagen, aber das heißt nicht, dass er es annähernd gut kann.

»Wie sagt er das? Der Ire in der Kneipe, als er den anderen beleidigt? ›I – Aye cahlled him a ponce.‹«

»Nee. Er sagt so: ›OI CARLLED HEM A PON – A PORNCE.‹«

»Ha!«

»PAWWWWRNCE.«

»Au Mann. So sagt er es zwar nicht, aber es ist viel komischer.«

In einer Szene war das Wort »ponce« ziemlich dominant. Wie sich herausstellte, ist es britischer Slang für »Kinderschänder.« Wir fanden es ein bisschen krank, dass sie für so was auch noch einen Slangausdruck haben, aber dann wies mich Earl darauf hin, dass wir in Amerika ständig »motherfucker« sagen, was genauso verstörend ist.

»Also, in diesem Remake …«

»Wir müssen das ›ponce‹ im Titel haben.«

»Unbedingt. Gute Idee …«

»Der Titel muss nicht total klugscheißerisch sein oder so. Wir könnten einfach *Two Poncy Dudes* machen.«

»Hey, gar nicht übel!«

»*Ponce-Ass Dudes on Vacation*. Supereinfach.«

»Perfekt. Also ich finde, du solltest Withnail sein.«

»Withnearl.«

»Genau. Die Handlung ist eigentlich ziemlich unkompliziert. Die meiste Zeit säufst du und rastest dann aus.«

»Feuerzeugbenzin und so Scheiß.«

»Ja, die Szene wird der Wahnsinn.«

»Ich bin außerdem dieser schwule Onkel. Mal mir einen falschen Schnurrbart an und mach mich fett und alles. Dann mach ich einen auf, hey Junge, ich bin so was von schwul; ich fick dich.«

Am Ende des Films schreit Withnail ein paar Wölfe im Zoo an. Diese Szene ging uns aus irgendeinem Grund nicht mehr aus dem Kopf, darum beschlossen wir, sie als erste zu drehen. Wir hatten aber keinen direkten Zugang zu Wölfen. Stattdessen beschlossen wir, Earl sollte versuchen, Doopie anzuschreien, den großen fürchterlichen Hund der Jacksons. Was bedeutete, dass wir zu Earl gehen mussten.

»Vielleicht sollten wir hinterher Rachel im Krankenhaus besuchen«, meinte Earl, als wir auf unsere Fahrräder stiegen.

»Oh«, sagte ich. »Ja. Ich weiß nur nicht, ob man heute hin kann oder wann die Besuchszeiten sind und so.«

»Ich hab angerufen«, sagte Earl. »Wir können jederzeit vor sieben hingehen.«

Das überraschte mich irgendwie, und auf dem Weg zu Earl dachte ich darüber nach. Ich meine, im Grunde ist Earl offensichtlich ein viel besserer Mensch als ich. Aber ich hätte trotzdem nicht erwartet, dass er sich die Mühe machen und sich im Krankenhaus nach den Besuchszeiten erkundigen würde und so. Ich schätze mal, ein Anruf von fünf Minuten ist kein großes Ding, aber von allein wäre ich auf so was nie gekommen.

Dann dachte ich noch ein bisschen länger darüber nach, und es deprimierte mich irgendwie, dass ich nicht mal das

Zeug dazu hatte, im Krankenhaus anzurufen und mich nach den Besuchszeiten zu erkundigen. Ich würde mich wirklich steigern müssen, um nicht der mieseste Freund in der Geschichte sterbender Mädchen zu werden.

Zum Glück habe ich Earl. Weil mir irgendwie das moralische Feingefühl fehlt und ich auf seine Führung angewiesen bin, sonst ende ich noch versehentlich als Einsiedler oder Terrorist oder so was in der Art. Wie verschwurbelt ist das eigentlich? Bin ich überhaupt noch ein menschliches Wesen? Keine Ahnung, verdammt noch mal.

INNEN. WOHNZIMMER DER JACKSONS – SPÄTER NACHMITTAG

MAXWELL

Krempel deine verdammten Hosen runter.

EARL

Bin mit dem Fahrrad gekommen.

MAXWELL

Niemand will deine arschgruseligen Socken sehen.

EARL

Meine Socken interessieren keinen.

MAXWELL

sauer

Niemand will diese *fiesen Socken* sehen.

Als wir reinkamen, trafen wir auf Maxwell, einen von Earls Halbbrüdern. Earl hatte seine Hosenbeine hochgekrempelt. Das erregte Maxwells Zorn.

Solltet ihr euch wundern, warum Maxwell darüber so in Rage geriet, wäre das vollkommen verständlich. Ich hingegen habe im Lauf der Jahre gelernt, dass im Jackson-Haus grundsätzlich jeder über alles in Rage geraten kann.

Ursache: Die *Madden '08*-DVD hat einen Kratzer

Wirkung: Maxwell schleudert Brandon in den Fernseher

Ursache: Hohe Luftfeuchtigkeit

Wirkung: Felix fügt Devins Gesicht mit Derricks Stirn Schaden zu

Ursache: Draußen singt ein Vogel

Wirkung: Brandon stiefelt durch den Raum und tritt wahllos in anderer Leute Hoden

Wenn ein Kampf ausbricht, ist jeder Freiwild, was leider auch teigige, reaktionsschwache weiße Kids einbezieht. Infolgedessen haben sich meine Reflexe im *Maison Jackson* ziemlich schnell entwickelt.

Sobald jemand seinen Schuh auszieht, um ihn jemand anderem ins Gesicht zu hauen oder irgendwer einem anderen den Ellbogen in den Mund rammt, bin ich schon halb zur Tür raus. Befinde ich mich gerade nicht in der Nähe des Ausgangs, versuche ich mich hinter irgendeinem Möbelstück zu verstecken. Allerdings werde ich, wenn es gegen die Wand geschoben wird, manchmal Teil dieser Wand.

Jedenfalls nahm Maxwell Earl in den Schwitzkasten und bearbeitete seinen Kopf mit der freien Faust, während Earl strampelte.

Der Tumult erregte die Aufmerksamkeit mehrerer Brüder. Darunter war auch Brandon, der dreizehnjährige Psychopath mit dem »TRU NIGGA«-Tattoo am Hals. Er kam die Treppe heruntergeschossen wie eine Rakete mit Ellbogen. Seine Zähne waren gefletscht, und seine Augen hefteten sich auf die meinen. Ich machte ein mausähnliches kleines Qietschgeräusch und ergriff die Flucht.

Maxwell und Earl standen Brandon im Weg, darum schaffte ich es sogar zur Tür hinaus, bevor Brandon Gelegenheit hatte, meinen Kopf mit dem Ellenbogen zu bearbeiten. Dummerweise war ich zu panisch. Als ich das Ende der Veranda erreichte, tauchte ich irgendwie, anstatt zu springen, und zwar mit dem Kopf voraus.

Wenn im Film jemand durch die Luft fliegt, wird das oft in Zeitlupe gezeigt. Der Betroffene nimmt die verschiedenen Einzelheiten seiner unmittelbaren Umgebung deutlich wahr, kann seine Handlungsweise noch einmal überdenken und in aller Ruhe das Für und Wider der Existenz eines Gottes erwägen.

Jedenfalls ist dieser Kunstgriff völlig verlogen. Wenn überhaupt war hier ein Zeit*raffer* an der Arbeit. Während meine Füße noch die Veranda verließen, lag ich fast im selben Moment total verschrammt mit einem gebrochenen Arm auf dem Zementboden. Und fast im selben Moment beugte sich Brandon über mich.

»So ist das, Nigga«, flötete er in seiner Dreizehnjährigen-Stimme, die noch nicht ganz durch den Stimmbruch war. »So ist das, du ungeschickte Dumpfbacke.« Er versetzte mir einen halbherzigen Tritt.

»AU«, sagte ich.

Das machte ihn wütend. Er trat härter zu.

»Halt deine verdammte Fresse«, sagte er, aber der zweite Tritt hatte richtig wehgetan, darum fing ich an zu schreien. Das bewirkte, dass Brandon mir eine Reihe von Ohrfeigen verpasste. Zum Glück war jetzt Felix aufgekreuzt, und aufgrund seiner eigenen undurchschaubaren Logik war seine Reaktion auf das Ganze, Brandon am Kopf zu packen und ihn quer durch den Vorgarten zu schleudern.

Er wandte sich mir zu. Wir starrten uns an. Sein Blick war kalt und voller Verachtung.

Schließlich sagte er: »Verpiss dich«, und ging zurück ins Haus.

Zweiundzwanzigstes Kapitel
Spinne gegen Wespe

So landete ich also im selben Krankenhaus wie Rachel. Obwohl ich in einem völlig anderen Flügel lag – sie war auf der Station für Chemotherapie und ich auf der für gebrochene Arme, die sich irgendwie infiziert haben. Niemand schien zu wissen, wie sich mein gebrochener Arm infiziert haben konnte. Ziemlich bald hörte ich auf, danach zu fragen. Ich befürchtete, dass es noch anderes medizinisches Grundwissen gab, das dem Pflegepersonal fehlte, zum Beispiel, wo die Haut herkommt oder wie eine OP abläuft.

Aber mein gebrochener Arm hatte sich tatsächlich infiziert, und ich hatte Fieber, was einen längeren Krankenhausaufenthalt bedeutete. Und das wiederum bedeutete Besucher. Jeder dieser Besucher sah sich auf seine eigene Weise veranlasst, mir bestimmte Dinge mitzuteilen.

Mom

- Armes, armes Schätzchen.
- Wir holen dich hier ganz bald raus.
- O mein armer tapferer Junge.
- Du musst dich schrecklich langweilen.

- Hier sind ein paar Bücher, die ich wahllos aus deinem Zimmer und der Bücherei mitgenommen habe.
- Ich leg sie einfach auf den Stapel vom letzten Mal.
- Sieh zu, dass du immer deine Schulaufgaben machst.
- Sieh zu, dass du den Schwestern sagst, wenn sich *irgendetwas* komisch anfühlt.
- Wenn du nur den kleinsten Kopfschmerz verspürst, rufst du die Schwester und *sagst sofort Bescheid, denn es könnte Meningitis sein.*
- Ich sagte, es *könnte* Meningitis sein.
- Meningitis ist eine tödliche Hirnkrankheit, und in Krankenhäusern ist man Keimen manchmal eher ausge…
- Weißt du, ich will dir damit keine Angst machen.
- Nur falls du das kleinste Anzeichen von Kopfschmerzen hast, ruf die Schwester.
- Ich übertreibe vielleicht, aber ernsthaft, ruf sie.
- Funktioniert dein Telefon?
- Lass mich mal sehen, ob es wirklich funktioniert.

Mom in Begleitung von Gretchen

- Wir dachten, wir kommen mal vorbei und muntern dich auf.
- Gretchen, möchtest du deinem Bruder etwas sagen?
- Gretchen, kannst du dich wenigstens mal *fünfzehn Minuten* zusammenreißen?
- Gretchen. *Das ist kein Spiel.*
- Ich *fass* es nicht, dass du dich *nicht mal bei so etwas* zusammenreißen kannst.
- Geh bitte einfach raus und warte vor der Tür. Du benimmst dich unsäglich. Du bist unmöglich, und ich weiß nicht, wieso. Ich bin in fünf Minuten bei dir.
- Herrje.

Mom in Begleitung von Grace

- Grace hat dir ein Bild gemalt!
- Ein Bild von Cat Stevens!
- Es ist was? Oh.
- Es ist ein Bär.
- Grace hat dir einen *sehr hübschen Bären* gemalt.

Earl

- was geht ab, ike?
- hab mit ein paar von deinen lehrern gesprochen
- du sollst einen essay schreiben oder so nen scheiß
- du musst eine problemliste machen aus irgend 'nem buch
- ms. harrad sagt, mach dir keine sorgen wegen dem test am freitag, ihr könntet drüber reden, wenn du wieder da bist, und sie sagt gute besserung
- mr. cubaly will, dass du irgendeinen test schreibst, solange du hier drin bist, aber ich hab keine ahnung, wie das gehen soll, also wäre mein rat, kümmer dich nicht drum
- netflix hat dir *mulholland drive* geschickt, also hab ich ihn mir angesehen
- das ist die schrägste scheiße überhaupt, kein scheiß
- sehen wir uns an, wenn du wieder draußen bist
- der extreme wahnsinn
- mit lesben und so scheiß
- mann, wie du aussiehst
- du wirst eine megaschwache kleine pussy sein, wenn du hier rauskommst
- liegst den ganzen tag nur im bett rum
- also, was war noch
- oh, ich hab wieder dein mädchen besucht
- sie hat jetzt eine scheißglatze

- sieht aus wie darth vader ohne helm
- chemo is kein witz, mein sohn
- letztes mal hat sie mich um ein paar von unseren filmen angehauen, also hab ich sie ihr geliehen
- weiß nicht, welche, ich hab ihr so um die zehn gegeben
- hey
- was schreist du hier rum, alter?
- das meinst du nicht im ernst, oder? meinst du das jetzt echt im ernst?
- mann, krieg dich wieder ein
- kannst du das mal runterdrehen, das *scheißgeschrei*, ungefähr jetzt gleich
- alter, dem mädchen wurden gerade chemikalien bis unter die augenbrauen gespritzt, sie braucht was, das ihr verdammt noch mal gute laune macht, sie freut sich wie blöd über diese filme, mann
- Ich meine, sie freut sich nicht wie blöd, aber sie hat gelächelt und so und das ist schon mal ein fortschritt, also hör auf, deswegen rumzuzicken
- ja, genau, komm wieder runter
- spinnst du, glaubst du, ich sag nee zu diesem mädchen, das gerade an krebs stirbt und den ganzen scheiß an der backe hat
- echt jetzt
- papa gaines würde das »mildernde umstände« nennen, stimmt's
- echt mal jetzt
- hör zu
- du benimmst dich wie der letzte idiot, aber ich versteh schon
- ich zeig den scheiß auch nicht gern rum
- aber bei diesem mädchen kannst du doch nicht nein sagen

- ich versteh dich ja, aber weißt du, du hast nicht kapiert, wie sehr sie unsere bescheuerten filme mag, aber sie mag sie wie blöd
- also hör auf zu nerven
- okay, ich bin fertig hier
- werd gesund, mein sohn

Dad

- So so so so so so.
- Du scheinst ja heute ziemlich fröhlich zu sein!
- Nein, ich weiß. War nur ein kleiner Scherz.
- Nein, es ist bestimmt nicht besonders aufregend hier drin.
- Obwohl sie einem hier einen ziemlich dekadenten Lebensstil bieten, was?
- Fernsehen rund um die Uhr, Berge von Büchern und das Essen wird einem ans Bett gebracht.
- Nicht alle, die ins Krankenhaus müssen, genießen einen solchen Luxus.
- Als ich am Amazonas ins Krankenhaus kam, hat man alle Patienten zusammen in einem einzigen Raum einquartiert, und zu unserer Unterhaltung gab es statt eines Fernsehers nur haarige Riesenspinnen, die an der Decke auf Beute lauerten, vielleicht zweieinhalb Meter über unseren Köpfen.
- Spinnen so groß wie deine Faust.
- Mit vor Gift glänzenden Kiefern.
- Jede hatte Hunderte von kleinen schwarzen Augen, die nachts matt funkelten.
- Und wie sie mit den Wespen gekämpft haben!
- Manchmal wurde in der Dunkelheit eine Spinne von einer Wespe angegriffen, und in ihrem Kampf purzelten sie dann aufs Bett und bissen und stachen und …

- Okay. Okay.
- Darüber solltest du mal nachdenken.

Earl in Begleitung von Derrick

- was geht ab
- Was geht ab, Greg
- derrick meinte, yo earl, haben die süßigkeiten im krankenhaus
- Ja, ich hab gemeint, also wenn ich keine Süßigkeiten kriege, dreh ich durch.
- darum haben wir dir ein paar skittles und zwei airheads mitgebracht
- Es waren drei, aber ich hab eins gegessen.
- genau
- Yo, lass mich mal deinen Gips signieren.
- wenn das nicht deine geschmacksrichtungen sind, nehmen wir sie wieder mit
- So … da … bitte. HA-HA!
- verdammte *scheiße* derrick, was hast du
- TITTEN.
- hast du gerade ein paar *arschnackte* titten auf gregs verdammten gips gemalt
- nee, is gar nich okay, sag nicht auch noch, dass es okay ist
- REG DICH AB, BLÖDMANN.
- verdammte scheiße
- wir müssen los

Madison

- Hallo!
- Ich und meine Titten sind bei dir im Zimmer!!

Jawohl. Madison Hartner hat mich im Krankenhaus besucht. Ich mach jetzt Schluss mit diesen bescheuerten *Auf-*

zählungspunkten und beschreibe einfach, wie es mit Madison war. Eine Zeitlang hatte ich keine Lust mehr, normal zu schreiben, aber jetzt hab ich keine Lust auf die Punkte mehr. Da weiß ich jetzt auch nicht weiter.

Solltet ihr nach der Lektüre dieses Buchs zu mir nach Hause kommen, um mich zu ermorden, würde ich euch das nicht mal übelnehmen.

Natürlich hat Madison nicht direkt gesagt: »Ich bin wahnsinnig scharf und befinde mich in einem Raum mit dir«, aber so kam es unterm Strich bei mir an. Ich hatte nicht den geringsten Grund, mit einem Besuch von ihr zu rechnen, und als sie da plötzlich mit ihrer sexy Kurzhaarfrisur und in einem schulterfreien Top in der Tür stand und aussah wie eine Sexgöttin, verschlug es mir etwa dreißig Sekunden lang die Sprache. Schmerzlich war mir bewusst, dass eine über einen längeren Zeitraum genossene Krankenhausumgebung meinem Aussehen ein nie dagewesenes, rekordverdächtiges Maß an Käsigkeit verlieh.

»Hey, Alienforscher.«

»Äh«, sagte ich.

»Ich hab gehört, dass dir ein Alien den Arm gebrochen hat, als du auf Feldforschung warst.«

Einen Augenblick lang hatte ich keine Ahnung, was das bedeuten sollte, und fürchtete, es könne sich um eine rassistische Bemerkung über Earls Brüder handeln. Aber das war nur, weil ich nicht klar denken konnte. Ich weiß, es ist ein saudummes Klischee, dass scharfe Mädchen einem angeblich das Hirn vernebeln, aber im Ernst, genau das tun sie. Als würden sie irgendwie Nervengas produzieren. Jedenfalls ging mir irgendwann auf, wovon sie sprach.

»Ach sooooo.«

»Ach so?«

»Ich hab vergessen, dass ich diesen Witz gemacht habe.«

»Hast du vergessen?«

»Ja, ich hab mir den Arm gebrochen. Beim Kotzesammeln.«

»Genau, davon hast du uns ja erzählt.«

»Na ja, und dieser Alien war so begeistert davon, mir seine Kotze zu überreichen, dass er dabei wild mit seinen Tentakeln herumgefuchtelt hat, und so ist es dann passiert.«

»Klingt gefährlich.«

»Wie jede richtige Wissenschaft. Extrem gefährlich. Aber zumindest hat sich dieser Außerirdische deswegen geschämt. Er hat einen seiner außerirdischen Brüder geschickt, um mich zu besuchen, und dieser außerirdische Bruder hat mir eine rätselhafte Hieroglyphe auf meinen Gips gemalt. Guck's dir an. Da steht: ›Das grenzenlose Bedauern in meinem Herzen brennt mit der Leuchtkraft von tausend Monden‹, in dieser wirklich berührenden und wunderschönen Sprache der Aliens. Leider sieht sie in unseren Augen aus wie ein Paar Titten.«

Seien wir ehrlich: Kein Mädchen wird sich je für eine vulgäre Tittenzeichnung begeistern können. Wie ich schon sagte, ich kann meinen Charme eigentlich nur bei weniger attraktiven Mädchen und älteren Frauen aufdrehen. In Gegenwart von scharfen Mädchen bin ich eine totale Niete. Aber Madison kicherte leicht. Und das vielleicht nicht einmal aus Höflichkeit.

Dann sagte Madison etwas mit ihrem wunderschönen Mund, das nicht unmittelbar in mein Bewusstsein vordrang.

»Hey, ich habe vorhin Rachel besucht, und da hat sie sich gerade einen von euren Filmen angesehen.«

Das brauchte einige Augenblicke, bis es bei mir ankam. Und danach fühlte sich ein Teil meines Herzens plötzlich an, als würde es sich selbst auffressen.

»Oh. Äh … Ja. Aha.«

»Wie bitte?«

»Nein, das ist, äh ja. Jaaa.«

»Greg, stimmt was nicht?«

»Nein, super. Also ich meine, es ist okay.«

»Er hat ihr total gefallen.«

»Ähm, welcher denn?«

Ich schwitzte am ganzen Körper. Der Schweiß stand mir sogar in den Ohren. Zusätzlich hatte ich das Gefühl, dass mein Haar sich entwurzeln und von meinem Kopf abhauen wollte.

»Wollte sie mir nicht sagen! Sie wollte ihn mir nicht mal *zeigen*. Sie hat ihn gleich ausgestellt, als ich ins Zimmer kam.«

Okay. Das war schon mal beruhigend.

»Ohhh.«

»Sie sagt, sie darf sie niemandem zeigen.«

Okay. Ein Glück. Aber ich hatte immer noch die Panik – ich dachte, Madison weiß jetzt, dass Earl und ich Filme drehen und wird das unweigerlich überall herumerzählen, und bald wird daraus so ein großes Geheimnis, das jeder kennt – aber es war auch irgendwie tröstlich, einen weiteren Beweis dafür zu haben, dass Rachel meine Gefühle bezüglich unserer Filme verstand.

»Sie sagte, du und Earl wollt sie aus irgendeinem Grund geheim halten.«

Rachel hatte es tatsächlich verstanden. Das war unbestritten; das verdiente Respekt. Sie war zwar keine Filmemacherin, aber sie hatte wahnsinnig viel Zeit damit verbracht, mir zuzuhören, daher schätze ich mal, dass sie ziemlich genau wusste, was ich über bestimmte Dinge dachte, und ihr könnt sagen, was ihr wollt, es ist einfach ein schönes Gefühl, wenn einen jemand so gut kennt. Ich zwang mich, mich ein bisschen zu entspannen.

»Ja«, sagte ich. »Wir haben eine ziemliche Macke, was das betrifft. Wahrscheinlich sind wir Perfektionisten.«

Madison sagte nichts dazu, aber etwas in der Art, wie sie mich ansah, ließ mich ebenfalls verstummen. Also hielten wir beide eine Zeitlang den Mund. Dann sagte sie: »Du bist Rachel die ganze Zeit so ein guter Freund gewesen. Ich finde es wunderbar, was du für sie getan hast.«

Leider war das der Punkt, an dem das Scharfe-Mädchen-Nervengas seine volle Wirkung entfaltete. Genauer gesagt, ich schaltete jetzt auf den Exzessiven-Bescheidenheits-Modus. Nichts ist blöder und fehlgeleiteter als exzessive Bescheidenheit. In diesem Modus zeigt man, wie bescheiden man ist, indem man jemandem widerspricht, der versucht, einen zu loben. Mehr oder weniger strengt man sich wahnsinnig an, jemanden davon zu überzeugen, dass man ein totaler Idiot ist.

Und ich bin der Thomas Edison aller bescheuerten Gesprächstaktiken.

Madison sagte also: »Du bist Rachel die ganze Zeit so ein guter Freund gewesen. Ich finde es wunderbar, was du für sie getan hast.«

Und natürlich war meine geniale Antwort: »Äh, naja. Ich weiß nicht.«

»Nein, du solltest mal hören, wie sie über dich redet.«

»So ein guter Freund kann ich gar nicht sein.«

»Greg, das ist ja lächerlich.«

»Nein, also … ich weiß nicht. Ich besuch sie ja nur zu Hause und erzähle die ganze Zeit von mir. Ich bin ein schlechter Zuhörer.«

»Na, auf jeden Fall muntert sie das sehr auf.«

»Ich kann mir nicht vorstellen, dass sie das besonders aufmuntert.«

»Greg. Total.«

»Also das bezweifle ich jetzt wirklich.«

»Ist das dein Ernst?«

»Ja.«

»Greg, das hat *sie* mir *gesagt*. Dass du ihr ein *toller Freund* bist.«

»Na ja, vielleicht lügt sie.«

»Du glaubst, sie *lügt*? Warum sollte sie *lügen*?«

»Ähh.«

»Greg. O mein Gott. Ich fass es nicht, dass du das abstreitest. Sie liebt eure Filme, und du hast sie ihr gegeben, obwohl du sie sonst niemandem zeigen würdest, und das allein ist schon fantastisch. Also sei bloß still.«

»Ich mein ja nur.«

»Warum sollte sie über die *Tatsache lügen, dass du ihr ein guter Freund* bist, Greg, das ist doch verrückt.«

»Ich weiß nicht. Mädchen sind bizarr.«

»Nee. *Du* bist bizarr.«

»Nein, *du* bist bizarr. Ich bin der einzige Normale hier.«

Da musste Madison plötzlich kichern.

»O mein Gott, Greg, du bist *dermaßen bizarr*. Das finde ich so toll an dir, dass du dermaßen bizarr bist.«

Erinnert ihr euch noch, was ich mal gesagt habe? Über Mädchen wie Madison, die wie Elefanten im Unterholz herumwandern und versehentlich Backenhörnchen tottrampeln und es nicht einmal merken? So was meinte ich damit. Denn ganz ehrlich, mein rationales Ich war sich der hammerharten *Tatsache* bewusst, dass ich nie, nie nie mit Madison Hartner rummachen würde. Aber das wusste nur mein rationales Ich. Jeder Mensch hat außerdem ein blödes, irrationales Ich, das sich nicht abschalten lässt. Man kann dieses winzige, absurde Fünkchen Hoffnung nie ganz ersticken, dass dieses

Mädchen – gegen jede Vernunft, obwohl sie mit jedem Typen an der Schule gehen könnte, ganz zu schweigen von den Collegestudenten, und obwohl man selber aussieht wie das Haferflocken-Monster und irrsinnig verfressen ist und unter permanenter Verstopfung leidet und so viele bescheuerte Sachen pro Tag sagt, dass man den Eindruck hat, eine Firma namens Blödes Zeug würde einen dafür bezahlen – dass dieses Mädchen einen mögen könnte.

Und wenn dann dieses Mädchen sagt: »Du bist so bizarr, das finde ich so toll an dir«, dann fühlt sich das gut an, ziemlich wunderbar sogar, aber das ist nur so ein verrückter chemischer Prozess, der in deinem Hirn abläuft, während du von einem Elefanten totgetrampelt wirst.

Ich glaube, sie merkte, dass ich wie gelähmt war, denn sie wechselte schnell das Thema.

»Jedenfalls wollte ich nur sagen, werd schnell wieder gesund, und äh … ich finde es sagenhaft, dass du Rachel die ganze Zeit ein so guter Freund gewesen bist.« Schnell fügte sie hinzu: »Selbst wenn du es nicht so siehst, aber du hast sie wirklich glücklich gemacht.«

»Ich schätze, sie mag Spinner.«

»Greg, wir *alle* mögen Spinner.«

Mein Backenhörnchen-Hirn und meine Backenhörnchen-Eingeweide waren überall auf dem Waldboden verstreut wie Pizza und Kroketten. Und das Kranke daran war, es fühlte sich herrlich an.

Ein Backenhörnchen zu sein ist das Allerblödeste.

Dreiundzwanzigstes Kapitel
Gilbert

Bevor ich entlassen wurde, habe ich noch Rachel besucht. Die Krebsstation glich mehr oder weniger dem Teil des Krankenhauses, in dem ich gelegen hatte, nur dass die Kids dort deprimierender wirkten. Was soll ich sagen: So war es einfach. Ich muss da ehrlich sein. Sie waren blasser und schwächer und dünner und kränker. Da war ein Junge – offen gestanden hätte es auch ein Mädchen sein können –, der mit geschlossenen Augen reglos in einem Rollstuhl saß und um den sich niemand kümmerte, und ich musste gegen eine sich anbahnende schwere Gruselattacke ankämpfen, denn was, wenn der Junge tot war? Und sie diesen toten Menschen einfach im Rollstuhl sitzengelassen hatten? Etwa so: »Ach ja, das ist Gilbert. Der sitzt jetzt seit drei Tagen so da! Als Erinnerung daran, WAS MIT ALLEN LEBEWESEN GESCHIEHT.«

Rachel sah besser aus als die meisten anderen Kids, aber sie war vollkommen kahl. Daran musste man sich erst mal gewöhnen. Meine Haut wurde jedes Mal ganz heiß und kribbelig, wenn ich alle paar Minuten oder so ihren Kopf anschaute, und auch beim bloßen Gedanken an ihre Glatze, während ich mich zwang, nicht hinzugucken. Wie Earl bereits bemerkt hatte, glich ihr Kopf stark dem von Darth Vader, nachdem man ihm die Maske entfernt hatte. Er war unglaublich weiß, wie gekocht, und irgendwie voller Adern und Hubbel.

Aber wenigstens hatte sie einigermaßen gute Laune – sie war schwach, und ihre Stimme klang heiser, aber sie lächelte, als sie mich sah, und irgendwie wirkten ihre Augen sehr glücklich. Ich weiß nicht, wie ich es beschreiben soll. Wäre ja auch möglich, dass das Glück einfach nur von irgendeinem extrem wirksamen Schmerzmittel hervorgerufen wurde, das man ihr gegeben hatte. Im Krankenhaus weiß man ja nie.

»Yo«, sagte ich.

»Das Wunderbarste an dir ist, dass du keine Sockenpuppe bist«, teilte sie mir mit.

Das war ein Zitat aus *Hello, Good-Die*, unserer James-Bond-Parodie, in der alle Mitwirkenden tatsächlich Sockenpuppen sind. Aus irgendeinem Grund war es irrsinnig komisch, dass sie mich mit diesem Zitat begrüßte.

»Haaarf«, sagte ich.

»Danke, dass du mich besuchen kommst.«

»Ja, ich war gerade in der Nähe.«

»Ja, hab ich gehört.«

Ich hatte nach dem *Hello, Good-Die*-Zitat ein bisschen in meiner Wachsamkeit nachgelassen. Meistens gibt man ja, wenn man in seiner Wachsamkeit nachlässt, die hirnrissigsten Sätze überhaupt von sich. Hier kommt gleich mal ein Beispiel.

»Ja, ich dachte, es wäre merkwürdig, dich ganz ohne Grund besuchen zu kommen, darum habe ich Earl überredet, mir den Arm brechen zu lassen, damit ich eine gute Ausrede habe, äh. Genau.«

Ich fass es nicht. Am Anfang dieses Satzes stand mein Hirnrissigkeitsquotient noch auf soliden 4.0, was normal ist. Aber bei »ohne Grund« war er schon auf 9.4 hochgerauscht, und bei »Ausrede« hatte er die vollen 10.0 erreicht. Es kann gut sein, dass er die Skala gesprengt hat.

Rachel war definitiv nicht begeistert von dem Satz.

»Nächstes Mal kannst du vielleicht *ohne* Ausrede kommen.«

»Ja, ist mir auch gerade klargeworden, äh, ja.«

»Oder du brauchst auch gar nicht zu kommen.«

»Nein. Was redest du da?«

»Nichts.«

»Ich hab doch nur einen Witz gemacht.«

»Ich weiß.«

»Grrrrr.«

Wir sagten beide nichts, darum machte ich das Geräusch noch mal.

»Urrrgnnrrr.«

»Was ist das für ein Geräusch?«

»Zerknirschter Eisbär.«

Prust.

»Eisbären sind die zerknirschtesten Tiere der Erde. Die Wissenschaft rätselt, woher das kommt. Aber sie verfügen über die reinsten Ausdrücke des Bedauerns im ganzen Tierreich. Hör mal, wie schön und wehmütig sie klingen: Urrrrrrrngh.«

Prust, hust. Dann sagte Rachel: »Du solltest mich übrigens nach Möglichkeit nicht zum Lachen zu bringen.«

»Ups, 'tschuldigung.«

»Nein, also ich mag den Eisbären, aber es tut ein bisschen weh, wenn ich lache.«

»Siehst du, nun bin ich zerknirscht, weil ich die Sache mit dem Eisbären gebracht habe, und diese Zerknirschtheit führt nur dazu, dass ich das Eisbärengeräusch noch mehr machen will. Weil der Eisbär so zerknirscht ist.«

Schwaches Prusten.

»Der Eisbär bedauert einfach ***alles***. Er *liebt* Fische und Robben. Sie sind seine ***Freunde***. Es ist ihm zutiefst ***zuwider***, dass er sie töten und fressen muss. Aber er wohnt zu weit oben im Norden, als dass er zum Biosupermarkt gehen könnte und …«

PRUUUST

»'tschuldigung, 'tschuldigung. Ich hör schon auf.«

»Snnrnn. Ist okay.«

»Ja.«

Wieder Schweigen. Ich schaute versehentlich auf Rachels gekocht aussehenden kahlen Kopf und bekam wahrscheinlich zum vierzehnten Mal seit meinem Eintreffen dieses heiße/juckende Hautgefühl.

»Und, wie fühlst du dich?«, fragte ich.

»Ziemlich gut«, sagte sie. Das war offensichtlich gelogen. Sie hatte anscheinend außerdem beschlossen, mehr zu reden, damit ich mir weniger Sorgen machte, aber das Reden schien sie irgendwie anzustrengen. »Ich fühle mich nur irgendwie schwach. Es tut mir leid, dass ich dich angeblafft habe, als du gesagt hast, du hättest eine Ausrede gebraucht, um mich zu besuchen. Ich hab dich nur angeblafft, weil ich krank bin.«

»Wenn ich krank bin, werde ich total unausstehlich.«

»Hhm.«

»Du siehst gut aus«, log ich.

»Tu ich nicht«, sagte sie.

Ich wusste nicht, wie ich es bestreiten sollte. Ich konnte schlecht glaubhaft darauf bestehen, dass sie nach einer Woche Krankenhaus wirklich gut aussah. Niemand sieht danach gut aus. Schließlich entschied ich mich für: »Du siehst definitiv gut aus für jemanden, der gerade eine Chemo gekriegt hat«, und das schien sie zu akzeptieren.

»Danke.«

Dann war die Besuchszeit zu Ende, und ein Pfleger kam herein und sagte mir, ich müsse gehen, und wenn wir ehrlich sein sollen, habe ich das ein bisschen bedauert, einfach weil ich, was das Aufmuntern von Rachel betraf, nur eine mittelmäßige Leistung gebracht hatte und gern noch ein bisschen weitergemacht hätte. Aber wenn ich jetzt damit als guter Mensch dastehe, dann täuscht ihr euch. Der Grund war nämlich, dass das Aufmuntern von Rachel eine Kunst war, die ich inzwischen richtig gut beherrschte, und wenn man etwas gut kann, dann will man es die ganze Zeit tun, weil es Spaß macht. Wenn ich also mit Rachel herumhängen wollte, dann hauptsächlich aus eigennützigen Motiven.

»Warte mal, was ist das denn für eine Zeichnung auf deinem Gips?«, fragte Mom im Auto.

»Ach, *die* Dinger«, sagte ich. Ich überlegte mir fieberhaft, aber mir fiel nichts ein, also musste ich einfach ehrlich sein. »Das sind Titten.«

»Krass!«, kreischte Gretchen, und wir fuhren nach Hause, und dann bekam ich zum ersten Mal seit ein paar Tagen wieder etwas Normales zu essen, woraufhin mein Magen vollkommen verrücktspielte, und glaubt mir, es ist besser, ich erspare euch die Einzelheiten.

Vierundzwanzigstes Kapitel

Käsiger Teenager erlebt einen Tag ohne Höhen und Tiefen

Es war ungefähr die zweite oder dritte Oktoberwoche, als die Geschichte mit meinem Arm passierte. Glaube ich jedenfalls. Ich habe keine Lust nachzusehen. Muss ich euch einen Grund nennen, warum ich keine Lust habe nachzusehen? Sollte ich wahrscheinlich, und das nervt. Als Begründung müsste ich behaupten, dass es einfach gefühlsmäßig zu schmerzlich für mich ist, aber das ist ganz offensichtlich gelogen, weil ich mir hier ja die Mühe mache, dieses idiotische Buch zu schreiben. Der wahre Grund ist: Faulheit. Die Unterlagen über meinen Krankenhausaufenthalt rauszukramen erschien mir unsäglich stressig. Darum hab ich's bleiben lassen.

Außerdem ist es sowieso ein bisschen bizarr, irgendwelche Dinge mit einem Datum zu versehen. Es klingt dann gleich so wie in den Nachrichten. Als stünde mein Leben in der Pittsburgher *Post-Gazette* oder in der *New York Times*.

20. Oktober 2011

KÄSIGER TEENAGER VERLÄSST KRANKENHAUS

Erleichterter Filmemacher feiert Entlassung mit Fressgelage

Bauchknuddeln führt zu Katzenattacke

Natürlich, klar: Dieses Buch lässt mein Leben wahrscheinlich interessanter und ereignisreicher erscheinen, als es in Wirklichkeit ist. Romane versuchen immer, diesen Eindruck zu erwecken. Würdet ihr lediglich die Schlagzeilen jedes einzelnen Tages meines Lebens lesen, könntet ihr besser nachvollziehen, wie öde und beliebig es ist.

21. Oktober 2011
RÜCKKEHR DES KÄSIGEN TEENAGERS AN DIE SCHULE SCHLÄGT KEINE HOHEN WELLEN
Gaines »ungehalten« über Last nachzuholender Schularbeiten
Wochenlange Abwesenheit des Schülers von etlichen Lehrern nicht bemerkt

22. Oktober 2011
NICHTS ANSATZWEISE INTERESSANTES GESCHIEHT
Selbst zum Abendessen gab es nur die Reste von gestern

23. Oktober 2011
SCHWABBELIGER TEENAGER VERSUCHT MUSKELN AN NICHTGEBROCHENEM ARM AUFZUBAUEN
Kurze, höllisch schmerzhafte Hantelsession
Filmemacher erholt sich durch stundenlanges regloses Liegen am Boden mit dem Gesicht nach unten

24. Oktober 2011
EXTREM WENIG GESCHIEHT
Bauchknuddeln löst erneute Katzenattacke aus
Schüler führt eine Reihe von dummdreisten Gesprächen, auf die einzugehen sich nicht lohnt

Vielleicht kommt man, wenn man gestorben ist, in ein riesiges Archiv mit Zeitungen, die Journalistenengel speziell über dein Leben geschrieben haben. Und wenn man anfängt zu lesen, klingen sie alle so wie die da oben. Das wäre wahnsinnig deprimierend. Man kann nur hoffen, dass wenigstens ein paar Schlagzeilen von den anderen Leuten in deinem Leben handeln, nicht nur von dir.

25. Oktober 2011
KUSHNER KAUFT HUT
Peinliches Starren auf Glatze wurde nach einer Weile wahrscheinlich lästig
Hut irgendwie noch deprimierender als Darth-Vader-Schädel

26. Okt. 2011
JACKSON SUCHT WÄHREND MITTAGSPAUSE STREIT INFOLGE VON NIKOTINENTZUG
Mehreren Menschen, leblosen Objekten und Konzepten wird mitgeteilt, sie sollen sich verpissen
Dicklicher, murmeltiergesichtiger Freund: Nichtrauchen »wahrscheinlich ein Fehler«

27. Oktober 2011
GAINES-ELTERN ERÖFFNEN NEUE RUNDE DER COLLEGE-GESPRÄCHE
»Enttäuschende« Zensuren des Filmemachers für ausführliche Prognosen zukünftigen Scheiterns angeführt
Penner-Berufsfachschule in engere Wahl gezogen

Ich schätze mal, als ich im Krankenhaus war, hatten Mom und Dad beschlossen, dass es an der Zeit war, mit mir über das College zu sprechen. Wir sprachen natürlich nicht zum ersten Mal darüber. Beim ersten Mal hatte Dad eines Tages gegen Ende des 9. Schuljahrs mein Zimmer betreten. Er hatte diesen belämmerten und gereizten Gesichtsausdruck, den er immer bekommt, wenn Mom ihn bittet, etwas total Unangenehmes zu tun.

»Hallo, mein Sohn«, hatte er gesagt.

»Hi«, sagte ich.

»Mein Sohn, hast du Lust, dir einige Colleges anzuschauen?«

»Ähm, nicht wirklich.«

»Oh!«

»Ja, ich hab eigentlich keine Lust, so was zu machen.«

»Nein – du sagst ***nein*** zur Collegetour! Ver*stehe*.«

»Ja, nein.«

Dad war so begeistert davon, dass wir die Collegetour nicht machen mussten, dass er sofort wieder ging und die Sache monatelang nicht mehr erwähnte. Und obwohl die College-Entscheidung während dieser Zeit mein gesamtes Dasein mehr oder weniger dräuend bestimmte, konnte ich sie ignorieren, solange niemand sie zur Sprache brachte.

Aus irgendeinem Grund war ich einfach nicht imstande, mich mit dem Thema College zu befassen. Ich bemühte mich, mir Gedanken darüber zu machen, aber dann wurde mein Mund ganz trocken, und meine Achselhöhlen fingen an zu jucken, und ich musste einen anderen Sender im Kopf einschalten. Meistens wechselte ich zur Tierdokustation in meinem Gehirn. Das ist der Kanal, bei dem man sich eine Herde anmutig herumtollender Gazellen vorstellt oder ein paar verspielte Biber, die sich ihr raffiniertes kleines Heim aus Zweigen bauen, oder brasilianische Dschungelinsekten, die sich gegenseitig grausamst zerbeißen. Grundsätzlich alles Mögliche, bis es sich nicht mehr so anfühlt, als hätte man Bienen unter den Achseln.

Ich weiß nicht, warum mir das College so eine Scheißangst machte. Nein, das ist glatt gelogen. Ich weiß genau, warum. Es hatte mich viel Mühe gekostet, das Leben an der Benson auf die Reihe zu kriegen – die soziale Struktur auszuloten, diverse Strategien zu finden, mich durchzumanövrieren, ohne bemerkt zu werden –, und ich hatte mein Spionagetalent so ziemlich ausgeschöpft. Das College ist ein so viel größerer, komplizierterer Ort als die Highschool – es gibt da noch unendlich viel mehr Gruppen und Leute und Aktivitäten und so weiter –, darum hatte ich angesichts der Unmöglichkeit, mit all diesen Dingen klarzukommen, den totalen Horror davor. Ich meine, die meiste Zeit *lebt* man ja mit seinen Klassenkameraden in einem Wohnheim *zusammen*. Wie soll man sich bitte vor denen unsichtbar machen? Wie kann man auf die Typen, *mit denen man sich ein Zimmer teilt*, einfach nur unscheinbar und harmlos und langweilig wirken? Man kann ja nicht mal pupsen da drin. Man muss dazu raus auf den Flur oder sonst was. Oder man pupst eben nie, aber wer weiß, was dann passiert.

Diese Aussichten waren ein einziger Alptraum für mich, und ich hatte keine Lust, mich damit auseinanderzusetzen. Aber dann beschlossen Mom und Dad, dass es wichtig wäre, sich darauf vorzubereiten, und etwa eine Woche, nachdem ich aus dem Krankenhaus entlassen wurde, lauerten sie mir auf wie ein Paar brasilianische Dschungel-Insekten und fingen an, mich grausamst zu zerbeißen. Natürlich nicht buchstäblich. Ihr wisst, was ich meine. Es war widerlich.

Nachdem ich ein wenig darüber nachgedacht hatte, kam ich auf die Idee, mich einfach am Carnegie Mellon einzuschreiben, wo Dad unterrichtet. Aber Mom und Dad hatten Zweifel, ob sie mich nehmen würden, wegen meiner Zensuren und meines völligen Mangels an Wahlfächern.

»Du könntest ihnen deine Filme zeigen«, sagte Mom.

Dieser Vorschlag war so schrecklich, dass ich mich fünf Minuten totstellen musste, denn genauso lange dauerte es, bis Mom und Dad es leid waren, mich anzuschreien, und endlich aus dem Zimmer gingen. Aber kaum hörten sie mich wieder herumlaufen, kamen sie zurück, und wir mussten das Gespräch fortsetzen.

Am Ende beschlossen wir, dass ich mich zusätzlich zumindest an der Pitt bewerben sollte, auch als University of Pittsburgh bekannt, die ich damals für die etwas blöde große Schwester der Carnegie Mellon hielt. Mom nahm mir außerdem das Versprechen ab, einmal einen Blick in das Collegeverzeichnis zu werfen, mich vielleicht eine Stunde hinzusetzen und es durchzublättern, nur um zu sehen, ***was alles im Angebot ist***, so viel Zeit nimmt das doch gar nicht in Anspruch, und es ist einfach gut, sich ein Bild von seinen Möglichkeiten zu machen, ***weil es überall so viele Möglichkeiten gibt***, und es ***wäre wirklich schade, wenn du nicht das Richtige findest***, bis ich schließlich sagte, OKAY OKAY HERRGOTTNOCHMAL.

Aber der College-Prospekt war ungelogen 1400 Seiten dick. Also war klar, dass das gar nicht in Frage kam. Aus irgendeinem Grund trug ich den Schinken ein paar Tage mit mir in meinem Rucksack herum, und jedes Mal, wenn ich ihn ansah, setzte wieder dieses Bienen-in-den-Achselhöhlen-Gefühl ein.

Bei einem meiner Besuche im Krankenhaus beging ich den Fehler, Rachel gegenüber das College zu erwähnen, und da wurde sie plötzlich ganz Ohr, und wir mussten uns über eine unbehaglich lange Zeitspanne über das Thema unterhalten.

»Anscheinend macht Hugh Jackman dieses sensationelle Bauchmuskeltraining«, sagte ich in dem Versuch, sie abzulenken. »Jetzt hat er vier Sixpacks mehr als vorher.«

Es ist unfassbar, dass sie das nicht vom College ablenkte, tat es aber nicht.

»Also willst du ans Carnegie Mellon gehen?«, fragte sie. Sie richtete sich im Bett auf und schaute mich irgendwie interessierter an als sonst.

»Na ja, also dann schon lieber dahin als woanders«, sagte ich. »Aber Mom und Dad meinen, ich komme nicht mal rein. Also gehe ich wahrscheinlich an die Pitt.«

»Wieso würdest du nicht reinkommen?«

»Och, weiß nicht. Man braucht gute Noten, und außerdem muss man Präsident vom Debattier-Klub gewesen sein oder ein Obdachlosenasyl gebaut haben, und ich hab ja außer Rumgammeln in meiner Freizeit nichts gemacht.«

Ich sah, dass Rachel die Filmerei ansprechen wollte, aber sie unterließ es, was gut war, weil mir sonst keine andere Wahl geblieben wäre, als mich wieder totzustellen. Obwohl das in einem Krankenhaus als eine Taktik zum Themawechsel weniger akzeptabel ist. Es ist einfach nicht der richtige Ort – schließlich könnte jemand hereinkommen und glauben, man sei tatsächlich gestorben, und dann würden sie einen in einen Rollstuhl setzen und in irgendeinem Wartezimmer abladen, wie Gilbert, die im Rollstuhl sitzende, möglicherweise tote Person, die ich vor etwa vierundzwanzigtausend Wörtern erwähnt habe.

»Ehrlich, mein Hauptziel fürs College ist, bloß nicht in eine Studentenverbindung zu kommen«, sagte ich, nur um eine halbwegs komische Nummer abzuziehen. »Denn ganz oben auf der Liste der Vergnügungen einer Studentenverbindung steht, sich einen Fettsack zu greifen und ihn an einem Fahnenmast oder am Auto eines Professors festzubinden oder so. Ich mach mir Sorgen, dass mir genau so was passieren wird. Solche Sachen machen die am liebsten. Vielleicht werden sie mich auch mit einem Gürtel auspeitschen oder so. Das ist übrigens eine extrem homoerotische Sache, aber wenn man sie darauf hinweist, flippen sie erst recht aus.«

Aus irgendeinem Grund brachte das Rachel nicht zum Lachen.

»Du bist nicht fett«, sagte sie.

»Ich bin ziemlich fett«, sagte ich.

»Bist du nicht.«

Ich fand es bescheuert, dass Rachel mir widersprach. Darum tat ich als Nächstes etwas, das ich noch nie getan hatte.

»Ich wüsste da jemanden, der anderer Meinung ist«, sagte ich. »Er steht auf dem Schlauch und sein Name ist Bauch.«

»Aha«, sagte Rachel, aber dann hob ich mein Hemd an und zeigte ihr meinen Bauch.

Ich meine, ich bin nicht so dick wie viele andere Kids, aber ich kann definitiv zwei Fettröllchen an meinem Bauch greifen und sie wie eine Muppetfigur sprechen lassen.

»ICH MÖCHTE IN ALLER FORM PROTESTIEREN GEGEN DAS, WAS DU GERADE GESAGT HAST«, schrie mein Bauch. Aus irgendeinem Grund hatte er einen südländischen Akzent. »DEINE ANSCHULDIGUNG BETRÜBT UND ERSCHÜTTERT MICH. ABGESEHEN DAVON, HAST DU VIELLEICHT EIN PAAR TELLER MIT NACHOS RUMSTEHEN?«

Bis zu diesem Punkt in meinem Leben hatte ich meinen Bauch noch nie zu anderen Menschen sprechen lassen. Es schien mir die Sache einfach nie wert gewesen zu sein, mich für ein paar Lacher dermaßen zu erniedrigen. Es dürfte ein Indiz dafür sein, wie sehr ich Rachel zum Lachen bringen wollte. Aber Rachel ließ an diesem Tag kein Prusten und kein Gackern hören.

Schlimm genug, seinen eigenen Schwabbelbauch unsanft zu behandeln und dabei sein Gegenüber in einem südländischen Akzent anzugrölen. Schlimmer ist es, wenn der andere nicht einmal darüber lacht.

»FALLS ES KEINE NACHOS GIBT, WÜRDE ICH ZUR NOT AUCH STEAK MIT POMMES NEHMEN«, fügte mein Bauch hinzu, aber Rachel lächelte nicht einmal.

»Was willst du an der Carnegie Mellon studieren?«, fragte sie.

»Wer weiß?«, sagte ich. Ich hielt mein Hemd immer noch hoch, nur für den Fall, dass sie plötzlich doch noch bemerkte, zu was für einem lächerlichen Idioten ich mich machte, um sie zu unterhalten. Aber sie schien es nicht bemerken zu wollen.

Sie schwieg, und ich redete weiter. »Man weiß doch sowieso noch nicht, was man studieren will, wenn man ans College kommt. Man schreibt sich einfach für eine Handvoll Kurse ein und guckt, was einem gefällt. Stimmt's?«

Ich musste weiter dummes Zeug quasseln, sonst würde sie mich nach den Filmen fragen. Ich sah es einfach kommen. »Im Grunde ist es wie ein Buffet. Ein richtig teures Buffet, nur dass man alles aufessen muss, was man auf dem Teller hat, sonst werfen sie einen raus. Das Konzept ist echt bescheuert. Würde so was bei einem richtigen Buffet passieren, wäre das unglaublich. Würde man sagen ›Na ja, dieses Mu-Shu-Schweinefleisch schmeckt irgendwie ein bisschen nach Kreide und Dreck‹, und ein riesiger chinesischer Typ würde dann sagen, ›ISS DAS AUF, ODER WIR GEBEN DIR EINE SECHS, UND AUSSERDEM SCHMEISSEN WIR DICH AUS DEM RESTAURANT‹, dann scheint mir das keine besonders gute Geschäftsidee zu sein.«

Nichts. Kein Prusten, kein Lächeln. Es war wirklich furchtbar. Ich hielt mein Hemd jetzt nur aus Bockigkeit hoch, denn es war klar, dass ich ihr keine gigantischen Lachanfälle mehr entlocken würde.

»Du weißt nicht, was du studieren willst?«

Rachel steuerte offensichtlich auf die Filmerei zu. Aber wenn sie nicht über meine Witze lachen wollte, dann scheiß drauf. Ich beschloss, den Spieß umzudrehen.

»Nein«, sagte ich. »Ich meine, was wirst *du* denn studieren?«

Rachel starrte mich komisch an.

»Ich meine, wenn du ans College gehst, was willst du da studieren?«

Rachel drehte irgendwie ihren Kopf weg. Spätestens da hätte ich die Klappe halten sollen, aber ich tat es nicht.

»Bei welchem College bewirbst du dich überhaupt?«

Rachel starrte jetzt auf den leeren Fernsehbildschirm, während ich dasaß und meinen blöden fetten Bauch auf sie richtete, und es war der Moment, in dem mir aufging, dass ich mich wie ein Arsch benahm. Genauer gesagt, wie ein Mega-Arsch. Ich erkundigte mich bei einem sterbenden Mädchen nach ihren Zukunftsplänen. Das ist so ungefähr das arschigste, was man machen kann. Scheiße, Mann. Ich hätte mir am liebsten eine reingesemmelt. Ich wäre gern gegen eine Tür gerannt.

Was noch lange nicht hieß, dass ich ihr nicht trotzdem übelnahm, wie traurig und feindselig und komisch sie war, und dass sie mir ein schlechtes Gewissen machte, weil ich versuchte, sie aufzuheitern.

Mit einem Wort, ich hasste alle Anwesenden. Ich zog mein Hemd herunter und versuchte, diese Unterhaltung irgendwie zu beenden, ohne dass sich einer von uns beiden umbrachte.

»Hey«, sagte ich. »Mom hat mir dieses affige Collegeverzeichnis gegeben. Du kannst es haben, falls du mal reinschauen willst. Ich habe es sogar gerade dabei.«

»Ich melde mich dieses Jahr nicht zum College an.«

»Oh.«

»Ich will erst warten, bis es mir besser geht.«

»Klingt nach einem guten Plan.«

Sie starrte weiterhin den Bildschirm an, irgendwie ausdruckslos und gleichzeitig angepisst.

»Sehr gut«, sagte ich, »weil dieses Buch ohne Ende nervt. Es ist tausendvierhundert Seiten dick und auf jeder zweiten Seite wird irgendeine ominöse christliche Uni in Texas oder so vorgestellt.«

Darf ich euch mal was sagen? Es war ziemlich anstrengend, ständig irgendwas Komisches zu improvisieren. Und vielleicht hätte ich einfach halblang machen sollen. Aber ich fand, dass ich sie unbedingt zum Lachen bringen müsste, sonst wäre mein ganzer Besuch eine Pleite gewesen. Also legte ich tapfer ein neues Quasselalbum auf.

»Außerdem irritiert mich das alles, weil es mir im Prinzip nur vor Augen führt, dass mich keine gute Uni nehmen wird. Wenn man zum Beispiel hinten anfängt und bei ›Yale‹ landet, denkt man, klasse, Yale, da sollte ich mich bewerben, weil es eine gute Uni ist. Na schön. Aber dann stellt man fest, dass sie einen Notendurchschnitt von mindestens Eins mit drei Sternchen verlangen. Tatsache. Und man denkt, spinnen die, der Notendurchschnitt an der Benson geht nicht mal bis zur Eins *rauf*.«

Rachel schien jetzt ein bisschen aufzutauen, obwohl ich das Gefühl hatte, dass das nichts mit meinem Gequassel zu tun hatte. Ich beschloss dennoch, damit weiterzumachen, denn so verging wenigstens die Zeit. Überhaupt ist das ja das Beste an so einem Quark. Nicht, weil er komisch ist, obwohl guter Quark ja meistens tatsächlich ziemlich komisch ist. Das Wichtigste daran ist, dass man damit die Zeit totschlägt und nicht über irgendwas Deprimierendes sprechen muss.

»Ja. Und dann ruft man bei denen in der Zulassungsstelle an und sagt so was wie, hey Yale, was soll der Scheiß mit euren Einsern, und dann sagen sie, ach so, wissen Sie, also wenn Sie ein etwas ehrgeizigerer Schüler gewesen wären, dann hätten Sie die *Geheime Yale-Vorbereitungs-Highschool* entdeckt, die tief unterhalb Ihrer normalen Highschool begraben ist, wo alle Lehrer so gruselige *untote Genies* sind, und das wäre der Ort gewesen, wo Sie sich Ihren Einser- oder noch besseren Notendurchschnitt hätten erwerben können, und wo man außerdem *das Geheimnis der Zeitreise* erlernen kann. Und, äh, und wie man *aus ganz normalen Haushaltsgeräten künstliches Leben erschafft*. Dann könnten Sie *den Mixer zum Le-e-e-e-ben* erwecken. Der Mixer wird dann Ihr treuer Diener, der *Ihnen die Post bringt*, nur dass er sie versehentlich *immer in Stücke reißt*, weil er *ein Mixer* ist. Ya-a-a-a-ale.«

»Weißt du was, Greg, du kannst das Buch mal hierlassen.«

Die Chance, dass sie das nur sagte, um mich loszuwerden, war ziemlich groß, aber wenigstens war es eine Reaktion, und fast eine positive.

»Ernsthaft?«

»Es sei denn, du willst es behalten.«

»Nee. Spinnst du? Ich hasse dieses Buch. Super.«

Ich kramte es aus meinem Rucksack hervor. Ich war unglaublich erleichtert, es loszuwerden. Und vielleicht hatte Rachel jetzt weniger das Gefühl, dass sie sterben musste.

»Hier, bitte sehr.«

»Leg's einfach auf den Tisch.«

»Wird gemacht.«

»Okay.«

Sie war eventuell ein bisschen aufgetaut, aber sie lachte immer noch nicht und reagierte auch nicht besonders auf mich, und irgendwie verlor ich leicht die Kontrolle und sagte: »Es gelingt mir kein bisschen, dich aufzuheitern, wenn ich dich besuchen komme. Ich bin ein Blödmann.«

»Du bist kein Blödmann.«

»Irgendwie doch.«

»Du musst mich ja nicht besuchen, wenn du nicht willst.«

Das war ziemlich schwer zu schlucken. Denn offen gestanden *wollte* ich sie auch gar nicht ständig besuchen. Es war stressig genug, wenn sie *gute* Laune hatte. Jetzt, wo sie superkrank und andauernd sauer war, stresste mich das ohne Ende. Es trieb zum Beispiel meinen Blutdruck hoch. Ich saß da und hatte dieses blöde Herzflattern, das man immer kriegt, wenn der Blutdruck verrücktspielt. Aber ich wusste, dass ich mich noch mieser fühlen würde, wenn ich sie nicht besuchte.

Darum kann man sagen, dass mir das Ganze total mein Leben versaut hat.

»Ich komm nicht her, weil *ich nicht will*«, sagte ich. Und weil das keinen Sinn ergab, stellte ich klar: »Ich komme hierher, weil ich will. Wenn ich keine Lust hätte herzukommen, warum sollte ich dann verdammt noch mal kommen?«

»Weil du dich verpflichtet fühlst.«

Darauf konnte man wirklich nur noch mit einer Lüge antworten.

»Ich fühle mich nicht *verpflichtet*. Außerdem bin ich vollkommen irrational und unzurechnungsfähig. Das bedeutet, wenn es Dinge gibt, zu denen ich *verpflichtet* bin, dann *mach* ich sie nicht mal. Ich habe keine Ahnung, wie das geht, *ein normales Leben* führen.«

Dieser Ansatz war lächerlich, darum ruderte ich zurück und fing noch mal von vorn an.

»Ich *möchte* doch herkommen«, sagte ich. »Wir sind Freunde.«

Dann sagte ich: »Ich mag dich.«

Es fühlte sich unglaublich peinlich an, so was zu sagen. Ich glaube nicht, dass ich diese Worte je zuvor zu irgendjemandem gesagt hatte, und werde es auch wahrscheinlich nie wieder tun, weil man sie nicht sagen kann, ohne sich wie ein totaler Blödmann vorzukommen.

Jedenfalls antwortete sie: »Danke.« Es war unklar, wie sie das meinte.

»Be*dank* dich nicht bei mir.«

»Okay.«

»Ich meine, entschuldige. Das ist doch der Wahnsinn. Ich schrei dich gerade an.«

Ich wollte nur noch weg. Aber ich wusste, dass ich mir wie eine Arschgeige vorkommen würde, wenn ich jetzt einfach abhaute. Ich schätze mal, sie spürte das auch.

»Greg, ich bin krank«, sagte sie. »Ich bin nun mal zurzeit nicht besonders fröhlich.«

»Ja.«

»Du kannst gehen.«

»Okay, gut.«

»Ich freu mich, wenn du mich besuchen kommst.«

»Das ist schön.«

»Vielleicht geht's mir nächstes Mal besser.«

Aber wie sich herausstellte, war das nicht der Fall.

Scheiße, ich hasse es, darüber zu schreiben.

Fünfundzwanzigstes Kapitel

Leukämie-Leitfaden eines Vollidioten

Vielleicht sollte ich erklären, was es mit der Leukämie auf sich hat, nur für den Fall, dass euch das Ganze unklar ist. Vor der Sache mit Rachel wusste ich extrem wenig darüber. Jetzt weiß ich einigermaßen Bescheid, was offen gestanden mehr ist, als ich im Grunde jemals darüber wissen wollte.

Manche Krebsarten befallen einen Körperteil, Lungenkrebs zum Beispiel, oder Hinternkrebs. Ihr denkt wahrscheinlich, dass es Hinternkrebs gar nicht gibt, aber falsch gedacht. Jedenfalls kann man bei diesen Krebsarten manchmal rangehen und sie operativ entfernen. Aber Leukämie ist ein Blutkrebs und Knochenmarkkrebs, darum verteilt er sich im ganzen Körper, und man kann ihn nicht einfach mit dem Skalpell herausschneiden. Ich meine, die Sache mit dem Skalpell ist eindeutig beängstigend und eklig, aber die andere Methode, den Krebs zu bekämpfen, besteht darin, ihn mit Bestrahlungen und/oder Chemikalien zu beschießen, was noch viel schlimmer ist. Und bei Leukämie muss man das mit dem ganzen Körper des Betroffenen tun.

Was furchtbar ätzend ist.

Mom sagte, es ist wie eine Stadt, in die »böse Buben« eingedrungen sind – irgendwas an Rachels Situation lässt Mom vergessen, dass ich kein Zweijähriger mehr bin –, jedenfalls ist es wie eine Stadt mit bösen Buben, und die Chemo ist so, als würde man Bomben über der Stadt abwerfen, um die bösen Buben zu töten. Und dabei wird ein Teil der Stadt in Schutt und Asche gelegt. Ich habe Rachel davon erzählt, die verächtlich reagierte.

»Es ist eher so, dass ich Krebs habe«, sagte sie, »und Chemotherapie kriege.«

Jedenfalls hat bei der vernichtenden Bombardierung der bösen Buben definitiv auch Rachel-Stadt einigen Schaden genommen, speziell in den Vierteln Haarhausen, Hauthofen und im Magen-Darm-Distrikt. Darum hatte sie den Hut gekauft. Es war so ein niedliches rosa Plüschteil, das normalerweise Mädchen tragen, die in Einkaufszentren herumrennen, nicht blasse Mädchen, die die ganze Zeit im Bett liegen.

Wenn das also ein normales Buch über ein an Leukämie leidendes Mädchen wäre, würde ich wahrscheinlich ellenlang über all die tiefgründigen Dinge labern, die Rachel zu sagen hatte, während sie immer kränker wurde; außerdem würden wir uns wahrscheinlich ineinander verlieben und hätten ein unglaublich intensives romantisches Ding am Laufen, bis sie in meinen Armen sterben würde. Aber ich habe keine Lust, euch anzulügen. Sie hatte nichts Tiefgründiges zu sagen, und wir haben uns definitiv nicht ineinander verliebt. Nach meinem bescheuerten Ausbruch schien sie ein bisschen weniger sauer auf mich zu sein, aber im Prinzip wechselte sie nur von gereizt auf still.

Also ging ich sie besuchen und erzählte irgendwas, und dann lächelte sie oder kicherte manchmal ein bisschen, aber meistens sagte sie nichts, bis mir der Erzählstoff ausging und wir einen Gaines/Jackson-Film einlegten und ihn uns ansahen. Erst die etwas neueren, später dann die älteren, als wir von den neuen genug hatten.

Sich die Filme mit Rachel zusammen anzusehen war eine merkwürdige Erfahrung, weil sie so dermaßen auf sie abfuhr. Ich weiß, es klingt bescheuert, aber wenn ich da neben ihr saß, sah ich die Filme plötzlich so, wie ich mir vorstellte, dass sie sie sah – wie ein unkritischer Fan, dem tatsächlich all die blöden Entscheidungen *gefallen*, die wir getroffen hatten. Ich sage nicht, dass sie mich so weit brachte, die Filme gern anzusehen. Ich schätze, mir wurde nur klar, dass man all die unsäglichen Mängel und Pannen vielleicht irgendwie in Kauf nehmen könnte. Man bemerkte die schlechte Beleuchtung oder die seltsamen Toneffekte und ließ sich dadurch von der Geschichte ablenken, die wir erzählen wollten, und dachte stattdessen einfach nur an mich und Earl als Filmemacher, die irgendwie versehentlich die Aufmerksamkeit auf sich lenken. Und wenn man uns mochte, dann gefiel einem das auch. Vielleicht betrachtete Rachel alles, was wir machten, auf diese Weise.

Aber sie sagte nichts dazu, darum kann es sein, dass ich mir das alles nur einbildete.

Währenddessen schien sich ihr Zustand nicht zu verbessern, und es gab ein paar Tage, da war sie in einer richtig düsteren Stimmung, und ich konnte nichts tun, um sie aufzuheitern. Eines Tages hatten wir uns zum Beispiel einen Film zusammen angesehen und sie war die ganze Zeit richtig still gewesen, aber dann sagte sie: »Greg, ich glaube, du hattest recht.«

»Was?«

»Ich sagte, ich glaube, du hattest recht.«

»Oh.«

Sie sagte nichts, als erwartete sie, dass ich wusste, was sie meinte.

»Ich hab, äh, meistens recht.«

»Willst du nicht wissen, wobei?«

»Äh, ja.«

Oder sie erwartete vielleicht gar nicht, dass ich wusste, was sie meinte. Wer weiß? Mädchen sind verrückt, und sterbende Mädchen sind es erst recht. Moment mal, das klingt widerlich. Ich nehme es zurück.

»Also, wobei hatte ich recht?«

»Ich glaube, du hattest recht, als du sagtest, ich würde sterben.«

Ich finde es grauenhaft, dass ich mich jetzt darüber auch noch beschwere, aber ich kam mir damals vor wie der letzte Dreck. Ich war dermaßen sauer, dass sie das sagte. Ich versuchte, meinen Ärger herunterzuschlucken.

»Ich habe nie gesagt, dass du stirbst.«

»Du hast aber ge*dacht*, dass ich sterbe.«

»Hab ich nicht.«

Sie verstummte, und das machte mich rasend.

»Hab ich *nicht*«, sagte ich etwas zu laut.

Das war eine Lüge, und das wussten wir beide.

Schließlich sagte Rachel: »Na ja, also solltest du es gedacht haben, hättest du recht gehabt.«

Danach schwiegen wir beide eine Ewigkeit. Lieber hätte ich sie angeschrien. Vielleicht hätte ich es tun sollen.

VERDAMMTE SCHEISSE ICH HASSE ES DARÜBER ZU SCHREIBEN

Sechsundzwanzigstes Kapitel
Menschenfleisch

Das Leben eines Menschen ist wie ein großes wirres Ökosystem, und wenn es eins gibt, worüber Biolehrer gerne schwafeln, dann darüber, dass sich Veränderungen in einem Teilbereich eines Ökosystems auf das große Ganze auswirken. Also nehmen wir mal an, mein Leben sei ein Teich. Okay. Und jetzt nehmen wir an, irgendeine verrückte Person (Mom) schleppt diese nichteinheimische, depressive Fischart an (Rachel) und wirft den Fisch in den Teich. Okay. Die anderen Organismen im Teich (Filme, Schularbeiten) haben sich daran gewöhnt, sich von einer gewissen Menge Algen zu ernähren (Zeit, die ich darauf verwenden kann). Aber jetzt frisst dieser vom Krebs befallene Fisch die ganzen Algen. Und deswegen geht jetzt im Teich alles drunter und drüber.

(Dieser letzte Absatz ist dermaßen bescheuert, dass ich mich nicht einmal dazu durchringen konnte, ihn zu löschen. Übrigens gab es für jede hirnlähmende Sache, die ihr in diesem Buch gelesen habt, ungefähr vier andere Sachen, die ich geschrieben und dann wieder gelöscht habe. Bei den meisten ging es um Essen oder Tiere. Mir ist klar, dass ich wahrscheinlich den Eindruck erwecke, von Essen und Tieren besessen zu sein. Das liegt daran, dass das die beiden merkwürdigsten Dinge auf der ganzen Welt sind. Setzt euch mal einfach nur hin und denkt über sie nach. Oder besser nicht, weil ihr eine Panikattacke kriegen könntet.)

So also sah es in meinem Leben aus. Meine schulischen Leistungen zum Beispiel litten definitiv. Mr. McCarthy nahm mich sogar einmal beiseite, um mit mir darüber zu sprechen.

»Greg.«

»Hi, Mr. McCarthy.«

»Liefer mir einen Fakt.«

Mr. McCarthy hatte mich auf meinem Weg zum Unterricht auf dem Flur abgefangen. Er baute sich direkt vor mir auf und nahm eine ungewöhnliche Haltung an, etwa die eines Sumoringers, nur ohne das viele Gestampfe.

»Äh … irgendeinen Fakt?«

»Irgendeinen Fakt, der aber von *größtem Sachverstand* getragen sein muss.«

Aus irgendeinem Grund bekam ich zu dieser Zeit nicht sehr viel Schlaf, darum hatte ich tatsächlich etwas Mühe, mir einen Fakt einfallen zu lassen.

»Fakt: Die Veränderung eines Teils des Ökosystems zieht, äh, eine Veränderung des Ganzen nach sich.«

Mr. McCarthy war von diesem Fakt eindeutig nicht beeindruckt, aber er ließ ihn durchgehen. »Greg, ich werde dich jetzt fünf Minuten aufhalten und mit dir reden. Dann schreibe ich dir eine Entschuldigung, damit du in deine Klasse gehen kannst.«

»Klingt gut.«

»Das passiert jetzt, *jetzt gleich*.«

»Okay.«

»Bist du bereit?«

»Ja.«

»Gut.«

Wir gingen in sein Büro. Die Reparaturarbeiten an den Leitungen im Lehrerzimmer waren immer noch nicht abgeschlossen, deswegen stand das Orakel auf seinem Schreibtisch und enthielt vermutlich eine mit Marihuana angereicherte Suppe. Als ich es sah, hatte ich sofort die Panik, Mr. McCarthy würde mich und Earl beschuldigen, vom Orakel getrunken zu haben. Das Panikgefühl steigerte sich noch, als Mr. McCarthy Folgendes sagte:

»Greg, weißt du, warum ich dich hierhergebracht habe?«

Auf diese Frage schien es keine korrekte Antwort zu geben. Ich kann ziemlich schlecht mit Situationen umgehen, in denen ich unter Druck stehe. Das dürfte euch jetzt kein bisschen überraschen. Darum versuchte ich »Nein« zu sagen, aber meine Kehle war völlig trocken vor Angst, und es kam nur eine Art Quietschen heraus. Außerdem sah ich wahrscheinlich aus, als würde ich mich gleich übergeben. Denn mal ehrlich, sich auszumalen, was ein durchgeknallter, mit Tattoos übersäter Freak wie Mr. McCarthy unternehmen würde, wenn er erfuhr, dass wir ihn bei einer illegalen Handlung ertappt hatten, war einfach zu gespenstisch. Ich erkannte plötzlich, dass ich Mr. McCarthy zwar mochte, mich zugleich aber rasend vor ihm fürchtete und den Verdacht hatte, er könnte tatsächlich ein Psychopath sein.

Dieser Verdacht bestärkte sich, als er versuchte, mich ohne Vorwarnung zwischen seinen gigantischen grellbunten Armen zu zermalmen.

Ich war zu verängstigt, um mich in irgendeiner Form zu wehren, darum wurde ich einfach ganz schlaff. Er umklammerte mich in einer tödlichen Umarmung. Viele Gedanken schossen mir in diesem Moment durch den Kopf. Einer war: Auf *genau* so eine infantile Art würde ein Kiffer versuchen, jemanden umzubringen. Tod durch Umarmung. Was ist bloß mit den Kiffern los? Drogen sind das Letzte.

Ich brauchte beschämend lange, um zu realisieren, dass er mich tatsächlich nur mal drückte.

»Greg, Kumpel«, sagte er nach einer Weile. »Ich weiß, wie schwer im Moment alles für dich ist – die Sache mit Rachel im Krankenhaus. Wir haben es alle mitbekommen.«

Dann ließ er los. Weil ich so schlaff war, glitt ich daraufhin fast zu Boden. Im Unterschied zum durchschnittlichen Highschool-Kid fand Mr. McCarthy das nicht zum Totlachen. Er wirkte im Gegenteil sehr beunruhigt.

»Greg!«, schrie er. »Immer sachte, Kumpel. Möchtest du lieber nach Hause gehen?«

»Nein, nein«, sagte ich. »Mir geht's gut.«

Ich rappelte mich auf. Wir setzten uns. Mr. McCarthy sah mich äußerst besorgt an, was überhaupt nicht zu ihm passte und mich leicht verwirrte. Ähnlich wie es einen kurz aus der Bahn wirft, wenn ein Hund ein irgendwie menschliches Gesicht macht und einen anschaut. Dann denkt man: »Wow, dieser Hund empfindet eine Mischung aus nostalgischer Melancholie und besitzergreifendem Mitgefühl. Mir war gar nicht klar, dass Hunde dermaßen komplexe Emotionen haben können.«

So ging es mir gerade mit Mr. McCarthy.

»Wir haben alle mitbekommen, wie dir die Sache mit Rachel nahegeht«, sagte Mr. McCarthy. »Und uns ist nicht entgangen, wie viel Zeit du mit ihr verbringst. Kumpel, du bist ein toller Freund. Jeder könnte sich glücklich schätzen, dich zum Freund zu haben.«

»Bin ich echt nicht«, sagte ich. Mr. McCarthy schien mich nicht gehört zu haben, was wahrscheinlich gut war.

»Und ich weiß, dass die Schule im Moment nicht deine Top-Priorität ist«, fügte Mr. McCarthy hinzu und starrte mir auf eine Weise in die Augen, die wirklich nervenaufreibend war. »Ist mir klar, Kumpel. Ich war in der Schule genau wie du. Ich war schlau und habe mich nicht angestrengt und immer nur gerade genug getan, um durchzukommen. Und bis vor Kurzem hast auch *du* genug getan, um durchzukommen. Aber hey.«

Er rückte näher heran. Ich versuchte mir Mr. McCarthy als Schüler vorzustellen. Aus irgendeinem Grund erschien er als Ninja vor meinem geistigen Auge. Er schlich spätnachts in der Cafeteria herum und lauerte auf Opfer, die er ermorden konnte.

»Hey. Deine schulischen Leistungen leiden definitiv. Das ist ein wahrer Fakt. Ich habe mit deinen anderen Lehrern geredet. Du bist in allen Fächern unkonzentriert, beteiligst dich nicht am Unterricht und vergisst deine Hausaufgaben. Und in einigen Fächern, Kumpel, bist du ziemlich stark abgesoffen. Hier kommt noch ein wahrer Fakt: Rachel … will nicht … dass du durchfällst.«

»Ja«, sagte ich.

Ehrlich gesagt war ich stinksauer. Einerseits, weil Mr. McCarthy und ich immer ein entspanntes Lehrer-Schüler-Verhältnis gehabt hatten, in dem es kein einziges ernsthaftes, nerviges Gespräch dieser Art gegeben hatte – ein großartiges Verhältnis. Doch damit war es jetzt anscheinend vorbei. Andererseits war ich angepisst, weil ich wusste, dass er recht hatte. Ich machte eindeutig nicht alle meine Hausaufgaben. Schon etliche Lehrer hatten mich darauf hingewiesen. Ich hatte sie ignoriert, aber Mr. McCarthy zu ignorieren fiel mir schwerer, denn er war zwar ein unsäglicher Kiffer, aber auch der einzige vernünftige Lehrer an der ganzen Benson.

»Kumpel, das ist jetzt die Stunde der Wahrheit«, sagte Mr. McCarthy. »Es ist dein Abschlussjahr, und danach bist du weg. Lass dir eins sagen: Nach der Highschool wird das

Leben immer nur besser. Im Moment steckst du in einem Tunnel. Da hinten am Ende flimmert ein Licht. Zu diesem Licht musst du es schaffen. Die Highschool ist ein *Alptraum*, Kumpel. Möglicherweise sind es die schlimmsten Jahre deines Lebens.«

Ich wusste nicht recht, was ich dazu sagen sollte. Der Augenkontakt bereitete mir Kopfschmerzen.

»Also musst du es hier rausschaffen. Du darfst nicht durchfallen. Du hättest zwar im Moment dafür die beste Ausrede der Welt, aber du darfst sie nicht bringen. In Ordnung?«

»Ja.«

»Ich werde alles für dich tun, was in meiner Macht steht, weil du ein großartiger Kerl bist. Fuck, Greg, du bist sogar ein verdammt großartiger Kerl.«

Ich hatte Mr. McCarthy noch nie das F-Wort sagen hören, darum war wenigstens das ein bisschen aufregend. Mein Exzessiver-Bescheidenheits-Reflex ließ sich diese Gelegenheit dennoch nicht entgehen.

»So toll bin ich gar nicht.«

»Du bist ein absoluter Hammer«, sagte Mr. McCarthy. »Nicht mehr, nicht weniger. Und jetzt geh in deinen Kurs. Hier ist deine Entschuldigung. Wir finden alle, dass du der *totale* … *unglaubliche* … *Hammer* bist.«

Auf dem Zettel stand: »Ich musste eine wichtige fünfminütige Unterredung mit Greg Gaines führen. Bitte entschuldigen Sie sein Fehlen. Er ist der Hammer. – Mr. McCarthy, 11:12 Uhr.«

Zu Hause durchlebte Gretchen unterdessen eine Phase, die es ihr unmöglich machte, eine einzige Mahlzeit bis zum Schluss durchzuhalten, wenn Dad mit am Tisch saß. Das lag teilweise daran, dass Dad seinerseits eine Phase hatte, bei der er es sich nicht verkneifen konnte, sich wie ein Kannibale aufzuführen. Wenn wir irgendwas mit Hühnchen aßen, rieb er sich den Bauch und verkündete: »Määänschenfleisch. SCHMÄCKT WIE HÜHNSCHEN.« Das bewirkte, dass Gretchen in Tränen ausbrach und wütend aus dem Esszimmer stürmte. Es wurde schlimmer, als Grace auch noch damit anfing, was verrückt war, denn eine Sechsjährige, die sich wie ein Kannibale aufführt, ist echt das Größte.

Das war also bei mir zu Hause so los. Eigentlich ist es nicht einmal von Bedeutung, aber ich wollte über die Kannibalensache schreiben.

Und was das Filmemachen angeht, na ja. Earl und ich haben den Film *Two Poncy Dudes* dann doch nicht gedreht. Wir haben uns ein paarmal getroffen, um uns David-Lynch-Filme anzuschauen, und wir wussten, dass der Mann einsame Spitze war, aber aus irgendeinem Grund hatten wir Probleme, Ideen für ein eigenes Drehbuch zu entwickeln. Wir saßen irgendwie nur herum und starrten auf meinen Laptop. Dann ging Earl manchmal raus, um eine zu rauchen, und ich ging hinterher. Danach kamen wir zurück und starrten wieder stumm auf den Bildschirm.

Ihr lest das alles hier und denkt wahrscheinlich: »Wow, Greg war wirklich unglücklich wegen Rachel, so sehr, dass sein ganzes Leben ins Schleudern kam. Irgendwie rührend.« Aber ehrlich, so war es nicht. Ich habe ja nicht die ganze Zeit in einem Zimmer gesessen und Harfenmusik gehört, während mir die Tränen das Gesicht herunterliefen und ich eins von Rachels Kissen an mich drückte. Ich lief nicht über taufeuchte Wiesen und trauerte dem Glück, das wir hätten haben können, hinterher. Denn möglicherweise ist es euch entfallen, aber ich liebte Rachel ja gar nicht. Hätte sie nicht Krebs gehabt, würde ich überhaupt Zeit mit ihr verbringen wollen? Natürlich nicht. Sondern es war sogar so: Würde sie durch ein Wunder wieder genesen, wären wir dann Freunde geblieben? Nicht einmal da bin ich mir sicher. Offensichtlich klingt das alles grauenhaft, aber warum lügen.

Ihr seht also, ich war nicht traurig. Ich war nur erschöpft. Wenn ich nicht ins Krankenhaus ging, hatte ich ein schlechtes Gewissen, weil ich nicht im Krankenhaus war, um Rachel aufzuheitern. Ging ich ins Krankenhaus, hatte ich das Gefühl, nutzlos zu sein und als Freund zu versagen. Mit einem Wort, mein Leben war so oder so zutiefst beschissen. Aber ich kam mir außerdem auch vor wie das letzte Arschloch, weil ich mir selber leidtat. Dabei war ich ja nicht derjenige, dessen Leben buchstäblich am Ende war.

Wenigstens hatte ich manchmal Earl, der mich aufheiterte.

AUSSEN. HINTERE VERANDA DES GAINES-HAUSES – ABEND

EARL

unvermittelt

Man kann also heterosexuell oder homosexuell sein, und ich glaube, das kapier ich auch, zum Beispiel, wenn du glaubst, du bist eine Frau in einem Männerkörper oder so was, aber ich hab mal drüber nachgedacht und wie zum Teufel kann sich irgendjemand für *bi*sexuell halten?

GREG

Ähh …

EARL

Mann, keiner sagt doch: Wenn ich die Braut da drüben sehe mit dem geilen Arsch, krieg ich einen Steifen. Oder nee, warte mal, Entschuldigung, ist ja der *Kerl* da drüben, bei dem ich einen Steifen kriege. Das macht doch keinen *Sinn*.

GREG

Ich schätze, das frage ich mich manchmal auch.

EARL

Verdammt. Wenn du ernsthaft sagst, »Echt Alter, ich bin bisexuell, ich krieg bei jedem einen Steifen«, dann kriegst du wahrscheinlich bei aller möglichen abgedrehten Scheiße einen Ständer.

GREG

Na ja, äh ... ich meine, es gibt Wissenschaftler, die meinen, dass jeder Mensch sogar ein bisschen von beidem ist. Homo und hetero.

EARL

Nee, verdammt. Das ergibt kein bisschen Sinn. Willst du mir erzählen, dass du ein paar Tittchen sehen kannst, einen Steifen kriegst, dir den stinkigen Schwanz von nem Kerl angucken kannst und wieder einen Steifen kriegst? Das musst du erst mal im Ernst behaupten.

GREG

Ich schätze mal, das kann ich nicht, nee.

EARL

bestimmt

Ein Hund setzt einen Haufen: Ständer. Doppelter Cheeseburger bei Wendy's: Ständer. Computervirus, der deine ganze Kacke löscht: Ständer.

GREG

Finanzseiten im *Wall Street Journal*: Ständer.

EARL

Bei dieser Scheiße kriegst du sogar einen hammerharten Superständer.

nachdenkliches Schweigen

EARL

Yo, ich hab einen Anmachspruch für dich. Willst du mit diesem Mädchen rummachen, der mit den Hammertitten?

GREG

Ja, lass mal hören.

EARL

Also, du gehst zu ihr rüber und sagst, hey, Kleine, ich bin von meiner sexuellen Orientierung her in einer *Versuchs*phase.

GREG

unsicher

Okay.

EARL

Dann das Mädchen: Was soll der Scheiß?

GREG

Allerdings.

EARL

Du wieder: Yep, sexuelle *Versuchs*phase.

GREG

Okay.

EARL

Sie noch mal: Häää? Kannst du mir folgen?

GREG

Ich kann dir folgen.

EARL

Na schön, sie ist total verwirrt. Dann lässt du die Bombe platzen, du sagst: Versuchsphase, Kleine. Weil ich *versuche*, mit dir *Sex* zu haben.

GREG

Ohhhhh!

EARL

Versuchsphase.

GREG

Den werde ich definitiv anbringen.

EARL

Alter Aufreißer.

Siebenundzwanzigstes Kapitel
Ein Truthahn mit einer Dauer-Explosion

Also schön. Wir sind jetzt an den Punkt gelangt, wo mein Leben rasant auf eine Klippe zusteuerte. Und zur Abwechslung war nicht mal Mom daran schuld! Sondern Madison. Dass die beiden in meinem Leben ähnliche Rollen spielten, war definitiv bizarr.

Ich werde mich bemühen, nicht allzu sehr darüber nachzudenken, sonst kriege ich nie wieder einen Ständer.

Es war Anfang November, und ich befand mich in einem Bereich der Halle, wo einige von Neuntklässlern gemalte, irgendwie leicht furchterregende Bilder mit Pilgervätern und Truthähnen an der Wand hingen, als Madison wie aus dem Nichts auftauchte und meinen Arm ergriff.

Unsere Haut berührte sich sogar, und zwar im Hand-auf-Arm-Format.

Plötzlich packte mich die Panik, dass ich rülpsen müsste.

»Greg«, sagte sie. »Ich möchte dich um einen Gefallen bitten.«

Dabei war es nicht einmal so, dass ich einen aufkommenden Rülpser im Magen spürte.

Ich hatte lediglich eine Vision davon, wie ich Madison anrülpsen würde. Es war ein extrem anschauliches Bild, in dem vielleicht sogar ein bisschen Kotze vorkam.

»Also, ich versichere dir, dass ich keinen eurer Filme gesehen habe«, sagte sie irgendwie fast ein bisschen ungeduldig, »aber Rachel hat sie natürlich gesehen und mag sie unheimlich. Und da hatte ich die Idee – dass ihr einen Film für *sie* drehen solltet.«

Ich war mir nicht ganz im Klaren, was das bedeuten sollte. Außerdem hatte ich den Blick abgewandt, um mich von dem tödlichen Rülpser abzulenken, der in meiner Speiseröhre lungerte, und betrachtete eines der Truthahn-Bilder. Er war nicht besonders gut gezeichnet. Aus irgendeinem Grund schien ihm Blut aus allen Körperteilen zu schießen. Vermutlich sollten es Federn sein oder Sonnenstrahlen oder irgendwas.

»Aha«, sagte ich.

Dass ich ihrem Plan so wenig Begeisterung entgegenbrachte, schien Madison zu verwirren.

»Naja«, sagte sie und brach ab. »Glaubst du nicht, dass sie das toll fände?«

»Hmmmm.«

»Greg, wohin guckst du da?«

»Äh, Entschuldigung, ich war abgelenkt.«

»Wovon?«

Mir fiel irgendwie nichts ein. Ich war wie auf Droge. Das wiederum erinnerte mich an meine unerklärliche Dachsvision, als Earl und ich von Mr. McCarthys Suppe probiert hatten. Also sagte ich: »Äh, aus irgendeinem Grund ging mir gerade dieses Bild von einem Dachs durch den Kopf.«

Es versteht sich von selbst, dass ich im selben Augenblick, als mir diese Worte über die Lippen kamen, den Wunsch verspürte, mir ernsthafte Verletzungen zuzufügen.

»Ein Dachs«, wiederholte Madison. »Du meinst das Tier?«

»Ja, du weißt schon«, antwortete ich schwach. Dann fügte ich hinzu: »Es war nur so ein Dachs-Bild, das einen manchmal heimsucht.«

Ich hätte gern einen Schlagbohrer verschluckt. Man glaubt es kaum, aber Madison war tatsächlich in der Lage, diesen Schwachsinn zu ignorieren und wieder zum Thema zu kommen.

»Also ich finde, ihr solltet einen Film für Rachel drehen. Sie liebt eure Filme. Sie schaut sie sich die ganze Zeit an. Sie machen sie so glücklich.«

Als hätte die Dachs-Geschichte nicht gereicht, war das plötzlich eine Steilvorlage für meine zweite bescheuerte Bemerkung. Präzise gesagt, es war wieder Zeit für eine weitere Episode unserer meistgehassten Show: *Greg Gaines' Stunde Exzessiver Bescheidenheit*.

»*So* glücklich können sie sie nun auch nicht machen.«

»Greg, sei still. Ich weiß, du hast ein Problem damit, dass man dir Komplimente macht. Aber mach bei dem hier mal eine Ausnahme, denn es *trifft zu*.«

Madison hatte tatsächlich einen meiner Charakterzüge beobachtet und ihn sich gemerkt. Das war dermaßen erstaunlich, dass ich »Wort« sagte, womit ich meinen persönlichen Hattrick im Stammeln hirnrissiger Äußerungen zur endgültigen Verhinderung jedweder Aussichten, irgendwann im Leben Sex zu haben, vollendete.

»Sagtest du gerade ›Wort‹?«

»Ja, Wort.«

»Aha.«

»Na ja, Wort im Sinne von ›find ich auch‹.«

Die praktisch veranlagte Madison brachte es tatsächlich fertig, den Satz in sein Gegenteil zu verkehren.

»Also findest du das auch! Du machst es! Du drehst einen Film! Für Rachel!«

Was zum Teufel sollte ich dazu noch sagen – außer ja?

»Na ja, ähm, ja. Ja! Ist doch eine gute Idee.«

»Greg«, sagte sie, breit und himmlisch lächelnd, »das wird *unglaublich*.«

»Vielleicht wird er ja was!«

»Ich weiß, du wirst etwas ganz *Wunderbares* schaffen.«

Ich war in dieser Sache zutiefst gespalten. Einerseits erklärte mir gerade das mehr oder weniger schärfste Mädchen an der Schule, wie toll ich war und was für einen tollen Film ich drehen würde. Es fühlte sich fantastisch an und bewirkte, dass ich mich komisch hinstellen musste, um einen partiellen Ständer zu kaschieren. Andererseits hatte ich aber gerade einem Projekt zugestimmt, das starke Zweifel in mir aufkommen ließ. Im Grunde wusste ich nicht mal, worauf ich mich da eingelassen hatte.

Darum sagte ich: »Äh.«

Madison wartete, dass ich fortfahren würde. Das Problem war nur, dass ich nicht wusste, was ich sagen sollte.

»Eins noch«, sagte ich.

»Mmmmm?«

»Was, äh. Ähmmmm.«

»Was?«

»Es ist nur, äh.«

Es gab anscheinend keinen Weg, diese Frage zu stellen, ohne wie ein komplett Geisteskranker zu klingen.

»Was glaubst du«, sagte ich vorsichtig, »*was* für ein Film es sein sollte?«

Madison blickte mich irgendwie verständnislos an.

»Einfach nur ein Film«, sagte sie, »ganz speziell für sie.«

»Ja, klar, aber.«

»Dreh einfach den Film, den du dir an Rachels Stelle wünschen würdest.«

»Aber wovon sollte er, äh, *handeln*? Was meinst du?«

»Keine Ahnung!«, sagte Madison fröhlich.

»Okay.«

»Greg, du bist der Regisseur. Es ist dein Film!«

»Ich bin der Regisseur«, sagte ich. Ich geriet jetzt richtig aus dem Ruder. Ich spürte das erste Rumpeln eines gigantischen Panikausbruchs.

»Ich muss los. Ich freu mich so sehr, dass du das machen willst!«, rief sie.

»Jaaaah«, sagte ich schwach.

»Du bist der Größte«, sagte sie und umarmte mich. Dann rannte sie los.

»Rülps«, sagte ich, als sie außer Hörweite war.

Der explodierende Truthahn machte ein Gesicht, als wollte er sagen: »Wie jetzt? Ich explodier hier ***noch mal***?«

Achtundzwanzigstes Kapitel

Rachel – der Film: Brainstormen

Earl hatte noch weniger als ich eine Vorstellung davon, wie wir dieses Projekt angehen sollten. Es gelang ihm jedoch wesentlich besser, das zu artikulieren.

»*Scheiße,* Mann«, grummelte er fortwährend, als ich ihm das Projekt beschrieb.

»Hör mal«, sagte er schließlich. »Du hast dich bereiterklärt, einen Film *für* jemanden zu machen. Was soll das eigentlich verdammt noch mal ***heißen***?«

»Äh, na ja, ich schätze, es heißt … tja.«

»Genau. Du hast keinen Schimmer, was es heißen soll.«

»Ich habe das Gefühl, ich weiß es irgendwie.«

»Dann spuck's aus, mein Sohn.«

Wir waren bei mir in der Küche, und er wühlte in unseren Lebensmitteln herum, was ihn zumindest in eine neutrale Stimmung versetzte, wenn auch nicht gerade in eine gute.

»Ich meine, wenn wir Maler wären, könnten wir ihr einfach ein Bild malen und es ihr schenken. Oder? Also lass uns einfach eine Filmversion davon machen.«

»Wo hat Pa Gaines seine verdammte Salsa.«

»Ich glaube, sie ist alle. Pass auf – was wäre, wenn wir einen Film nur für sie drehen? Und ihr die einzige Kopie geben? Das würde doch funktionieren, oder?«

»Mein Sohn, damit haben wir noch lange nicht – oh, *heilige Scheiße.*«

»Was?«

»Was ist *das* hier.«

»Das ist – lass mich mal gucken.«

»Riecht wie behaarter *Esel*pimmel.«

»Ohhhh. Das ist Gänseleberpastete.«

»Wenn keine Salsa da ist, dann ess ich *diese* Scheiße hier.«

Wie ich bereits erwähnte, kann Earl auf eklige, von Dr. Victor Q. Gaines gekaufte und im Kühlschrank eingelagerte tierische Nahrungsmittel gelegentlich ziemlich abfahren. Ich sage »gekauft und eingelagert«, weil Dad sie nie sofort isst. Er lässt sie gern eine gewisse Zeit im Kühlschrank, damit der Rest der Familie die Chance hat, sie wahrzunehmen. Es ist eine Angewohnheit, die Gretchen möglicherweise mehr hasst als alles andere auf der Welt. Gretchens extreme Abscheu wird jedoch durch Earls fast genauso extreme Begeisterung wieder ausgeglichen. Earl äußert seine Begeisterung, indem er verkündet, wie widerlich das Essen ist, während er es verzehrt.

»Mein Sohn. Wir haben immer noch keine Ahnung, wovon der Film handeln soll.«

»Ja, das ist auch der schwere Teil.«

»So ist es.«

»Ähhhh.«

»Na ja, wir könnten den David-Lynch-Film drehen, den wir machen wollten, und ihn einfach Rachel schenken, dann ist es ihr Film. Aber ich glaube, das ist keine so gute Idee.«

»Nicht?«

»Nee. Voll daneben. Als wenn wir sagen wollten, yo, Rachel, zieh dir diesen durchgeknallten Streifen über Lesben rein, die in der Gegend rumrennen und halluzinieren und was weiß ich. Wir haben diesen Film speziell für dich gemacht.«

»Ach so.«

»Dann steht da am Anfang: ›Für Rachel.‹ Als wenn wir sagen wollten, Rachel, *du* liebst David Lynch. *Du* fährst drauf ab, wie diese freakigen Lesbentanten miteinander rummachen. Also hier hast du deinen Film über dieses Zeugs. Nee. Am Arsch. Und was ist *das* jetzt für eine Scheiße?«

»Nein, nein, iss das nicht. Das ist getrockneter Kuttelfisch. Dads Lieblingsspeise. Er läuft gern damit herum, während ihm noch ein Teil aus dem Mund baumelt.«

»Ich beiß mal ein kleines Stück ab.«

»Du darfst es nur kurz anknabbern, aber nicht mehr.«

»Mmm.«

»Und, wie findest du's?«

»Schmeckt bescheuert, Mann. Wie irgend so ein … Unterwasser … Urinal.«

»Aha.«

»Schmeckt nach Delphinen und Zeugs.«

»Also schmeckt es dir nicht.«

»Hab ich *nicht* gesagt.«

»Oh.«

»Ja, wie fünfundsiebzig Prozent Delphinhoden und fünfundzwanzig Prozent Chemie.«

»Also schmeckt's dir *wirklich*.«

»Total behämmerter Fraß.«

Ich musste Earl zustimmen: Wir konnten nicht einfach einen beliebigen Film drehen. Er sollte zumindest irgendeinen Bezug zu Rachels Leben haben. Aber welcher Bezug könnte das sein? Wir saßen in der Küche und brainstormten ein paar Ideen. Sie waren alle blöd.

Sie waren wirklich blöd. Ihr werdet jetzt sagen, wie blöd genau? Du liebe Güte, fragt nicht.

»Bist du jetzt fertig?«

»Was?«

»Lass noch was übrig, Dad möchte bestimmt auch noch davon.«

»Nie im Leben.«

»Doch.«

»Das Zeug ist dermaßen übel. So was von ***übel***, mein Sohn.«

»Warum isst du es dann?«

»Ich opfere mich für ihn.«

Neunundzwanzigstes Kapitel
Rachel – der Film: die Kitschversion

Ich wusste, dass unser erster Plan ein Fehler war, als Jared »Crackhead« Krakievich mir auf dem Gang entgegengeschlurfte und mich mit »Spielberg« anredete.

»Wie läuft's denn so, Spillberch«, rief er, widerwärtig grinsend.

»Was?«, sagte ich.

»Wie ich sehe, drehst du nen *Film.*«

»Ach so.«

»Hab gar nich *gewusst*, dass du Filme drehst.«

»Nur diesen einen«, sagte ich, wahrscheinlich zu hastig.

»Ab jetzt nenn ich dich Spillberch.«

»Toll.«

Und das war erst der Anfang.

Mrs. Green, Physik 1. Mittelstufe: »Ich finde, was du da machst, ist so … *anrührend* und … *bemerkenswert*, und einfach richtig anrührend.«

Kiya Arnold: »Meine Cousine ist an Leukämie *gestorben*. Ich will nur sagen – es tut mir so leid mit deiner Freundin. Wie lange seid ihr schon zusammen?«

Will Carruthers: »Hey Schwuchtel! Krieg ich eine Rolle in deinem Homo-Film?«

Plan A war: Die guten Wünsche von allen Leuten in der Schule, in der Synagoge etc. aufzuzeichnen und sie in einem Film zu sammeln, und das war dann der Film. Ein Werd-wieder-gesund-Film, mehr oder weniger. Schlicht, elegant, ans Herz gehend. Klingt nach einer guten Idee, stimmt's? Na klar. Wir waren absolut von ihr eingenommen. Wir waren Volldeppen.

Erstes Problem: Wir mussten das Material selbst drehen, was bedeutete, wir würden uns in einer feindlichen Umgebung als Filmemacher outen müssen. Ursprünglich hatte ich Madison gefragt, ob sie das Material selbst beschaffen könnte, d. h. ob *sie* mit einer Kamera im Klassenzimmer herumhängen könnte anstatt ich und Earl. Das führte dazu, dass ich sagte, ich hätte es irgendwie nicht so gern, wenn die Leute erfahren, dass ich einen Film für Rachel drehte, was sie verstimmte. *Das* führte dazu, dass ich sagte, ich hätte es nicht so gern, wenn die Leute über meine *Gefühle* für Rachel erfuhren, was sie auf andere Art verstimmte, die ich ehrlich gesagt nicht begriff. Jedenfalls bestand sie darauf, dass ich alles persönlich drehte, und sagte ungefähr siebzigmal »Oh, Greg«, bis ich innerlich ausflippte und wegrannte.

Also war der Plan, nach dem Unterricht in Mr. McCarthys Zimmer zu drehen, und wir weihten widerwillig ein paar Lehrer ein, woraufhin alle Lehrer in beängstigendem Tempo von der Sache erfuhren, und die erzählten es ihren Schülern; außerdem wurde das Ganze ungefähr eine Woche lang in den Morgenansagen verkündet.

Also, ja. Möglicherweise war es der Todesstoß für meine Unsichtbarkeit, die ich während der ganzen Zeit an der Highschool kultiviert hatte und die mir peu à peu abhanden gekommen war, seit ich mich mit Rachel angefreundet hatte. Früher war ich der ganz normale Greg Gaines gewesen. Dann wurde ich Greg Gaines, Rachels Kumpel und mutmaßlicher Freund.

Das war schon schlimm genug. Aber jetzt war ich auch noch Greg Gaines, Filmemacher. Greg Gaines, der Typ mit der Kamera, der damit den Leuten folgt. Greg Gaines, der euch vielleicht gerade in diesem Moment ohne euer Wissen und Einverständnis filmt.

Ganz große Scheiße.

Zweites Problem: Das Material war nicht so dolle. Vor allem die Lehrer redeten viel zu lange. Keiner von ihnen sagte etwas, das man hätte kürzen können. Viele fingen an, von Tragödien zu reden, die sich in *ihrem* Leben ereignet hatten, was abgesehen davon, dass wir das nicht verwenden konnten, die Atmosphäre im Raum ziemlich unbehaglich machte, sobald wir mit der Aufnahme fertig waren.

Was die Schüler betrifft, so gaben 92 Prozent eine beliebige Kombination von Folgendem von sich:

- »Gute Besserung!«
- »Eigentlich kenn ich dich nicht besonders gut.«
- »Ich weiß, wir haben nicht besonders oft miteinander rumgehangen.«
- »Du bist zwar in meiner Klasse, aber wir haben nie richtig miteinander geredet.«
- »Ich weiß im Grunde überhaupt nichts über dich.«
- »Aber ich weiß, dass du die innere Kraft hast, diese Krankheit zu überwinden.«
- »Du hast ein wunderschönes Lächeln.«
- »Du hast ein wunderschönes Lachen.«
- »Du hast wahnsinnig schöne Augen.«

- »Ich finde deine Haare wunderschön.«
- »Ich weiß, dass du jüdisch bist, aber ich möchte jetzt trotzdem etwas aus der Bibel zitieren.«

Und die anderen 8 Prozent versuchten witzig oder originell zu sein, was noch schlimmer war.

- »Ich habe in der achten Stunde ein Lied geschrieben, das ich dir vorsingen möchte. Sind wir so weit? Soll ich es jetzt einfach singen? Rachel, du hast Leukämie/ Ist kein Grund zur Hysterie/Kletterst du auch hoch die Wände/dein Leben geht nicht gleich zu Ende!!!«
- »Heute dachte ich, selbst wenn du wirklich stirbst, dann ist das ja nur auf dieser willkürlichen menschlichen Skala, auf der ein Leben uns kurz oder lang oder was auch immer erscheint, und aus der Perspektive der Ewigkeit ist das menschliche Leben verschwindend klein, also eigentlich ist es dasselbe, ob du 17 oder 94 oder sogar 20 000 Jahre alt wirst, was natürlich unmöglich ist, und andererseits, aus der Perspektive eines Nanomoments, was die kleinste messbare Zeiteinheit ist, ist die menschliche Lebensspanne fast unendlich, selbst wenn man als, na ja, Kleinkind stirbt. Darum ist es so oder so egal, wie lange man lebt. Ich weiß jetzt nicht, ob dir das weiterhilft, aber es ist was, worüber du nachdenken kannst.«
- »Greg ist eine Schwuchtel. Ich schätze mal, wenn er in dich verknallt ist, ist er wahrscheinlich bisexuell oder so. Ich hoffe, es geht dir besser.«

Drittes Problem: Madison hatte schon Genesungskarten für Rachel gemacht. Also war das, was wir taten, erstens nicht gerade neu. Wir machten nichts anderes als Genesungskarten im Videoformat.

Und zweitens – wir brauchten etwas länger, bis wir das merkten – war nichts spezifisch Gaines/Jackson-haftes an unserem Werd-wieder-gesund-Video. Es war etwas, das jeder konnte. War es demnach eine besonders tolle Geste? War es nicht.

Wir drehten seit sieben Jahren Filme. Wir mussten etwas Besseres zustandebringen.

Dreißigstes Kapitel

Rachel – der Film: Die Ken-Burns-Version

Ken Burns hat eine Menge Dokumentarfilme über bestimmte Themen gedreht, über den Amerikanischen Bürgerkrieg zum Beispiel. Er war beim Amerikanischen Bürgerkrieg nicht dabei, so wie wir bei Rachels Leben überwiegend auch nicht dabei waren. Ich meine, waren wir zwar, aber wir hatten nicht drauf geachtet. Das klingt grauenhaft, aber ihr wisst, was ich meine. Oder vielleicht ist es wirklich einfach nur grauenhaft. Keine Ahnung.

Passt auf: Wir haben Rachel nun mal nicht ihr ganzes Leben lang mit der Kamera verfolgt, um uns Material für eine mögliche Doku zu besorgen. Das könnt ihr mir echt nicht vorwerfen.

Jedenfalls, der Ken-Burns-Stil beinhaltet, einen Haufen Fotos und altes Filmmaterial zu zeigen, das andere Leute aufgenommen haben, zusammen mit Hintergrundkommentaren und Interviews und so. Dieser Stil lässt sich sehr leicht nachahmen, darum hatten wir das als Plan B entworfen, nachdem unser Werd-wieder-gesund-Video gescheitert war. Leider hatten wir im Grunde nur eine Person, die wir interviewen konnten: Denise. Und Denise machte gerade eine schwere Zeit durch. Ihr einziges Kind hatte Krebs, und Rachels Vater – wahrscheinlich habe ich vergessen, das vorher zu erwähnen – hatte sich von der Familie getrennt.

Diese Frau zu interviewen war der totale Alptraum.

INNEN. WOHNZIMMER DER KUSHNERS – TAG

GREG

im Off

Ja, also, Denise. Können Sie mir ein bisschen von Rachels Geburt erzählen?

DENISE

nicht bei der Sache

Oh, Rachels Geburt.

GREG

im Off

Ja.

DENISE

Rachels Geburt. Was für eine Tortur.

unerklärlich laut

Sie war nie eine große Kämpfernatur. Sie war immer ein ruhiges Mädchen, einfach unheimlich niedlich, wollte nie kämpfen, und jetzt weiß ich nicht, was ich machen soll. Ich kann sie nicht zum Kämpfen zwingen, Greg.

GREG

im Off

Äh, stimmt.

DENISE

Ich habe ein Mädchen großgezogen, das niedlich ist … und wunderbar, aber nicht zäh.

GREG

im Off

Und wie war sie so als Baby? Hatte sie ein Lieblingsspielzeug?

DENISE

nicht bei der Sache

Sie hat Bücher … gelesen.

unbehagliches Schweigen

Greg, ich bin eine gute Mutter. Aber ich weiß nicht, wie ich sie da durchbringen soll. Es ist, Gott bewahre, als wollte sie nicht mehr leben.

GREG

im Off

Sie hat also als Baby gern … Bücher gelesen.

DENISE

beharrlich, irgendwie roboterhaft

Ich bin eine gute Mutter. Ich war ihr eine gute Mutter.

Wir unternahmen den Versuch, ein Telefoninterview mit Rachels Großeltern zu führen, aber das war ein noch deprimierender Reinfall.

»Hallo?«

»Hallo Mr. Lubov – hier ist Greg, ein Freund von Rachel.«

»Wer ist da?«

»Ein Freund Ihrer Enkeltochter Rachel.«

»*Wessen* Freund?«

»Ihrer Enkelin, Rachel.«

»Moment. (Janice, für dich. *Ich sagte, für dich*. Das *Telefon*. Nein, ich weiß nicht, wo es ist. Das *Telefon*, Janice.«)

»...«

»Wer spricht?«

»Hi, mein Name ist Greg, Ich bin mit Ihrer Enkelin Rachel befreundet.«

»Rachel wohnt ... Rachel wohnt bei ihrer Mutter.«

»Ich weiß – ich drehe einen Dokumentarfilm. Über Rachel.«

»Sie drehen einen – oh.«

»Wäre es möglich, Ihnen ein paar Fragen zu stellen?«

»Was?«

»Darf ich Ihnen ein paar Fragen über Rachel stellen?«

»Fragen Sie ihre Mutter. Denise.«

»Es ist für einen Film, wir wollen ihr damit eine Freude machen.«

»Okay, ich weiß nicht, wer Sie sind, und ich weiß auch nicht, wie ich Ihnen helfen kann. Aber wenn Sie Rachel suchen, sie wohnt bei ihrer Mutter, Denise.«

»Ähm ... okay, danke.«

Ich legte auf, weil es sich anhörte, als würde Rachels Großmutter gleich losheulen. Andererseits klingen Großmütter manchmal eben so. Wie auch immer: nicht auszuhalten.

Es gab auch nicht gerade jede Menge Filmmaterial, auf das wir zurückgreifen konnten. Nur ein Urlaubsvideo, das Denise uns ansehen ließ, aber wir hatten starke Zweifel, ob wir es verwenden sollten.

AUSSEN. STRAND, PRINCE EDWARD ISLAND, KANADA – TAG

Grauer Himmel. Der Sand ist dunkel, als hätte es gerade geregnet, und es sieht aus, als würde es gleich wieder anfangen. RACHEL sitzt auf einem Handtuch und schaut reglos aufs Meer.

DENISE

im Off

Huhu, Schätzchen!

Rachel dreht sich um und blickt in die Kamera. Sie bleibt stumm. Ihre Miene ist ausdruckslos.

DENISE

im Off

Hier sind wir also auf der schönen Prince Edward Island. Das ist die kleine Rachel, und da drüben ist Bill.

Schwenk auf Bill neben einem Sonnenschirm. Er sitzt in einer Strandliege mit allem Drum und Dran, u. a. ZWEI GETRÄNKEABLAGEN, auf denen jeweils ein Bier steht.

BILL

zu laut

Richtig TRAUMHAFT hier.

DENISE

im Off, krampfhaft heiter

Bill ist ein bisschen muffelig wegen des Wetters!

BILL

Denise, kannst du das Ding nicht einfach ausmachen?

DENISE

im Off

Und kannst du wenigstens mal versuchen, den Urlaub zu genießen?

BILL

Was glaubst du, was ich hier MACHE?

Sagen wir mal so: Wäre ich Rachel und würde im Bett liegen und mich mies fühlen, stünde diese hier schon mal nicht auf der Liste der Szenen, die ich in einem Film sehen will.

Tatsächlich scheiterte *alles*, was wir mit der Ken-Burns-Methode zustande brachten, letztlich an dieser Prämisse. Im Prinzip versuchten wir das Biopic eines Mädchens zusammenzustellen, das nicht sehr lange gelebt und auch kein besonders interessantes Leben geführt hatte. Ich weiß, es klingt schrecklich, aber es ist ja wahr. Nichts von alldem war interessantes Material. Und vieles davon war irgendwie schmerzlich.

Als Ganzes gesehen tat die Idee einer Doku-über-Rachels-Leben sogar *richtig* weh, weil wir es nie offen aussprachen, aber im Grunde lautete die Botschaft doch: Jetzt, wo dein Leben vorbei ist, können wir es zusammenfassen. Hier also kommt die Bilanz deines ganzen Lebens. Eine schlimmere Aussage hätten wir eigentlich nicht machen können.

Also mussten wir uns nach einer neuen Methode umsehen. Und die sollte um Längen besser sein. Sonst würden wir uns nämlich umbringen.

Währenddessen lief es für Rachel beschissen. Ich meine, es war meistens immer nur dasselbe.

INNEN. KRANKENHAUSZIMMER – ABEND

GREG

Also dachte ich vorhin: Erdbeerbonbons habe ich am liebsten. Aber Erdbeeren als solche mag ich gar nicht mal so. Und dann wurde mir klar: Erdbeerbonbons schmecken überhaupt nicht nach Erdbeeren. Also wonach schmecken sie? Nach irgendwas *müssen* sie ja schmecken, stimmt's? Gibt's irgendwo diese mysteriöse köstliche Frucht, von der ich nichts weiß? Ich möchte diese Frucht essen, weißt du? Ich möchte sie *in Massen* verschlingen.

Und dann dachte ich, ob vielleicht ein *Tier* so schmeckt? Wenn man zum Beispiel, ich weiß nicht, ein Walross essen würde und es hätte dann diesen himmlischen Geschmack, nur dass die Bonbonhersteller nicht »mit Walrossgeschmack« auf die Packung schreiben wollen.

RACHEL

schwach

Jaa.

GREG

Yo, ist das da ein neues Kissen? Ich glaube, da drüben ist ein weibliches Kissen. Hey …

flüstert

Würdest du mich ihr bitte vorstellen? Weil sie total attraktiv ist. Du musst nicht, wenn es dir peinlich ist.

RACHEL

versucht möglicherweise zu lachen

Hhhnnh

GREG

kriegt die Panik

Scheiße, das hätte ich jetzt fast vergessen. Wie spät ist es? Schon nach fünf? Dann muss ich jetzt die Tauben-Mann-Nummer machen. Tut mir leid, das gehört zu meinem neuen Fitnessprogramm.

schielt, wackelt mit dem Kopf, stelzt durchs Zimmer

TAUBEN-MANN. TAUBEN-MANN. STELZT UND WATSCHELT WO ER KANN. SCHEISST EUCH DANN VOM HIMMEL AN, TAUBEN-MANN, TAUBEN-MANN.

RACHEL

Greg, du musst dich nicht verpflichtet fühlen, mich – zum Lachen zu bringen.

GREG

Was?

RACHEL

Du musst hier nicht den – Clown machen.

GREG

fühlt sich wie der letzte Dreck

Okay.

Einundreißigstes Kapitel

Rachel – der Film: die Sockenpuppenversion

Plan C beinhaltete Sockenpuppen.

Ich muss vorausschicken, dass Sockenpuppen wesentlich emotionaler und ausdrucksstärker sein können, als ihnen im Allgemeinen zugetraut wird. Es gibt eine Menge verschiedener Methoden, seine Hand in eine Socke zu stecken und diese wie ein Gesicht aussehen zu lassen. Und wenn man dann noch Augenbrauen über die Augen malt, verleiht ihr das einen richtig menschlichen Touch. Das mit dem Mund ist gar nicht so einfach, aber wer diese Kunst beherrscht, kann wahre Wunder wirken.

Nach all den Erläuterungen: Plan C war also ein Film mit Sockenpuppen zum Thema Krebs. Weshalb er auch von der ersten Sekunde an zum Scheitern verurteilt war.

Nach dem Entschluss, es mit Sockenpuppen zu probieren, war unser größtes Problem die Handlung. Was sollte Rachel tun, die ja die Hauptrolle spielte? Wem würde sie die Fresse polieren? Würde sie der Leukämie die Fresse polieren?

INNEN. GRELLBUNTE LANDSCHAFT AUF PAPPKARTON – TAG

RACHEL

Tri tra tra lala

DER LEU

mit Löwenmähne und Schnurrhaaren

Halloho!

RACHEL

misstrauisch

Hmmm. Wer bist du denn?

LEU

Äh ... ich bin der Leu.

RACHEL

Und wie heißt du mit *Nachnamen*?

LEU

Leu Grmmmpf ...

RACHEL

Ich kann dich nicht *verstehen*.

LEU

Leu Kemi.

RACHEL

JETZT KRIEGST DU KLOPPE.

Machte uns das in irgendeiner Weise besser als Justin Howell, den Jungen aus der Theater-AG, der ein Lied über »Leukämie, kein Grund zur Hysterie« für Rachel geschrieben hatte? Wir waren uns nicht sicher.

INNEN. GRELLBUNTE LANDSCHAFT AUF PAPPKARTON – TAG

LEU KEMI

knurrt in die Kamera

Was geht ab, Leute, hier kommt eine öffentliche Bekanntmachung. Ich bin Leu Kemi. Als Opfer such ich mir am liebsten Kinder und Teenager, weil ich mega-eklig bin. Hier kommt eine Liste der Dinge, die ich hasse:

- leckeres Essen wie zum Beispiel Pizza
- niedliche Pandabärenbabys
- wenn ihr einen Swimmingpool so groß wie bei der Olympiade mit super angenehm riechenden Gummibällen füllen würdet, in denen man fröhlich herumtollen kann, würde ich den auch hassen.

Nicht viele wissen das, aber was ich auf der Welt am allermeisten mag, sind als Autowerbung getarnte Naturdokus, in denen die Könige der Savanne Jagd auf Ranger-Jeeps machen, mit geiler Rockmusik im Hinter-GRUNDGRRRRRRR.

RACHEL, die einen Baseballschläger im Mund hält, verdrischt den LEU und jodelt dazu.

Das Ganze war einfach wahnsinnig kindisch und stümperhaft. Es hatte keinen Bezug zu irgendwas. Es war ein bisschen wie Fernsehen für Dreijährige, und schlimmer noch, es war eine dicke fette Lüge. Rachel bekämpfte die Leukämie ja nicht. Sie hatte keine Lust zu kämpfen. Es sah ganz so aus, als hätte sie aufgegeben.

Zweiunddreißigstes Kapitel

Rachel – der Film: Die Wallace & Gromit-Version

Plan D beinhaltete Stop-Motion-Animation, bei der man ein Einzelbild filmt, dann die Figuren ein kleines Stück verschiebt, vielleicht auch die Kamera, wieder ein Einzelbild filmt, die Objekte wieder verschiebt, und immer so weiter. Es ist eine mühsame und zeitaufwendige Sache. Das Gute dabei ist, dass man Darth-Vader-Legofiguren verwenden kann.

Wir planten, dass Rachel ein paar böse Leute dabei belauscht, wie sie über ihre Liebe zur Leukämie reden, und dann so sauer wird, dass sie zurückschlägt. Wobei ein grässlicher Film herauskam.

INNEN. LEGO-TODESSTERN – NACHT, WIE IMMER IM WELTRAUM

Kaufhausmusik. Lego-Sturmtruppen gehen im Hintergrund auf und ab.

DARTH VADER

singt vor sich hin

Tralala. Ich bin eine Arschgeige. Dudeldudeldu. Ein schlimmer, schlimmer Finger.

schaut in die Kamera

Oh! Hallo! Ich hab euch gar nicht gesehen. Ich heiße Darth Vader und ich bin Vorsitzender des Vereins der Befürworter von Leukämie und der Öden Deppen, kurz B. L. Ö. D.

Eingeblendet in den linken unteren Bildrand:
Befürworter von
Leukämie und der
Öden
Deppen

DARTH VADER

Wir finden, Leukämie ist das Größte. Aber das behaupte nicht nur ich! Hier die Aussagen einiger nerviger Piraten!

AUSSEN. LEGO-PIRATENSCHIFF – TAG

PIRATEN-ANFÜHRER

Arrr! Beim schimmeligen, madenzerfressenen Barte des Teufels der Meere, es war ein Tag wie kein zweiter, querschiffs am Bug steuerbord!!! Erspähte nicht Zwei-Augenklappen-Klaas die tentakeligen Glieder der mächt'gen Krake am Horizont? Fahrt achtern mittschiffs die Kanonen aus und schrubbt die Planken, ihr räudigen, mutterlosen Kielraumratten-SCHWEINEHUNDE!!!!

INNEN. TODESSTERN – NACHT

DARTH VADER

Äh … klar.

INNEN. GREGS SCHREIBTISCH – TAG

SERPENTOR-PLASTIKFIGUR

zischelnd

Ich bin Serpentor, der Kobrakaiser und Chef von COBRA! Leukämie ist mir das Liebste auf der Welt! Und jetzt werde ich, weil ich Leukämie so toll finde, mit meiner *Schwester* rummachen, der Baronin Anastasia DeCobray! Man kann unschwer erkennen, dass auch sie fies ist, weil in ihrem Nachnamen das Wort »Cobra« steckt!

BARONIN

Ich treibe es total gern mit meinem arschigen Bruder! Weil ich voll widerlich bin!!!

SERPENTOR

Wie küssen wir uns noch mal?

BARONIN

Mein blöder Mund geht nicht auf.

SERPENTOR

Meiner auch nicht.

BARONIN

Scheiße, was machen wir jetzt?

INNEN. TODESSTERN – NACHT

DARTH VADER

Ja, Leute, wir lieben Leukämie! Glaubt ihr mir immer noch nicht? Dann hört mal, was dieser kreiselnde Tarantel-Briefbeschwerer dazu sagt!

INNEN. GREGS SCHREIBTISCH – TAG

Der Tarantel-Briefbeschwerer ist eine tote, in Glas eingeschlossene Tarantel. Der Zauber der Zeitraffer-Animationstechnik bewirkt, dass er sich im Kreis dreht.

KREISELNDER TARANTEL-BRIEFBESCHWERER

spricht aus unerfindlichen Gründen mit deutschem Akzent

Nichts macht mich glücklicher als Leukämie.

Herrje.

Das also war Plan D. Vielleicht war er ja tatsächlich eine gute Idee. Ich weiß nicht. Ich bezweifle es. Ich weiß aber sehr wohl, dass es eine Ewigkeit dauerte, den Film zu drehen, und ein paar Tage vor Thanksgiving hatten Denise und Rachel genug von der Chemotherapie und dem Krankenhaus und der ganzen Behandlung. Sie hatten beschlossen, einfach den Dingen ihren Lauf zu lassen.

Und da wusste ich echt nicht mehr, was ich machen sollte.

Dreiunddreißigstes Kapitel
Scheiße, was mach ich jetzt?

Also zog Rachel wieder in ihr Zimmer. Trotzdem war alles anders. Während der ersten paar Tage war sie sogar noch ziemlich gut gelaunt. Sie kam an einem Freitag nach Hause, es war Ende November, aber noch nicht kalt.

»Sie haben aufgehört, mich mit der Chemo vollzupumpen«, erklärte sie.

»Also ist das jetzt vorbei?«

»Es hat ja sowieso nichts geholfen.«

Schweigend dachten wir beide über diese morbide Bemerkung nach. Aus irgendeinem Grund sagte ich: »Was deine Haare angeht, ganz bestimmt nicht.« Ich wollte die Stimmung ein bisschen aufhellen, mit dem Resultat, dass sie natürlich *noch* düsterer wurde. Aber Rachel lachte. Es war irgendwie ein anderes Lachen, so als müsste sie dazu ihren Mund umformen, weil es auf die alte Art zu schmerzhaft war. Es gelang mir erstaunlich gut, nicht darüber nachzudenken.

Ziemlich bald redete ich einfach einen Haufen Zeugs und legte es nicht großartig darauf an, sie zum Lachen zu bringen, und es war fast wieder so wie damals, bevor sie ins

Krankenhaus musste und total depressiv wurde. Wir hatten uns einfach hingefläzt in ihrem dunklen, von Postern und Kissen beherrschten Zimmer, und ich quasselte unsäglich viel über mein Leben, während sie nur zuhörte und alles in sich aufnahm und es sich fast so anfühlte, als gingen wir wieder ganz normal miteinander um. Man konnte beinahe vergessen, dass sie beschlossen hatte zu sterben.

Übrigens, wenn jemand seine Krebstherapie abbricht und man dann darauf hinweist, dass so was eine Entscheidung zum Sterben ist, rasten alle aus und fallen über einen her. Mom zum Beispiel. Da will ich jetzt gar nicht drauf eingehen.

Aber weiter.

»Also, Gretchen führt sich einfach auf wie eine Irre.«

»Ach ja?«

»O Mann. Mädchen in dem Alter sind das Letzte. Ständig das Gekreische und Türenknallen. Manchmal ohne erkennbaren Grund. Warst du auch so? Mit vierzehn?«

»Ich habe mich hin und wieder mit meiner Mutter gestritten.«

»Gretchen regt sich sogar über *Cat Stevens* auf. Erst streichelt sie ihn, und dann dreht er durch und beißt, was er sein Leben lang gemacht hat, aber sie sagt dann plötzlich so Sachen wie: Scheiße, wie ich diesen ***saublöden*** Cat Stevens ***hasse***. Sie findet, dass er aussieht wie eine große Nacktschnecke. Was natürlich stimmt, aber das ist ja irgendwie das Tolle an ihm.«

»Dass er wie eine Nacktschnecke aussieht?«

»Ja, er hat diese hässliche gestreifte Nacktschneckenfarbe. Er ist der Beiß-Champion der Nacktschneckenwelt.«

Ich schätze mal, es war eigentlich unmöglich, ***komplett*** zu vergessen, dass sie beschlossen hatte zu sterben. Weil das die ganze Zeit, während wir uns unterhielten, in meinem Hinterkopf rumorte und mich die Vorstellung, dass Rachel sich dem Ende ihres Lebens näherte, ein bisschen stresste. Nein, eigentlich stresste es mich nicht, aber es lastete irgendwie auf mir und nahm mir die Luft.

Schließlich sagte Rachel: »Und wie läuft's mit deinem neuen Film?«

»Oh, der! Ja. Ziemlich gut.«

»Ich freue mich schon sehr darauf.«

Irgendetwas an ihrem Tonfall sagte mir, dass sie Bescheid wusste. Ich meine, es wäre ja auch bescheuert gewesen zu glauben, dass sie nicht davon erfahren würde.

»Ja, äh … Hey. Das solltest du wahrscheinlich wissen: Er ist für dich. Beziehungsweise, er geht mehr oder weniger um dich, und äh, ja.«

»Ich weiß.«

Ich versuchte, cool zu bleiben.

»Ach, du wusstest das schon?«

»Ja, ein paar Leute haben es mir erzählt.«

»Ach ja? Wer denn?« Meine Stimme wurde irgendwie laut und schrill. Tatsächlich klang ich in diesem Moment ein bisschen wie Denise Kushner.

»Keine Ahnung, Madison hat mir davon erzählt. Mom hat irgendwie etwas erwähnt. Anna, Naomi. Earl. Ein paar Leute.«

»Oh«, sagte ich. »Äh, da fällt mir ein: Ich muss los und noch was mit Earl besprechen.«

»Okay«, sagte sie.

Vierunddreißigstes Kapitel
Fight Club, nur lahmarschiger

Earl und ich hatten uns noch nie geprügelt. Hauptsächlich, weil ich feige bin, und teilweise auch, weil wir ziemlich gut zusammenarbeiteten, mit klar umrissenen Rollen. Was ich damit sagen will: Ich war noch nie richtig sauer auf ihn gewesen und außerdem habe ich eine panische Angst vor Auseinandersetzungen. Vor allem mit Earl, wegen seines Windmill-Kicks.

Aber ich war gewaltig angepisst, dass er Rachel von dem Film erzählt hatte. Darum ging ich hin zu ihm und wollte ihn mir vorknöpfen.

Allein davon zu schreiben, bereitet mir stechende Schmerzen in den Achselhöhlen.

Auf dem ganzen Weg zu seinem Haus brabbelte ich vor mich hin. Genauer gesagt, ich probte schon mal alles, was ich ihm zu sagen hatte.

»Earl«, grummelte ich in mich hinein, »die Grundlage eines jeden guten Arbeitsverhältnisses ist Vertrauen. Und ich kann dir jetzt in keiner Weise mehr vertrauen. Als du Rachel von diesem Film erzählt hast, der eine Überraschung werden sollte, war das ein Vertrauensbruch.«

Ich schlurfte durch die Straßen von Earls nicht ganz so tollem Teil von Homewood, bewegte die Lippen, stieß unverständliche Laute aus, ging schneller, als es für eine übergewichtige Person anmutig ist, und sonderte dabei etwa einen Liter Menschenschweiß ab.

»Ich weiß nicht, ob ich je wieder mit dir zusammenarbeiten kann. Du wirst dir mein Vertrauen erst wieder verdienen müssen, wenn du weiter mit mir arbeiten willst. Ich weiß nicht mal, wie du das anstellen könntest.«

Inzwischen hatte ich seine Straße erreicht, und der Anblick der komischen Bruchbude, in der er wohnte, jagte meinen Blutdruck noch höher, als er ohnehin schon war.

»Du wirst mir erst beweisen müssen, dass ich dir wieder vertrauen kann.« Noch so ein hirnrissiger Satz, den ich vor mich hin sprach.

Ich ging die Auffahrt hoch, auf der ich mir den Arm gebrochen hatte, und blieb stehen; ich hörte auf zu brummeln. Irgendwie hatte ich eine Heidenangst davor zu klingeln. Stattdessen schickte ich ihm eine SMS.

`Hey ich steh vor deinem haus`

Aber bevor Earl kam, schlenderte Maxwell auf die Veranda heraus.

»Was willst du, Wichser?«, fragte er, aber irgendwie beiläufig und nicht bedrohlich.

»Ich warte auf Earl«, sagte ich mit meiner neuen Stimme, der einer lauten jüdischen Frau mittleren Alters.

Earl tauchte in der Tür auf.

»Was geht ab?«, sagte er.

»Hey«, sagte ich.

Wir verstummten beide.

»Willst du reinkommen?«

»Nee, ist okay hier«, hörte ich mich sagen. Ich hatte die ganz normale Einladung ausgeschlagen, sein Haus zu betreten. Damit war klar, dass es gleich Streit geben würde.

»O-*ho*!«, krähte Maxwell.

Earl schaltete von mega-angepisst auf echt mega-angepisst, nicht nur kleine Betriebsstörung.

»Scheiße, was ist dein Problem?«, fauchte er.

»Ähm, ich hab mit Rachel gesprochen, und sie hat mir gesagt, dass du ihr, äh, von dem Film erzählt hast.«

Alles, was Earl dazu sagte, war: »Genau.« Vielleicht tat er so, als wüsste er nicht, dass es eine große Sache war. Vielleicht war er auch so sauer, dass er es nicht einmal mitbekam.

»Es ist nur«, stammelte ich, »weißt du, ich meine, du hast sowieso damit angefangen, Rachel von den Filmen zu erzählen, und dann hast du sie ihr gebracht, und es ist irgendwie so, na ja, als würdest du ihr alles erzählen, so als würde es gar keine Rolle spielen, was ich davon halte, ich sag ja nicht, dass sie von den Filmen nichts erfahren oder sie nicht sehen sollte, ich sage nur, ich hätte es besser gefunden, wenn du mich vorher *gefragt* hättest, ich hätte gern ...«

»Weißt du was? Halt einfach die Fresse. Halt deine beschissene Fresse.«

»Ich sag ja bloß ...«

»Mich ödet diese ganze Scheiße an. Ödet mich voll an. Hör auf mit der Scheiße, Mann. Sonst raste ich nämlich echt aus.«

Ich überlegte kurz, ob ich Earl einen Vortrag über Vertrauen halten sollte. Ziemlich schnell aber beschloss ich, dass das nach hinten losgehen und vielleicht sogar die Apokalypse auslösen würde. Auch fiel mir das Sprechen zunehmend schwerer. So stand ich einfach nur da und – es fällt mir schwer, es positiv darzustellen – versuchte, nicht zu heulen.

»Nee, halt mal bloß deine Scheißfresse. Bei dir geht's immer nur darum, was die Leute von dir denken, dass du aus allem ein Scheißgeheimnis machen musst, dich ewig überall *einschleimen* und so tun musst, als wärst du mit allen befreundet, weil dir so wichtig ist, was sie von dir halten, also ich sag dir mal was: *Du bist denen scheißegal.* Die scheißen auf dich. Du hast keine *Freunde*. Du hast keinen, der dich auch nur mit dem *Arsch* anguckt.«

»Oka, kay.«

»*Keinen*, klar? In der Schule gibt keiner einen *Scheiß* auf dich. Keiner, zu denen du immer so scheißfreundlich bist, gibt einen *Scheiß* auf dich. Du machst dir andauernd ins Hemd, was sie von dir halten, aber Mann, du bist denen so was von *scheißegal*. Es ist denen scheißegal, ob du am *Leben* oder ob du *tot* bist, du mieses kleines Weichei. Die *scheißen* auf dich. Sieh mich an. Die – *scheißen* – auf – dich.«

»Oka ay. Herr … Herrgott noch mal.«

»Mann, halt bloß deine blöde Fresse. Ich kann mir deine Scheiße nicht mehr anhören. Ja, ich hab Rachel von den Filmen erzählt, na und, ich hab ihr ein paar von den bescheuerten Filmen zum Angucken gegeben, weil sie so ungefähr der einzige Mensch ist, dem du *nicht* scheißegal bist. Genau. Sie hat zwar hat keine Supertitten, darum ist sie dir auch scheißegal, aber diese andere Tante da, die interessiert sich einen Scheiß für dich, aber Scheiße, Rachel *tut* es, aber das ist dir ja so was von *scheißegal*, weil du eine miese kleine Pissnelke bist.«

»Nein, ist mir n… nicht egal.«

»Hör auf zu flennen, du beschissene Tussi.«

»O, Ok kay.«

»Hör auf zu *flennen*, Scheiße noch mal.«

»Okay.«

Habe ich erwähnt, dass Maxwell die ganze Zeit dabei war? Er genoss es. Ich bin sicher, dass seine Gegenwart Earl noch wahnsinniger und aggressiver machte, als er es normalerweise eh schon gewesen wäre.

»Und jetzt verpiss dich hier. Dein Anblick steht mir bis hier, du Weichei. Das ganze Scheiß*geflenne*.«

Ich sagte nichts und wich auch nicht von der Stelle. Das veranlasste Earl, sich vor mir aufzubauen.

»Ich hab *verdammt* noch mal die Schnauze voll davon, wie du dieses Mädchen behandelst als wär sie eine, eine *Last*, dabei ist sie das Einzige, das du hast, was irgendeiner Scheißfreundschaft auch nur entfernt *ähnelt*, und außerdem wird sie sterben. Das weißt du, oder? Du blödes Arschloch. Sie ist wieder zu Hause, weil sie *jetzt sterben wird*. Das Mädchen liegt da auf ihrem beschissenen *Sterbebett*, und du kommst hier *angeeiert* und quengelst und heulst mir was über irgendeine unwichtige Scheiße vor. Ich hab Lust dir … in den *Arsch* zu treten. Hörst du? Ich hab Lust … dich auf der Stelle *grün und blau* zu schlagen.«

»Mach doch.«

»Soll ich wirklich?«

»Ist mir… ist mir e-, egal.«

»Soll ich *wirklich*, Penner?«

Ich war gerade dabei, auf sarkastische aber auch verweinte Art zu sagen: »Scheiße, Earl, nur zu«, als er mich in den Bauch boxte.

Na bitte. Da lag ich nun zum zweiten Mal in einem Monat im Vorgarten der Jacksons und krümmte mich vor Schmerzen, während sich ein zwergenhafter streitsüchtiger Junge über mich beugte. Nur war es diesmal wenigstens kein Junge mit einem nicht gesellschaftsfähigen Tattoo am Hals. Er ohrfeigte mich auch nicht wiederholt, während ich versuchte, wieder zu lernen, wie das Atmen funktioniert.

Stattdessen brummte er Sachen wie: »Mann, steh auf«, und »Ich hab nicht mal richtig zugeschlagen.«

Maxwell sagte ein paarmal zustimmend: »Genau! Hau ihm noch eine rein!« und »NIMM DEN PENNER AUSEINANDER.« Aber er klang irgendwie halbherzig. Ich glaube, er war enttäuscht, dass unser Kampf so lahmarschig war. Und ehrlicherweise ist die Vorstellung, dass ein Kampf zwischen uns interessant sein könnte, sowieso absurd. Das wäre so, als würde man einen guten Kampf zwischen einer Wölfin und, ich weiß nicht, einem Tier erwarten, das aus Marshmallows gebastelt ist.

Schließlich ging Maxwell ins Haus zurück, und es standen nur noch wir beide draußen, und wenn Earl immer noch wütend war, dann offenbar nicht auf mich.

»Mann, bist du eine Memme. Ein Klaps auf den Magen und du machst ein Theater, als würdest du gleich abkratzen. Scheiße.«

»Unngh.«

»Genau. Lauf ein bisschen, bis es weggeht.«

»Manno.«

»Na los, gehen wir zu dir. An die Arbeit.«

»Unngh, Scheiße.«

»So ist es. Na los. Komm, ich helf dir.«

Fünfunddreißigstes Kapitel

Löffelabgabetermin

Für Plan E verzichteten wir sogar auf Dads Kamera und verwendeten das schrottige Teil von meinem Laptop. Wir waren von YouTube inspiriert. Gott steh uns bei.

Wie alle hoffnungslosen Langweiler auf der Welt fanden wir, dass wir uns am besten ausdrücken könnten, wenn wir einfach in die Kamera starrten und redeten. Kein Drehbuch, keine Kamerafahrten, keine Spezialbeleuchtung. Wir beschlossen, alle Effekte wegzulassen und zu sehen, was übrig blieb.

War das eine grauenhafte Idee? Bitte haben Sie einen Moment Geduld, während ich Ihre Frage an den Kaiser von JApan weiterleite.

INNEN. GREGS ZIMMER – TAG

GREG

Also, Rachel.

EARL

Was geht ab, Rachel?

GREG

Wir haben eine Reihe von, äh, verschiedenen Methoden ausprobiert, einen Film für dich zu drehen, und keine hat, äh, so richtig funktioniert, wie wir uns das vorgestellt hatten.

Wenn man seine Dialoge nicht vorher in einem Drehbuch festhält, stockt man erst mal mindestens eine Milliarde Mal und sagt äh. Es fängt also schon damit an, dass man redet, als hätte man sich gerade eine halbwegs schwere Kopfverletzung zugezogen.

EARL

Wir haben versucht, was mit Sockenpuppen zu machen, und das schien irgendwie nicht besonders passend für deine, äh, Situation zu sein.

GREG

Äh, wir haben alle in der Schule gebeten, dir vor der Kamera gute Besserung zu wünschen, aber äh, du hattest ja schon einen Haufen Genesungskarten und wir, äh, wollten eigentlich etwas machen, das ein bisschen, äh, persönlicher ist.

EARL

Wir wollten eine Dokumentation über dich drehen. Ähh.

GREG

Öhhhh.

EARL

Allerdings gab es nicht genug Material, mit dem wir, äh, arbeiten konnten.

GREG

Wir haben es dann mit dieser, äh, komplizierten Stop-Motion-Technik probiert, äh, so einer Art Trickfilm, um dich anzufeuern, den Krebs zu besiegen, aber, äh. Das Ganze wurde am Ende nur noch albern und war dann, äh, nicht das, was wir wollten.

EARL

Darum, äh, versuchen wir's mal so.

BEIDE

[durcheinander]

GREG

Du zuerst.

EARL

Nee, fang an.

GREG

Mach schon.

EARL

langsam, irgendwie mühsam

Äh … also gut. Äh. Wahrscheinlich weißt du gar nicht, wie dankbar ich bin, dass ich dich kennengelernt habe. Weil zuerst mal die Chance, dass so was passieren würde, normalerweise sehr klein gewesen wäre, weil, um total ehrlich zu sein, wir nicht in denselben Kreisen verkehren, du und ich. Darum ist das so ein bisschen wie ein … Segen, dass du in den letzten paar Wochen ein Teil meines Lebens warst.

Ich bewundere eine Menge an dir. Ich bewundere, wie klug du bist, wie aufmerksam und einfühlsam. Aber, äh. Was mich echt mit Ehrfurcht erfüllt, ist deine, äh, also ich weiß nicht, wie ich das ausdrücken soll. Deine *Geduld,* schätze ich. Wenn *mir* das passiert wäre, ich wäre wütend und fertig gewesen, und *verletzt*, und einfach total unausstehlich. Und du warst die ganze Zeit so stark, und so *geduldig*, selbst nachdem die Sache nicht gut lief, und das erfüllt mich mit Ehrfurcht. Und dass du mir das Gefühl gegeben hast, äh, gesegnet zu sein.

kommt mit heiserer Stimme zum Ende

Darum, also, äh – ja.

Scheiße, wie sollte man so was noch toppen?

Das grundsätzliche Problem war, dass Earl alles ehrlich gemeint hatte, und ich dasselbe Zeugs nicht sagen konnte, ohne zu lügen. Weil Earl einfach ein besserer Mensch ist als ich. Ohne wie ein melodramatisches Arschloch klingen zu wollen, aber genauso ist es. Ich war ziemlich sicher, dass ich aber auch *gar nichts* Gefühlvolles und Tröstliches und Rührendes sagen konnte, ohne dass es eine Lüge gewesen wäre.

EARL (FORTGESETZT)

aufgewühlt und jetzt irgendwie wütend

Du bist dran.

War Rachel eine Inspiration für mich? Fand ich sie wirklich klug und aufmerksam und einfühlsam und geduldig und alles andere? Nein. Tut mir leid. Hört mal: Ich fühle mich schrecklich dabei. Ich wünschte, meine Bekanntschaft mit ihr wäre eine große, lebensbereichernde Sache gewesen. Wirklich. Ich weiß, dass es eigentlich so hätte sein sollen. *War* es aber nicht.

EARL (FORTGESETZT)

Dude. *Du* bist dran.

Also was sollte ich sagen? Die Wahrheit?

EARL (FORTGESETZT)

boxt Greg in den Arm

Du bist dran, Arschloch.

GREG

Genau. Genau, genau. Äh. Wir haben dieses Video in erster Linie gedreht, äh, weil wir wollen, dass du wieder gesund wirst. Und äh. Pass auf: Ich *weiß*, dass du wieder gesund werden kannst. Ich weiß, dass du die Kraft dafür hast, und äh. Ja. Das wollte ich dir nur sagen. Äh. Ich glaube an dich.

steigert sich vielleicht einen Hauch zu sehr rein

Und aus diesem Grund, wie mir jetzt klar wird, wollten wir einen Film machen. Um dir zu zeigen, dass wir an dich glauben.

treibt jetzt einfach die Lüge bis zum Anschlag

Und darum, äh, haben wir den Film gedreht.

Ich verbrachte ein geschlagenes Wochenende damit, mir dabei zuzuhören, wie ich »wir glauben an dich« sage, und jedes Mal hätte ich mir eine ins Gesicht semmeln können. Weil es eine so glasklare Lüge war. Hätten wir wirklich an Rachel geglaubt, dann würden wir jetzt nicht noch schnell einen Film drehen, bevor sie starb. Plus, ich meine, warum sollten wir überhaupt an sie glauben, verdammt noch mal? Sie glaubte ja nicht mal selbst an sich. Sie hatte mir unumwunden erklärt, dass sie sterben würde. Sie hatte die Behandlung abgesetzt und war nach Hause gegangen und wartete auf das unvermeidliche Ende. Wer waren wir, ihr zu widersprechen?

Und trotzdem konnte man eigentlich nichts anderes dazu sagen.

Spät am Sonntagabend kam Mom in den Computerraum.

»Schätzchen.«

»Oh, hey.«

»Arbeitest du immer noch an dem Film für Rachel?«

»Jaaa.«

»Wie kommst du voran?«

»P-prima.«

»Oh mein Schatz. Schsch.«

»P… prima.«

»Schschschsch.«

»Mirrss…«

»Es ist schwer, einen Freund zu verlieren.«

»Da – darum geht – g-geht's nicht.«

»Es ist einfach schwer, Schätzchen.«

»Darum geht's nnnicht, n…icht.«

»Schschsch.«

Sechsunddreißigstes Kapitel
Rachel – der Film

Rachel – der Film (Regie: G. Gaines u. E. Jackson, 2011). Dieser Film, eine unkonventionelle Hommage an das Leukämie-Opfer Rachel Kushner, ist vielleicht besonders bemerkenswert wegen seines verwirrenden Mischmaschs unterschiedlicher Genres; Dokumentationsmaterial, Interviews, Zeitraffer-Animation und Puppenspiele werden zu einem Ganzen zusammengefügt, das man nur als Riesenchaos bezeichnen kann. Die Regisseure Gaines und Jackson lassen den Film sogar mit einer grobkörnigen, verpixelten und an Rachel persönlich gerichteten Entschuldigung beginnen, in der sie zugeben, dass der Film schlecht organisiert und weitgehend zusammenhangslos ist. Dann folgt ein Potpourri aus peinlichen Genesungswünschen von Highschool-Schülern und -Lehrern, Sockenpuppen, die aufeinander einprügeln, LEGO-Figuren, die mit unverständlichem Akzent sprechen, schlecht gescannten Fotos aus Kushners Kindheit und anderen absurden Rohrkrepierern, die in extrem begrenzter Beziehung zum Thema stehen. Der weinerliche, melodramatische Schluss, in dem wieder die Regisseure auftreten, ist schlicht eine Zumutung. Er stellt jedoch das passende Ende für einen Film dar, der sich mit großer Wahrscheinlichkeit rühmen darf, der schlechteste aller Zeiten zu sein. ☆

Als ich zum letzten Mal mit Rachel sprach, hatte sie *Rachel – der Film* ein paarmal gesehen, und ich wusste nicht genau, wie ich mit ihr darüber reden sollte. Wie immer war sie im Bett, diesmal jedoch ohne Hut. Sie klang auch wie immer: die Stimme etwas rau, die Nase verstopft. Zum ersten Mal fiel mir auf, dass auch ich vielleicht ein bisschen so klinge.

»Hey«, sagte ich.

»Hey«, sagte sie.

Aus irgendeinem Grund hatte ich Lust, einen Fistpound mit ihr zu machen, tat's aber nicht.

»Ich hab *Rachel – der Film* gesehen«, sagte sie.

»Hmmmm.«

»Er hat mir gefallen.«

»Du weißt, dass du das echt nicht sagen musst.«

»Nein, er hat mir wirklich gefallen.«

»Na, wenn du meinst.«

»Ich meine, er ist wahrscheinlich nicht mein *Lieblings*film.«

Irgendwie war es eine große Erleichterung, dass sie ehrlich war. Ich weiß nicht, warum es mich so erleichterte. Schon möglich, dass ich irgend so eine Störung habe, bei der meine Gefühle regelmäßig versagen und ich die ganze Zeit dasitze und irgendwas völlig Unpassendes empfinde. Man könnte es das Gefühlskrüppel-Syndrom nennen.

»Genau, denn wenn es dein Lieblingsfilm gewesen wäre, dann würde das bedeuten, dass du einen echt fragwürdigen Geschmack hast, denn er ist wirklich nicht sehr gut.«

»Er ist gut, bloß eben nicht so gut wie ein paar von den anderen.«

»Nein, im Ernst, ich weiß nicht, was da passiert ist. Wir

haben uns unglaublich angestrengt, und dann, ich weiß nicht. Wir haben es einfach nicht hinbekommen.«

»Ihr habt es doch ganz gut gemacht.«

»Nein, haben wir *nicht*.«

Ich hätte ihr gern erklärt, warum die Sache so fürchterlich schiefgelaufen war, aber natürlich *wusste* ich gar nicht, warum. Ich meine, Earl und ich sind keine Profi- Filmemacher, aber an diesem Punkt in unserer Karriere hätten wir etwas Besseres zustande bringen müssen als dieses kranke deprimierende Chaos namens *Rachel – der Film*.

»Du bist lustig«, sagte sie. Ich hatte sie schon eine ganze Weile nicht mehr so strahlend lächeln sehen.

»Was?«

»Du bist so streng mit dir. Das finde ich lustig.«

»Ich bin streng mit mir, weil ich ein Riesenidiot bin.«

»Bist du nicht.«

»Doch, du hast keine Ahnung.«

Vielleicht konnte ich ihr tatsächlich nicht erklären, wie wir den miesesten Film auf der ganzen Welt gemacht hatten. Aber mich *runtermachen*, das konnte ich! Mir wird zunehmend klar, dass das eigentlich meine Lieblingsbeschäftigung ist.

»Nein, du weißt ja nicht, was in meinem Kopf abgeht. Für jede unglaublich bescheuerte Sache, die ich mache oder sage, gibt es ungefähr fünfzig schlimmere, die ich nur aus Glück nicht mache oder sage.«

»Greg.«

»Ich mein's ernst.«

»Ich bin froh, dass wir wieder Freunde geworden sind.«

»Ach wirklich? Ich meine, ja. Ich meine, ich auch.«

Und dann saßen wir da und sagten eine Weile gar nichts. Ihr hofft jetzt wahrscheinlich, dass ich nur so dahinschmolz vor Liebe und Zärtlichkeit. Vielleicht solltet ihr euch schnell nach einem anderen Buch umsehen. Einer Bedienungsanleitung für Kühlschränke zum Beispiel. Die wäre jedenfalls herzerwärmender als das hier.

Denn am ehesten war ich enttäuscht und verärgert. Ich warf Rachel vor, dass sie beschlossen hatte zu sterben. Wie blöd klingt das jetzt? Es besteht berechtigter Zweifel, ob ich überhaupt ein menschliches Wesen bin. Wie auch immer, ich war tatsächlich sauer, dass sie einfach sterben würde. Und ich war vielleicht sogar noch saurer darüber, dass ich mich in *Rachel – der Film* dazu hatte verleiten lassen, so zu tun, als würde ich das nicht glauben. Ich hatte in die Kamera geguckt und gesagt: »Ich *weiß*, dass du wieder gesund werden kannst« und »Ich glaube an dich.« Man konnte sogar in meinen saublöden Augen lesen, dass ich den Spruch nicht glaubte. Diesen Blick konnte man unmöglich rausschneiden oder so bearbeiten, dass er irgendwie anders rüberkam. Und natürlich bin ich ein kolossales Arschloch, aber es *war* nun mal auch Rachel, die mich in diese blöde Lage gebracht hatte, indem sie ihr Leben aufgegeben hatte und alle anderen so tun mussten, als wäre dies nicht der Fall.

Vielleicht spürte Rachel, dass ich an den Film dachte, weil sie wieder damit anfing.

»Es war wirklich nett von euch, diesen Film zu drehen.«

»Na ja, er war ein Reinfall, aber wir mussten ihn machen. Es gibt keine Entschuldigung dafür, dass er nicht besser geworden ist.«

»Ihr hättet ihn doch nicht machen müssen!«

Rachel schaute mich aus irgendwie fassungslosen großen Augen an.

»Doch, mussten wir.«

»Gar nicht.«

»Du bist buchstäblich unser einziger Fan. Wir mussten was für dich machen.«

»Na ja, es gibt da übrigens wirklich etwas, worum ich dich bitten möchte.«

Das kam so unerwartet, dass ich sogar einen Witz machen konnte.

»Aber wir haben doch schon einen Film für dich gedreht! *Nehmen deine Forderungen denn kein Ende, du* TYRANNENWEIB?«

Das verursachte ein bisschen schwaches Prusten und Kichern. Dann sah es so aus, als müsse sie sich erst wieder sammeln, bevor sie weitersprechen konnte.

»Ich hab mir dieses Buch mit den Colleges angesehen.«

»Ach ja?«

»Ja. Und ich hab ein paar Filmhochschulen darin gefunden.«

Ich brauchte erstaunlich lange, um zu kapieren, was sie mir damit sagen wollte.

»Ich habe auch noch ein paar andere Unis gefunden, die gute Filmkurse anbieten«, sagte sie.

Ich nickte blöd. Ich wusste, dass ich ihr hier nicht widersprechen konnte.

»Ich möchte, dass du dich mit deinen Filmen dort bewirbst. Und Earl auch.«

»Äh, okay.«

»Das ist das Einzige, worum ich dich bitte.«

»Gut.«

»Schaffst du das?«

»Ja, na klar.«

»Versprich es.«

»Ja, ich versprech's.«

Siebenunddreißigstes Kapitel

Das Ende unseres Lebens

So. Wir sind jetzt endlich an der Stelle angelangt, wo Mom mein Leben zerstört, und auch das von Earl. Holt euch schon mal Popcorn! Es wird der Hammer. Ich warte so lange.

Mmmmm. Popcorn mit Salz und zerlaufener Butter.

Eigentlich könnte ich mir auch ein bisschen Popcorn machen. Kleinen Moment.

Scheiße, das ist die fettfreie Sorte. Ekelhaft. Schmeckt wie Sofa-Polsterung.

Sauerei.

Wie gesagt, als wir *Rachel – der Film* drehten, stürzten meine schulischen Leistungen rapide ab. Ich hab euch ja schon ganz kurz davon erzählt, aber während *Rachel – der Film* nahm das Ganze peinliche Ausmaße an. Ich bekam Zensuren auf Gangster-Niveau, und die Lehrer fingen an, mich nach dem Unterricht zur Seite zu nehmen und zu sagen, ich würde mir meine Zukunft kaputtmachen. Und dann, einen Tag, nachdem ich Rachel unsere einzige Kopie von *Rachel – der Film* überreicht hatte, schritt schließlich Mr. McCarthy ein. Er suchte Mom und Dad auf, und die drei beschlossen, dass mich Mr. McCarthy jeden Tag nach dem Unterricht noch stundenlang dabehalten durfte, damit ich in meinen Fächern nicht durchfiel.

Erlitt Earl das gleiche Schicksal? Nein. Earl belegt Fächer, in denen man nicht durchfällt, Punkt. In diesen Fächern spielt es keine Rolle, ob man seine Aufgaben macht oder wie oft man anwesend ist. Man könnte ein totes Tier an seine Hausarbeit tackern und würde trotzdem nicht durchfallen. Man könnte eines Morgens in der Klasse aufkreuzen und seinem Lehrer eine mit Drogen und Scheiße gefüllte Plastiktüte ins Gesicht knallen. Man würde wahrscheinlich höchstens ins Büro des Stellvertretenden Schulleiters geschickt werden oder so.

Plötzlich machte ich also die ganze Zeit Schularbeiten – unter dem wachsamen, irren Blick von Mr. McCarthy. Ich schätze, ich war sogar irgendwie dankbar, dass jemand anderes mein Leben übernahm. Ich meine, ich versage offensichtlich total darin, mein Leben selber zu managen, darum war es schön zu wissen, dass es in guten Händen war. Schön war aber auch, dass ich lauter konkrete Aufgaben zu erledigen hatte und von ihnen irgendwie abgelenkt und in Anspruch genommen wurde. Sie hinderten mich daran, über all die deprimierenden Dinge nachdenken zu müssen, die sich zu der Zeit abspielten.

Leider hinderten sie mich auch daran zu bemerken, dass Mom sich plötzlich abnorm verhielt.

Normal sind ihre lästigen Kontrollbesuche in meinem Zimmer mindestens einmal pro Stunde, wenn ich zu Hause bin.

- Wollte nur mal sehen, wie es bei dir läuft
- Wollte nur mal sehen, ob du bei irgendwas Hilfe brauchst
- Wollte nur mal sagen, dass draußen wunderschönes

Wetter ist und dir vielleicht ein bisschen Bewegung guttun würde

- Wollte nur mal Bescheid sagen, dass ich zum Fitnesstraining gehe
- Wollte nur mal Bescheid sagen, dass ich vom Fitnesstraining wieder da bin
- Wollte dir nur mal sagen, dass Gretchen im Moment etwas schwierig ist, also bitte provoziere sie nicht
- Wollte nur mal fragen, ob du Rinderlendchen zum Abendessen willst oder ob du auch Lamm isst, weil ich gerade zum Biomarkt wollte, aber ich habe vergessen, ob du Lamm überhaupt magst
- Ich wollte dich nur mal was fragen, aber jetzt habe ich vergessen, was es war, darum frage ich einfach später noch mal, es sei denn, du weißt zufällig, was ich dich fragen wollte, was aber unwahrscheinlich ist, darum schau ich später noch mal rein, also, alles okay bei dir? Ja? Schätzchen, du musst das Licht anmachen, sonst verdirbst du dir die Augen

Ein paar Tage lang passierte nichts dergleichen – ein einmaliges, bisher nie dagewesenes Phänomen. Ich war nicht mehr so oft zu Hause, und wenn ich es war, blieben die Kontrollbesuche aus. Im Nachhinein gesehen hätte ich Verdacht schöpfen müssen, dass irgendwas im Busch war. Aber ich hatte viel zu tun; außerdem war ich wahrscheinlich unbewusst dankbar dafür, dass die nervigen Kontrollen vorübergehend aufgehört hatten, und wollte nicht riskieren, sie wieder anzufachen.

Der Hammer fiel in der achten Stunde.

Da finden normalerweise die sogenannten Pep Rallies statt – das sind Einpeitschveranstaltungen vor wichtigen

Sportwettkämpfen, bei denen zumindest theoretisch Anwesenheitspflicht für die ganze Schule besteht. Normalerweise saßen wir stattdessen bei Mr. McCarthy im Büro, doch aus irgendeinem Grund bestand er darauf, dass wir unbedingt an dieser speziellen Pep Rally teilnahmen.

»Tut mir leid, Jungs«, sagte er, als er in der Tür stand und die Neuntklässler aus seiner Geschichtsklasse auf dem Flur herumwuselten wie kopflose Zweijährige. »Ich komm in Teufels Küche, wenn euch irgendjemand während der Pep Rally hier sieht.«

Also ließen wir unser Mittagessen auf seinem Schreibtisch liegen und zuckelten mit den Neuntklässlern Richtung Aula.

Bei den meisten Pep Rallies sitzen die Schlagzeuger von der Marschkapelle auf der Bühne und hauen irgendeinen monotonen Rhythmus raus, und vielleicht greifen sich ein paar von den mutigeren Sportlern das Mikro und versuchen sich in irgendwelchen improvisierten Sprüchen, bis die sexuellen Anspielungen zu deutlich werden oder ihnen versehentlich das F-Wort rausrutscht und der stellvertretende Schulleiter sie wieder von der Bühne scheucht. Heute stand da nur eine riesige Leinwand, und es waren weit und breit keine Trommler zu sehen, nur Direktor Stewart. Wir gehörten zu den Letzten, die kamen, und kaum hatten wir unter den Neuntklässlern Platz genommen, ging Direktor Stewart ans Mikrofon und begann seine Rede.

Direktor Stewart ist ein hünenhafter, angsteinflößender Schwarzer. Man kann es nicht anders formulieren. Er ist extrem autoritär, und sein üblicher Gesichtsausdruck ist wie der von Earl: angepisst. Er hatte mich noch nie direkt angesprochen, und ich hoffte, dass wir es bis zu meinem Abschluss auch so halten würden.

Seine Sprechweise ist schwer zu beschreiben. Alles, was er sagt, hat diesen wütenden Unterton, selbst wenn es gar keinen Grund dazu gibt, und er macht viele Pausen. In diesem Moment klang er eindeutig angepisst.

»Schüler und Lehrer. Der Benson Highschool. Willkommen bei dieser Pep Rally. Wir sind heute hier. Um die Trojans anzufeuern. Zu ihrem sicheren Sieg über Allderdice. Heute Abend auf dem Footballfeld.«

Bravoschreie und Jubelrufe, die unter dem wütenden, auf uns alle gerichteten Blick von Direktor Stewart abrupt verstummten.

»Aber. Ich habe euch alle. Zu einem *höheren Zweck* heute Nachmittag. Hier zusammenkommen lassen. Ich will mich. Kurz fassen.«

Ellenlange Pause.

»Ein Mitglied der Benson-Familie. Führt einen Überlebenskampf. Gegen den Krebs. Ihr kennt sie vielleicht persönlich. Und wenn nicht, habt ihr bestimmt ihren Namen. Gehört. Rachel Kushner. Wir haben *alle*. Zum einen oder anderen Zeitpunkt. Für sie gebetet. Für ihre Familie. Sie hat unsere Gebete. Bitter nötig.«

Der wütende Unterton ließ seine Worte irgendwie ironisch klingen, und ich musste leise kichern. Und dann starrte mich Direktor Stewart direkt an, gerade, als ich dieses dümmliche Grinsen im Gesicht hatte, und die panische Angst, die mich in diesem Moment erfasste, ist unvorstellbar.

»Aber zwei Schüler. Sind noch weiter gegangen. Viel weiter. Sie haben unzählige Stunden damit verbracht. Einen Film zu schaffen.«

Ich hörte, wie Earl neben mir ein Würgegeräusch machte.

»Einen Film, um Rachel Mut zu machen. Einen Film, um ihr zur Seite zu stehen. Ihr Hoffnung zu geben. Und Liebe. Einen Film, um sie zum Lachen zu bringen. Um ihr zu zeigen, wie sehr man sie schätzt.«

Bei jedem Wort, das Direktor Stewart sagte, hatte ich das Bedürfnis, mir ins Gesicht boxen.

»Sie hatten nicht vor. Dass irgendjemand außer Rachel. Diesen Film zu sehen bekommt. Sie haben das für sie getan. Für sie allein. Aber ein Liebesbeweis. Von so einer Qualität. Hat es unbedingt verdient, dass er gesehen. Und anerkannt wird. Und Beifall erhält.«

Ich verspürte ein neues Bedürfnis – mich in die *Eier* zu boxen.

»Gregory Gaines. Earl Jackson. Kommt bitte auf die Bühne.«

Meine Beine zitterten. Ich konnte nicht aufstehen. Ich spürte, wie mir die Kotze in der Kehle aufstieg. Earls Gesichtsausdruck war der eines toten Mannes. Ich versuchte, auf Kommando in Ohnmacht zu fallen. Es gelang mir irgendwie nicht.

Folgendes war geschehen: Denise hatte den Film gefunden. Rachel hatte ihn eingelegt und war dann eingeschlafen. Und Denise war ins Zimmer gekommen, hatte ihn entdeckt und ihn sich angeschaut. Dann hatte Denise ihn Mom gezeigt. Und Mom hatte Denise erzählt, dass Earl und ich unsere Filme niemals anderen Leuten zeigten. Aber Denise und Mom beschlossen, dass *alle* Leute diesen Film sehen sollten. Und ohne uns etwas davon zu sagen, kontaktierten sie ein paar Lehrer an der Schule. Und die Lehrer sahen ihn sich an. Und Direktor Stewart sah ihn sich an. Und jetzt würden ihn sich gleich alle ansehen.

Auf der Bühne, unter dem halbherzigen Applaus des Publikums, drückte uns Direktor Stewart seine Riesenpranken auf die Schultern, bedachte uns mit einem wütenden Blick, als wollte er uns gleich bei lebendigem Leib auffressen, und sagte leise: »Ich bin sehr gerührt. Von dem, was ihr Jungs getan habt. Ihr macht dieser Schule große Ehre.« Dann setzten wir drei uns an die Seite, und Earls riesiger Kopf und mein irgendwie noch riesigerer Kopf erschienen auf der Leinwand, und dann musste die ganze Benson High die vollen achtundzwanzig Minuten von *Rachel – der Film* über sich ergehen lassen.

Achtunddreißigstes Kapitel
Nachklapp

Also. Wenn das hier der übliche Jugendroman wäre, käme jetzt der Teil, wo es nach dem Film die ganze Schule von den Plätzen reißt und tosender Applaus einsetzt, und Earl und ich wahre Anerkennung finden und anfangen, wirklich an uns zu glauben, und Rachel irgendwie durch ein Wunder wieder geheilt werden oder vielleicht auch sterben würde, aber wir ihr ewig dankbar wären, weil sie uns dazu verhalf, unser schlummerndes Talent zu entdecken, und Madison meine Freundin werden würde und ich mich, wann immer ich wollte, wie ein kuscheliger kleiner Pandabär an ihre Titten drücken dürfte.

Darum sind diese Romane so beschissen. Nichts von alldem geschah. Stattdessen geschah so ungefähr alles, was ich befürchtet hatte, nur schlimmer.

1. Meinen Klassenkameraden hat *Rachel – der Film* nicht sonderlich gefallen

Sie fanden ihn grauenhaft. Sie fanden ihn abartig und verwirrend. Sie glaubten auch, wir hätten sie gezwungen, ihn sich anzusehen, trotz allem, was Direktor Stewart gesagt hatte. Die meisten Schüler hatten seiner Rede nicht besonders aufmerksam gelauscht. Sie waren nur in die Aula gegangen, hatten erst aufgepasst, als das Licht ausging, und angenommen, es sei *unsere* Idee, dass sich alle den blöden Film ansehen mussten. Und da es objektiv ein mieser Streifen ist, fanden sie ihn grauenhaft. Earl und ich durften uns ihre Reaktionen von der Bühne aus ansehen. Es gab jede Menge unruhiges Gezappel, gelangweilte Privatgespräche, »Ruhe!« zischende Lehrer und böse Blicke. Also, das war schon mal nicht so toll.

Das Schlimmste waren die gelegentlichen Aufschreie der Empörung. Die kreiselnde Tarantel zum Beispiel bewirkte, dass mehrere Leute ausrasteten. »Das ist voll daneben!« »Das ist *übel*«. »WIESO MÜSSEN WIR UNS DIESEN SCHEISS ANSEHEN?«

Noch schlimmer war es, die Reaktionen von Rachels Freundinnen Anna und Naomi mitzuerleben. Die beiden fanden den Film eindeutig zum Kotzen. Naomi bekundete offen ihre Ablehnung mit einem missmutigen Blick und indem sie etwa alle zehn Sekunden die Augen verdrehte. Und die Sache war ja, ich konnte ihr nicht mal einen Vorwurf machen. Bei Anna war es noch schlimmer, sie wirkte einfach nur irgendwie niedergeschlagen. Sie wurde von Scott Mayhew getröstet, dem Typen, den ich zum reihernden Alien gemacht hatte. Er war jetzt ihr Freund. Scott starrte mich die meiste Zeit wütend an, mit dem gnadenlosen Hass eines Gruftis, der erkannt hat, dass er hintergangen worden war. Ich schätze, ich hatte Glück, dass er kein Schwert besaß.

Die Lehrer machten eine große Sache daraus, wie sehr sie den Film mochten, was 1) ein schlechtes Licht auf ihr künstlerisches Urteil wirft und 2) bewirkte, dass die Schüler den Film noch grauenhafter fanden. Ständig wurde allen unter die Nase gerieben, dass wir diesen blöden Film gemacht hatten. Darum sah es irgendwann so aus, als hätten wir ihn nur gedreht, um Aufmerksamkeit zu bekommen. Diese Vorstellung hat natürlich zur Folge, dass ich mir auf der Stelle giftige, stechende Insekten an den Kopf werfen will.

Einigen Kiffern gefiel er, und das machte es für mich in keiner Weise besser. Dave Smeggers zum Beispiel hielt mich auf dem Flur auf, um mir zu sagen, dass er den Film »tiefgründig« fand.

»Er war *witzig*, Mann«, sagte er. »Du hast den Tod thematisiert, also den echten Tod einer realen Person, und hast ihn *witzig* gemacht. Irrsinnig witzig! Das hat mich total umgehauen.«

Es schien mir die Mühe nicht wert, ihn darüber aufzuklären, dass das nicht unser Ziel gewesen war.

Madison behauptete, er hätte ihr gefallen, aber es war ziemlich offensichtlich, dass sie nur nett sein wollte. Der Hammer kam, als sie sagte, sie hätte nicht alles verstanden.

»Ihr zwei seid so *kreativ*«, meinte sie, als wäre das unser Freibrief, lauter schräge, befremdliche, schlecht gemachte Streifen zu drehen und andere zu zwingen, sie sich anzuschauen.

Mit einem Wort, jeder hatte den Film gesehen. Fast jeder fand ihn zum Kotzen.

Wie Nizar der mürrische Syrer es ausdrückte: »Wenn du auf Maul willst, ich geb dich auf Maul. Fuck Scheiße Wichser Arsch.«

2. Meine Klassenkameraden hatten jetzt einen konkreten Grund, mich nicht zu mögen

Und so kam es, dass in den Tagen, die direkt auf die Vorführung von *Rachel – der Film* folgten, sich meine Rolle innerhalb des Benson-Ökosystems wieder einmal änderte: zum Schlechteren. Anfang des Schuljahrs war ich noch Greg

Gaines gewesen, der zu allen unverbindlich freundliche Typ. Dann wurde ich Greg Gaines, möglicher Freund eines langweiligen Mädchens. Das war nicht toll, genauso wenig wie Greg Gaines, Filmemacher. Aber jetzt war ich Greg Gaines, Filmemacher, der insbesondere beschissene Experimentalfilme dreht und einen zwingt, sie anzusehen. Ich war ein einsamer Schimpanse, der im Dschungel auf dem Boden entlanghumpelt. Ich hatte außerdem eine übergroße Zielscheibe auf dem Hinterkopf und darunter ein Schild, auf dem stand: »Wetten, dass du meinen Kopf nicht triffst, wenn du mit Fäkalien nach mir schmeißt?«

Ich konnte mich nicht einmal dazu durchringen, mit irgendwem in der Schule zu reden. Ich konnte sowieso mit niemandem über ein anderes Thema als Filme sprechen. Irgendwelche Kids riefen mir auf den Gängen hin und wieder etwas zu – häufig ging es um die kreiselnde Tarantel, die, wie ich glaube, zum echten Symbol der aggressiven Schrecklichkeit des Films geworden war –, und mir fiel nie eine Antwort ein, die das Ganze abschwächen konnte. Stattdessen ging ich einfach etwas schneller. Es war ein furchtbares Gefühl.

Was die sozialen Gruppen anging: Die Klugscheißer behandelten mich mit unverhohlenem Mitleid. Die reichen Kids taten plötzlich, als hätten sie mich nie gekannt. Die Sportasse fragten mich, wann ich einen Schwulen-Porno drehen würde. Die Theater-AGler – das war das Schlimmste – schienen zu glauben, dass wir jetzt so eine Art verbitterte künstlerische Konkurrenz am Laufen hatten, nachdem ich in ihre Aula eingedrungen war. Und die meisten anderen Schüler behandelten mich mit einer Mischung aus Misstrauen und Abscheu.

Insgesamt nicht so toll.

3. Earl und ich machten einen riesengroßen Bogen umeinander

Wir hatten kein Interesse, miteinander rumzuhängen. Nicht das geringste.

4. Ich hatte eine Art Nervenzusammenbruch und wurde Einsiedler

Ehrlicherweise muss man sagen, dass meine Reaktion auf die Ereignisse nicht die beste war. Die Vorführung hatte im Dezember stattgefunden, und danach bin ich noch eine Woche zur Schule gegangen, und dann, in der Woche vor den Winterferien, stellte ich meine Schulbesuche irgendwie einfach ein. Ich radelte zum Baumarkt, kaufte mir ein Schloss für meine Tür, brachte es etwas schlampig mit einer Bohrmaschine an und verbarrikadierte mich in meinem Zimmer.

Seit der Sache mit dem Film war Dad das einzige Elternteil, mit dem ich noch sprach, und selbst mit ihm wollte ich nicht wirklich reden, darum schickten wir uns gegenseitig SMS. Es war bizarr.

`Junge, gehst du heute in die Schule?`

`nein`

`Warum nicht?`

`fühl mich krank`

`Sollten wir dich zum Arzt fahren?`

`nein ich will nur allein gelassen werden`

Du hast dir also nicht den Arm gebrochen oder so?

warum sollte ich mir den Arm gebrochen haben?

Du bist nicht sehr geübt in der Handhabung von Schlagbohrern! LOL

keine gebrochenen arme

Na, dein Mittagessen steht in der Küche, wenn dir danach ist. Ich bin hier in meinem Arbeitszimmer, falls du was brauchst

Später erfuhr ich, dass Mom das ganze Fiasko dermaßen mitgenommen hatte, dass sie sich von Dad dazu überreden ließ, mich öfter in Ruhe zu lassen als früher. Dagegen hatte ich natürlich nichts. Tatsächlich war die Tatsache, dass Mom sich aus meinem Leben heraushielt, wahrscheinlich das Einzige, was mich an dem Versuch hinderte, nach Buenos Aires zu joggen.

So blieb ich also eine Woche lang einfach in meinem Zimmer und sah mir Filme an. Zuerst sah ich mir die guten an, in der Hoffnung, dass sie mich aufmuntern würden, aber sie bewirkten nur, dass mir wieder bewusst wurde, was für ein lausiger Filmemacher ich war. Dann sah ich mir ein paar schlechte an, aber dabei ging es mir auch nicht besser. Hin und wieder legte ich eine Gaines/Jackson-DVD ein und musste sie nach fünf Minuten wieder auswerfen. Unsere Filme waren einfach dermaßen schlecht. Waren sie einfach. Wir hatten weder Ausrüstung noch Schauspieler. Wir waren nur Kinder, die peinliche Kindereien machten. Ich legte die ein, von denen ich glaubte, sie seien unsere besten, und sie waren grauenhaft. *Star Peaces. 2002. Cat-ablanca.* Entsetzlich. Eine einzige Zumutung. Langweilig, blöd, unsäglich.

Und am dritten Tag bin ich dann ausgeflippt und habe mir die Schere gegriffen und sie alle zerkratzt und in den Müll geworfen, und ich wusste, als ich es tat, dass es mir davon nicht besser gehen würde, aber ich habe es trotzdem getan, weil: scheiß drauf.

Es ging mir also so schrecklich wie so ungefähr noch nie im Leben, als Dad mich eines Nachmittags auf meinem Handy anrief, um mir zu sagen, dass Rachel wieder im Krankenhaus war.

Neununddreißigstes Kapitel
Nachklapp 2

Als ich Rachels Zimmer gefunden hatte, war Denise da. Wir hatten einander eigentlich nichts zu sagen und saßen beide eine Weile unbehaglich herum. Ich hatte das Gefühl, dass ich wieder abhauen sollte, aber ich wusste, dass es mir dann noch schlechter gehen würde. Rachel war nicht bei Bewusstsein. Anscheinend hatte sie eine Lungenentzündung bekommen.

Ich wünschte mir wirklich, dass Rachel aufwachte. Jetzt, im Nachhinein kommt mir das bescheuert und sinnlos vor, weil ich ihr nichts zu sagen hatte, aber ich wollte einfach nur mit ihr reden. Eine Stunde etwa saß ich so da und starrte sie an.

Ihr krauses Haar war verschwunden, und ihr Mund war geschlossen, darum konnte ich ihre großen Zähne nicht sehen. Und sie hatte auch die Augen geschlossen, weshalb ich auch die nicht sehen konnte. Man hätte jetzt also meinen können, dass die Person, die da lag, gar nicht wie Rachel aussah, aber irgendwie sah sie doch so aus.

Übrigens weinte ich die ganze Zeit, weil es aus irgendeinem Grund nie ganz bei mir angekommen war, dass sie sterben würde, und jetzt sah ich ihr buchstäblich beim Sterben zu, und das war irgendwie anders.

Es war einfach etwas, das ich begriffen, aber nie *richtig* begriffen hatte, falls ihr wisst, was ich meine. Ich meine, man kann mit dem Verstand nachvollziehen, dass jemand stirbt, ohne dass man es gefühlsmäßig richtig kapiert hat, und wenn man es dann doch kapiert, fühlt man sich total mies.

Das also hatte ich nicht begriffen, bis ich wie ein Idiot dasaß und ihr dabei zusah, wie sie tatsächlich starb und es zu spät war, um irgendwas zu sagen oder zu tun. Ich konnte nicht fassen, dass ich so lange gebraucht hatte, um es auch nur annähernd zu verstehen. Das hier war ein menschliches Wesen, und es starb. Es war das letzte Mal, dass es jemanden mit *diesen* Augen und *diesen* Ohren und *dieser* Art, durch den Mund zu atmen, geben würde, mit *dieser* Art, sich in ein schallendes Gelächter hineinzusteigern und kurz vorher ganz weit die Augenbrauen hochzuziehen und leicht die Nasenflügel zu blähen. Es war das letzte Mal, dass es diesen Menschen auf der Welt geben würde, und jetzt, wo dieses Leben fast vorbei war, kam ich damit nicht klar.

Ich hatte gedacht, dass wir einen Film über eine Sache gedreht hätten – den Tod –, von der wir nichts verstanden. Vielleicht verstand Earl irgendwie ein bisschen was davon, aber ich wusste absolut *nichts* darüber. Ich hatte auch geglaubt, dass wir einen Film über ein Mädchen gedreht hätten, das wir nie richtig kennengelernt hatten. Aber im Grunde ging es in dem Film gar nicht um sie. Sie starb einfach nur, das war's, und wir hatten nichts anderes getan, als einen Film über uns selber zu drehen. Wir hatten einfach nur dieses Mädchen benutzt, um einen Film über *uns* zu machen, und das fand ich einfach dermaßen dumm und verlogen, dass ich nicht aufhören konnte zu weinen. *Rachel – der Film* handelt kein bisschen von Rachel. Er handelt davon, wie wenig wir über Rachel wissen. Wir waren so was von lächerlich arrogant, als wir uns anmaßten, einen Film über sie zu drehen.

So saß ich also da und wünschte mir die ganze Zeit wie verrückt, dass Rachel aufwachen und mir einfach alles erzählen würde, was sie je gedacht hatte, damit es irgendwo aufgezeichnet werden konnte und nicht verlorenging. Ich ertappte mich dabei, wie ich dachte, und was ist, wenn sie ihren letzten Gedanken schon gedacht hat, was ist, wenn ihr Gehirn schon keine bewussten Gedanken mehr produziert, und das war so schrecklich, dass ich vollends losheulte und grässliche Schluchzlaute von mir gab, wie ein Seeelefant oder so was, etwa so: HURNG HURNG HRUNNN.

Denise saß nur versteinert da.

Gleichzeitig, und dafür hasste ich mich, wurde mir klar, wie ich den Film hätte machen sollen, dass er so viel von Rachel wie möglich hätte aufbewahren müssen – wir hätten idealerweise ihr Leben lang *tatsächlich* eine Kamera auf sie richten und zusätzlich eine in ihrem Kopf einbauen müssen, und es verbitterte mich und erfüllte mich mit so einer Scheißwut, dass all das unmöglich war und sie einfach *verlorengehen* würde. Als wäre sie nie da gewesen und hätte nie irgendetwas gesagt und mit den Leuten gelacht und keine Lieblingswörter gehabt und so eine Art, mit den Fingern zu fuchteln, wenn sie unruhig wurde, und spezifische Erinnerungen, die ihr plötzlich durch den Kopf gingen, wenn sie etwas Bestimmtes aß oder einen bestimmten Geruch wahrnahm, dass bei ihr, keine Ahnung, Geißblatt einen bestimmten Sommertag heraufbeschwor, an dem sie mit einer Freundin spielte oder so einen Scheiß, oder wie der Regen auf der Frontscheibe am Auto ihrer Mutter für sie aussah wie Alienfinger oder *was auch immer*, und als hätte sie nie Fantasien über diesen blöden Hugh Jackman gehabt oder Vorstellungen davon, wie ihr Leben am College aussehen würde, oder ihren ganz einmaligen Blick auf die Welt, den sie nie einem anderen Menschen mitgeteilt hatte. All das und alles andere, was sie je dachte, würde einfach verlorengehen.

Und bei *Rachel – der Film* hätte es doch eigentlich darum gehen müssen zu zeigen, was für ein entsetzlicher und beschissener Verlust das Ganze war, dass sie eine Person mit einem langen fantastischen Leben geworden wäre, wenn man ihr erlaubt hätte weiterzuleben, und dass das hier ein so bescheuerter und sinnloser *Verlust* war, ein total arschiger *Verlust*, ein Verlust Verlust Scheißverlust, der einfach so was von beschissen sinnlos war, aus dem nichts Gutes erwachsen konnte, und da saß ich nun und dachte an den Film und wusste, dass er eine Szene enthalten müsste, wie ich im Krankenhauszimmer total zusammenbreche, während ihre Mom da wortlos und mit den toten Augen einer Statue danebensitzt, und hasste mich dafür, dass ein kalter und distanzierter Teil von mir so was dachte, aber ich konnte nicht anders.

Irgendwann während alldem kam meine Mom herein, und falls ihr denkt, es wäre auch nur einem von uns möglich gewesen, bei all der Heulerei normal zu sprechen, dann seid ihr möglicherweise einfach behämmert.

Schließlich mussten wir in den Flur rausgehen, aber nicht, bevor Mom noch einen bizarren Austausch mit Denise hatte, bei dem sie Denise umarmte und ein paar verworrene Dinge zu ihr sagte, während Denise nur steif dasaß.

Also saßen Mom und ich auf zwei typisch hässlichen Krankenhausstühlen im Flur und versuchten, uns auszuweinen, und irgendwann war ich in der Lage, in kurzen knappen Sätzen zu sprechen.

»Ich will nur, dass sie a-aufwacht.«

»Oh, Schätzchen.
»Es ist so gemein.«
»Du hast sie sehr glücklich gemacht.«
»Wenn ich s-sie so glücklich ge-gemacht habe, w-warum versucht sie d-dann nicht, noch mehr dagegen a-anzukämpfen?«
»Es ist einfach zu schwer, Schätzchen. Gegen manche Dinge kann *niemand* ankämpfen.«
»Das ist *scheiße*.«
»Wir alle werden einmal mit dem Tod konfrontiert.«
»HurrnNNNNNGK.«
Das ging etwa eine Stunde so weiter. Ich erspare euch den Rest. Irgendwann hörten wir auf zu reden, und es herrschte langes Schweigen, während Leute wie Gilbert durch die Gegend geschoben wurden und Ärzte und Pflegepersonal forsch an ihnen vorbeischritten.

Dann sagte Mom: »Es tut mir leid.«
Ich bildete mir ein zu wissen, wovon sie sprach.
»Naja, ich hätte es einfach besser gefunden, du hättest mich vorher gefragt.«
»Ich *habe* dich vorher gefragt, aber ich schätze, ich habe dir keine Wahl gelassen.«
»Mom, wovon redest du? Du hast mich nicht vorher gefragt.«
»Reden wir über dieselbe Sache?«
»Ich rede von der bescheuerten Filmvorführung in der Schule.«
»Oh.«
»Wovon redest du denn?«
»*Ich* rede davon, dass ich dich überhaupt erst dazu brachte, dich mit Rachel zu treffen.«
»Die Vorführung war wesentlich schlimmer.«

»Also da habe ich kein schlechtes Gewissen. Was mir ***wirklich*** Schuldgefühle macht, ist, dass ich dich in eine so schwierige Situation hineinge…«

»Wegen der Vorführung hast du kein schlechtes Gewissen?«

»Nein, aber ich habe Schuldgefühle wegen…«

»Die Vorführung war ein Alptraum. Sie war ein Alptraum im wahrsten Sinne des Wortes.«

»Wenn du es ***bedauerst***, dass deine Klassenkameraden deinen wunderbaren Film sehen konnten, dann weiß ich wirklich nicht, was ich dazu sagen soll.«

»Ich fasse es nicht, dass du es immer noch für eine *gute Idee* hältst. Zuerst einmal, das…«

»Es gibt Dinge…«

»Darf ich mal ausreden?«

»Zum einen gibt es Dinge…«

»Kann ich mal *ausreden*. Mom. Mom, lass mich ausreden. *Mom*. Herrg*ott* noch mal.«

Wir wendeten beide Moms Taktik des unaufhaltbaren Nonstop-Wortschwalls an, und ich glaube, sie war so überrascht, dass ich damit konterte, dass sie tatsächlich nachgab und mich reden ließ.

»Na schön. Bitte.«

»Mom. Meine Klassenkameraden fanden den Film ätzend. Und Earl und ich mochten ihn eigentlich auch nicht. Wir finden ihn nicht sehr gut. Genauer gesagt, wir finden ihn grauenhaft.«

»Wenn du…«

»Mom, du musst mich ausreden lassen.«

»Schön.«

»Es ist kein guter Film. Okay? Er ist sogar miserabel. Weil – ent*spann* dich, Mom – wir es gut gemeint haben, aber das heißt nicht, dass wir einen guten Film gemacht haben. Okay? Weil er überhaupt nicht von ihr handelt. Es ist einfach nur ein peinlicher Streifen, der zeigt, dass wir nicht das Geringste über sie begriffen haben. Und außerdem bist du meine Mutter, und das heißt, dass du unglaublich parteiisch bist und nicht erkennen kannst, dass der Film richtig ätzt und völlig sinnlos ist.«

»Schätzchen. Er ist so *kreativ*. Er …«

»Nur weil irgendwas schräg und unverständlich ist, heißt das nicht, dass es *kreativ* ist. Das – das ist das ganze Problem. Wenn man sich einreden will, irgendwas sei gut, selbst wenn es das nicht ist, dann benutzt man das blöde Wort ›*kreativ*‹. Der Film war unterste Schublade. Unsere Klassenkameraden fanden ihn grauenhaft.«

»Sie haben ihn nur nicht verstanden.«

»Sie haben ihn nicht verstanden, weil es ein ***beschissener Film*** war.«

»Schätzchen.«

»Wenn er gut gewesen wäre, hätte er ihnen gefallen. Sie hätten ihn verstanden. Und wenn er gut gewesen wäre, hätte er vielleicht geholfen.«

Wir wurden wieder still. Ein paar Türen weiter schien irgendwer laut zu sterben, was nicht gerade die Stimmung hob.

»Na ja, vielleicht hast du recht.«

»Ich *habe* recht.«

»Also, es tut mir leid.«

»Okay.«

»Du verstehst nicht, wie schwer es ist, wenn die eigenen Kinder groß werden«, sagte Mom, und plötzlich weinte sie wieder, viel doller als vorher, und ich musste sie trösten. Wir vollführten eine Quer-über-die-Stühle-Umarmung, was körperlich extrem ungemütlich war.

Während sie halb-hysterisch weinte, machte Mom eine Reihe von Aussagen:

- Deine Freundin liegt im Sterben
- Es ist so schwer, ein Kind sterben zu sehen
- Und es ist noch viel schwerer, das Kind einer Freundin sterben zu sehen
- Aber am schlimmsten ist es, seinem Sohn zuzusehen, wie er seiner Freundin beim Sterben zusieht
- Du musst jetzt deine eigenen Entscheidungen treffen
- Es fällt mir so schwer, dich deine eigenen Entscheidungen treffen zu lassen
- Aber ich muss dich deine eigenen Entscheidungen treffen lassen
- Ich bin so stolz auf dich
- Deine Freundin stirbt, und du bist die ganze Zeit so stark gewesen

Einiges davon hätte ich gern bestritten. Ich war kein bisschen stark gewesen und ich hatte definitiv nicht das Gefühl, irgendwas geleistet zu haben, auf das ich stolz sein könnte. Aber irgendwie wusste ich, dass jetzt nicht der Zeitpunkt für die *Stunde Exzessiver Bescheidenheit* war.

Wir gingen. Ich wusste, dass ich Rachel nicht wiedersehen würde. Ich fühlte mich nur irgendwie leer und erschöpft. Mom kaufte mir ein Kahlúa-Eis mit Habaneros und Bienenpollen. Es schmeckte okay.

Da wusste ich, dass ich das überstehen würde.

Vierzigstes Kapitel

Nachklapp 3

Die Winterferien waren fast vorbei. Es hatte noch nicht geschneit. Earl und ich saßen in Thuyens Saigon Flavor. Es war unser erstes Wiedersehen, seitdem ich Einsiedler geworden war. Thuyens Saigon Flavor ist das vietnamesische Restaurant in Lawrenceville, das uns Mr. McCarthy an dem Tag empfohlen hatte, als wir aus Versehen high wurden und Rachel erzählten, dass wir Filmemacher waren. Ich hatte mir überlegt, dass sich Earl wahrscheinlich eher zu einem Treffen überreden lassen würde, wenn es in einem Lokal mit bizarrem und möglicherweise ungenießbarem Essen stattfände.

Earl war schon da, als ich kam. Ich schwitzte stark in meinem Wintermantel, weil ich mit dem Fahrrad gekommen war. Meine Brille war auch total beschlagen, darum musste ich sie abnehmen und durch die Gegend blinzeln wie ein Nacktmull. Earl unterließ es, auf sich aufmerksam zu machen, darum wanderte ich auf gut Glück im Restaurant herum, bis ich ihn fand. Er rührte mürrisch in seiner Suppenschale herum.

»WILLKOMMEN, WILLKOMMEN«, sagte eine verschwommene Gestalt, die wahrscheinlich Thuyen war und mich vorübergehend zu Tode erschreckte.

»Hey«, sagte ich zu Earl.

»Was geht ab.«

»Ist das Pho?«

»Ja.«

»Schmeckt sie gut?«

»Da sind Sehnen drin und Zeugs.«

»Aha.«

»WAS DARF ICH IHNEN BRINGEN?«, sagte Thuyen. Er war ungefähr genauso groß und ähnlich proportioniert wie ich und schien unverhältnismäßig froh zu sein, dass wir hier waren.

»Pho«, sagte ich.

»EINE PHO«, brüllte Thuyen und watschelte davon.

»Zur Abwechslung mal drogenfrei«, brummte Earl.

Es lief extrem gefälliger, ziemlich lauter R&B. »You are my sexy love«, säuselte ein Typ.»Se-e-exy lo-o-ove.«

»Also«, sagte ich. »Ich weiß nicht, ob du es gehört hast, aber Rachel ist gestorben.«

»Ja, hab ich gehört.«

»Also, äh. Hast du irgendwann deine DVDs von ihr zurückbekommen?«

»Ja«, sagte Earl, aufhorchend.

»Kann ich mir Kopien davon machen?«

Earl hob die Augenbrauen.

»Ich bin irgendwie durchgedreht«, sagte ich. »Ich hatte eine Art Ausraster und habe, äh, alle meine Kopien zerkratzt. Darum habe ich jetzt keine Kopien mehr.«

Earl glotzte mich an.

»Ich hab meine ver*brannt*«, sagte er.

»Oh«, sagte ich. Aus irgendeinem Grund überraschte mich das nicht sonderlich.

»Ja«, sagte er. »Ich hab sie in einer Mülltonne verbrannt.«

»Dann schätze ich mal, dass es keine Kopien mehr gibt«, sagte ich.

»Deine sind total im Arsch? Die lassen sich nicht mehr abspielen?«

»Nee«, sagte ich.

»Scheiße«, sagte Earl.

»Ooh girl!« blökte der R&B-Typ. »You make me say ›Ooh ooh ooh.‹«

Wir schwiegen eine Weile. Dann sagte Earl: »Hätt ich nicht gedacht, dass du deine Kopien versaust.«

»Doch«, sagte ich. »Ich bin einfach irgendwie durchgeknallt. Ich weiß nicht.«

»Wäre mir nicht mal in den *Sinn* gekommen, dass du … dass du so was machen würdest.«

»Es war ein Fehler«, sagte ich, aber Earl sah nicht so aus, als wollte er mir ein schlechtes Gewissen machen. Er wirkte nur irgendwie erstaunt.

»EINE PHO«, verkündete Thuyen und setzte mir die Suppe vor. Sie roch irgendwie großartig und irgendwie übel. Erst schnupperte ich eine Zeitlang diesen unglaublichen, kräftigen süßlichen Lakritzgeruch, doch dann mischte sich plötzlich noch die Andeutung eines anderen Geruchs darunter, mehr oder weniger nach verschwitztem Hintern. Dazu gab es eine große komplizierte Platte mit Blättern und Früchten und spermaartigen Sojabohnenkeimen.

Ich grübelte gerade darüber nach, was ich als Erstes essen sollte, als Earl plötzlich sagte: »Ist wahrscheinlich sowieso das Beste, Mann, weil ich keine Filme mehr machen kann. Ich muss mir einen Job suchen oder so. Muss ein bisschen Geld verdienen und endlich aus diesem verdammten Haus von meiner Mom ausziehen.«

»Ach ja?«, sagte ich.

»Ja«, sagte Earl. »Es ist Zeit für was Neues, Mann. Ich kann so nicht weitermachen.«

»An was für einen Job dachtest du denn?«

»Mann, keine Ahnung. Irgendeinen Wendy's managen oder so einen Scheiß.«

Wir versuchten zu essen. Die Brühe war okay. Die verschiedenen Tierteile waren ein bisschen zu seltsam für meinen Geschmack, weil kleine Knubbel und Zeugs dran waren. Außerdem waren »Rindfleischklößchen« darunter. Keine zehn Pferde würden mich dazu bringen, so was zu essen.

Ich weiß nicht, warum ich davon anfing, aber ich sagte: »Wahrscheinlich falle ich in ein paar Fächern durch.«

»Ja?«

»Ja, ich habe im Prinzip aufgehört, zur Schule zu gehen.«

»Stimmt, Mr. McCarthy war sauer.«

»Na und, er kann mich mal«, sagte ich und bereute es unmittelbar.

»Erzähl keinen Scheiß«, sagte Earl.

Dazu sagte ich gar nichts.

»Du wärst ja blöd, wenn du durchfällst«, fuhr Earl fort. Er schien nicht sauer zu sein. Er klang sehr sachlich. »Dazu bist du doch viel zu schlau, Mann. Du kannst aufs College gehen und so. Einen guten Job kriegen und den ganzen Scheiß.«

»Ich habe mir überlegt«, sagte ich, »dass ich vielleicht gar nicht aufs College will. Vielleicht will ich lieber auf eine Filmhochschule gehen.«

»Wieso, wegen Rachel?«

»Nein. Hat sie irgendwas zu dir wegen einer Filmhochschule gesagt?«

»Sie hat *mich* bearbeitet, mich an einer Filmhochschule zu bewerben. Hab mir schon gedacht, dass sie dich auch bearbeitet hat. Ich hab gemeint, spinnst du, Mädchen. Für so was hab ich kein Geld.«

»Du könntest doch ein Stipendium bekommen.«

»*Mir* gibt keiner ein Stipendium«, sagte Earl, und endlich aß er ein paar Nudeln.

»Warum nicht?«, fragte ich.

Irgendwie bedrohlich, und mit vollem Mund, sagte Earl: »Das wird einfach nicht *passieren*.«

Wir aßen weiter. Der R & B-Knabe trällerte fröhlich, wie sehr er in sein Mädel verschossen war. Thuyen, der hinter einem schiefen Glastresen stand, sang mit.

Aus irgendeinem Grund konnte ich nicht aufhören, über die Filmhochschule zu reden.

»Ich werde mich wahrscheinlich trotzdem an einer Filmhochschule bewerben«, sagte ich. »Ich schätze mal, dass ich dafür ein paar Filme drehen muss.«

Earl kaute auf irgendwas herum.

»Ich weiß ja nicht, ob du mir vielleicht dabei helfen willst«, sagte ich.

Earl schaute mich nicht an. Nach einer Weile sagte er irgendwie traurig: »Ich *kann* das jetzt nicht mehr machen.«

Dann übernahm irgendein sehr ekelhafter und/oder bescheuerter Außerirdischer die Kontrolle über mein Hirn und ließ mich etwas unglaublich Beschissenes sagen.

»Rachel hätte es wahrscheinlich gut gefunden«, hörte ich mich sagen. »Wenn wir zusammenarbeiten würden.«

Earl starrte mich eine Weile an.

»Du hast nichts begriffen, Mann«, sagte er schließlich. Er war barsch und traurig zugleich. »Es macht mir echt keinen Spaß, dir das erklären zu müssen. Ich *erklär's* dir auch nicht, ich sag's dir nur. Das ist die erste … *negative* Sache, die in deinem Leben passiert. Und da kannst du nicht gleich überreagieren und tierisch wichtige Entscheidungen treffen. Ich sag ja nur. Die Leute sterben. Andere Leute bauen blöde Scheiße. Ich bin von Familienmitgliedern *umgeben*, die nur blöde Scheiße bauen. Ich dachte immer, ich müsste was für sie tun und so. Und ich will *immer* noch was für sie tun. Aber man muss sein eigenes Leben leben. Man muss sich erst um seinen *eigenen* Scheiß kümmern, bevor man anfangen kann, was für andere zu tun.«

Ich schwieg, denn so einen Ausbruch hatte ich bei ihm noch nie erlebt. Besonders, weil er so persönlich war. Oder vielleicht trifft es das auch nicht. Ich weiß nicht. Jedenfalls bewirkte sein Monolog, dass ich verstummte, woraufhin er weiterredete.

»Ich will meine Mama ja nicht *im Stich* lassen«, sagte er im selben Tonfall wie vorher. »In diesem *Haus*. Wo sie von morgens bis abends säuft und im Internet unterwegs ist und solche Scheiße macht. Ich will Derrick und Devin nicht im Stich lassen. Die beiden Idioten. Die sind so was von saublöd, Mann. Wo ich auch hingucke, ich sehe nirgendwo eine Familie, die so schlimm ist wie meine. Keiner wohnt in so einem beschissenen Dreckloch von Haus wie ich. Aber ich muss mich um *meinen eigenen Scheiß* kümmern«, sagte er. Ich glaube, er sprach schon mehr mit sich selbst als mit mir. Er erklärte sich, er verteidigte sich irgendwie. »Die müssen erst mal was auf die Reihe kriegen, bevor ich ihnen helfen kann. Ich liebe meine Mama, aber sie hat Probleme, bei denen ich ihr nicht helfen kann. Ich liebe meine Brüder, aber sie müssen erst mal ihren eigenen Scheiß kapieren, bevor ich ihnen helfen kann. Sonst ziehen sie mich nur runter.«

Es kam vor, dass ich über Monate hinweg vergaß, dass Earl eine Mutter hatte. Aus irgendeinem Grund erschütterte es mich richtig, von ihr zu hören. Ich hatte nicht einmal ein Bild von ihr in meinem Kopf. Sie war eine von diesen kleinen, müde aussehenden Frauen mit großen Augen und einem irgendwie permanent verträumten Lächeln.

Jedenfalls schien es Earl jetzt besser zu gehen, nachdem er

das alles gesagt hatte. Dann bemerkte er mich, als hätte er vergessen, dass ich noch da war.

»Das ist das Gleiche wie mit dir und Rachel, außer dass sie tot ist, darum spielt es nicht mal eine Rolle, was du für sie tust. Du musst das tun, was das Beste für dich ist. Du musst deinen *Abschluss* machen, mein Sohn. Deinen Abschluss machen, ans College gehen, einen Job kriegen. Wir können das nicht weitermachen.«

Es war großartig und deprimierend zugleich. Jedenfalls schien Earl jetzt tatsächlich gute Laune zu haben.

»Was für eine Scheiße schmeißen diese Vietnamesen eigentlich in ihre Suppe?«, sagte er. »Guck dir das Ding hier an. Sieht aus wie ein Hodensack.«

Die Stunde des Ekel-Trips hatte ohne Vorwarnung geschlagen. Ich fühlte mich nicht in der Stimmung, gab aber mein Bestes.

»Das soll ein Hodensack sein? Nicht eher ein Arschloch?«

»Diese runzlige Kacke? Das ist ein Sack. *Glaube* ich. Guck mal auf die Speisekarte.«

»Und was ist das Ding da mit den Fransen?«

»*Das* könnte ein Arschloch sein. Hast du die große Portion bestellt? In der großen ist Arschloch, Hodensack, äh, sautierter Eselpimmel und äh, wahrscheinlich schwimmen auch noch irgendwelche haarigen Ziegentitten da drin rum.«

»Ja, ich hab die große.«

»Ziegentitten haben einen hohen Anteil an Antioxidantien.«

»Ich suche noch den Eselpimmel. Ich seh hier keinen.«

»Sieht ganz so aus, als hättest du keinen abgekriegt.«

»Das ist ein Skandal. In meiner Suppe ist kein Eselpimmel. Das kotzt mich dermaßen an.«

»Ich hatte jedenfalls ein paar fette Brocken zart sautierter Eselspimmel in meiner.«

Mein Ideenvorrat war irgendwie aufgebraucht und nach einer Weile fiel mir nichts Neues mehr ein.

»Mach dir nichts draus, mein Sohn«, tröstete mich Earl. »Ich hab schon bessere gegessen.«

Epilog

Jetzt ist es Juni, und ich bin gerade damit fertig geworden, das alles aufzuschreiben. Zuerst einmal: Gott sei Dank ist dieses Buch vorbei. Außerdem kann ich hier auf dieser Seite schreiben, wozu ich Lust habe, denn ihr habt unmöglich bis zum Schluss durchgehalten, weil dieses Buch eine Schande für die englische und deutsche Sprache ist. Für *alle* Sprachen. Man sollte mir meine Sprach-Rechte entziehen. Aber bis dahin kann ich schreiben, was ich will. Zum Beispiel: Will Carruthers' Penis ist so winzig, dass er wie eine Muschi nach innen wächst. Leck mich am Arsch, Will Carruthers. Es ist mir egal, ob ich dein Freund bin oder nicht.

Also, wie ihr sicherlich wisst, wurde ich an der Pitt angenommen, aber dann hat man meine Zulassung suspendiert, als ich im ersten Semester in Englisch 12, Analysis I, Biologie II und Sport durchfiel. Und Dad meinte, dass ich daran vielleicht noch was ändern könnte, wenn ich den Zulassungs-Leuten an der Pitt erkläre, *warum* ich in diesen Kursen durchgefallen bin. Dad brachte immer wieder das Wort »Verlust« ins Spiel, was so klingt, als hätte ich irgendwo was liegenlassen. Mom meinte, ich sollte euch *Rachel* –

der Film zeigen, und vielleicht ist es ein Indiz für meine Reife, dass dieser Vorschlag mich nicht veranlasste, mich auch nur fünf Sekunden totzustellen. Dann schlugen Mom und Dad vor, dass ich extra für euch irgendeinen Film drehen sollte, aber nach *Rachel – der Film* und nachdem ich erfahren hatte, dass Earl definitiv mit dem Filmemachen Schluss gemacht hatte, habe ich mich für immer aus dem Filmgeschäft zurückgezogen.

Doch dann habe ich nochmal darüber nachgedacht, und es kam mir angebracht vor, mich in irgendeiner Weise zu erklären. Und ich hatte diesen Sommer nichts zu tun, außer diese bescheuerten Nachhol-Kurse zu besuchen, um meinen College-Abschluss zu kriegen. Und ich dachte, jeder kann ein Buch schreiben. Darum habe ich dieses Buch für euch geschrieben, ihr Leute von der Zulassungsstelle an der University of Pittsburgh. Wenn überhaupt, dann dürfte es der Beweis sein, dass gerade *nicht* jeder ein Buch schreiben kann, es sei denn, wir reden von einem mega-bescheuerten Buch, darum ist es wenigstens in dieser Hinsicht nützlich.

Aber jetzt, nachdem ich es geschrieben habe, ist mir ziemlich klar, dass es keinen Sinneswandel bei euch bewirken wird. Ich meine, sollte es doch dazu führen, dass ihr eure Meinung ändert und mich wieder aufnehmt, müsstet ihr alle gefeuert werden, denn ich habe euch lediglich bewiesen, dass ich eine Niete bin, die keine angemessenen Gefühle hat und eigentlich kein normales Leben führen kann.

Außerdem glaube ich, dass ich an irgendeiner Stelle eure Hochschule beleidigt habe, als ich sie die blödere große Schwester der Carnegie Mellon nannte.

Aber während ich jetzt diese Seite schreibe, ist mir klargeworden, dass ich vom Rückzug aus der Filmemacherei einen Rückzieher machen sollte. Wenn ihr mich also immer noch wollt, dann wäre das toll. Aber ihr solltet wissen, dass ich wahrscheinlich in einem Jahr wieder gehe, um mich bei einer Filmhochschule zu bewerben. Darum werde ich jetzt damit anfangen, Filme zu drehen. Vielleicht versuche ich sogar auch, ein paar Schauspieler dafür zu bekommen.

Ich habe auch so eine Art Erkenntnis über mich gehabt, und ich kann sie genauso gut auch mit euch teilen, da das hier sowieso keiner liest. Dieses Buch macht vermutlich den Eindruck, als würde ich mich und alles, was ich mache, hassen. Aber das stimmt nicht ganz. Ich hasse allein jede Person, die ich jemals *gewesen* bin. Tatsächlich komme ich inzwischen ganz gut mit mir klar. Ich habe das Gefühl, dass ich irgendwann einen wirklich richtig guten Film drehen werde. Eines Tages. In einem halben Jahr werde ich wahrscheinlich meine Meinung in diesem Punkt wieder geändert haben, aber was soll's. Das ist eben Teil jener actiongeladenen Achterbahnfahrt, die das Leben des Greg S. Gaines ausmacht.

(Eins möchte ich noch hinzufügen: Nur weil ich einen Rückzieher vom Rückzug mache, heißt das nicht, dass ich dieses Buch verfilmen werde. Das wird in zehntausend Jahren nicht passieren. Wenn man ein *gutes* Buch verfilmt, passieren lauter blöde Sachen. Wer weiß, was passiert, wenn man versuchen würde, *diese* unsägliche Kotz-Party zu verfilmen. Wahrscheinlich müsste sich das FBI einschalten, da die Möglichkeit besteht, dass man den Film als einen Akt des Terrorismus verstehen könnte.)

Ich werde hier nur noch mal kurz wegen Madison Hartner durchdrehen. Wie sich herausstellte, geht sie nicht mit einem von den Pittsburgh Steelers, nicht mal mit einem College-Studenten. Zwei Wochen vor Ende des Schuljahrs fing sie was mit *Allan McCormick* an. Das ist so ein ausgemergelter kleiner Grufti mit noch schlechterer Haut als ich und gespenstisch kurzen Armen und einem großen verhärmten

Gesicht, das nicht zum Rest seines Körpers passt. Tatsächlich glaube ich, dass er inzwischen kein Grufti mehr ist. Im Februar hat er aufgehört, morgens mit Scott Mayhew *Magic* zu spielen und sich zu einem ganz normalen Schlaumeier gewandelt. Trotzdem. Wie sich zeigte, hat Madison Hartner, was die Wahl ihrer Partner angeht, ***keine hohen*** Maßstäbe.

Darum schätze ich mal, dass ich die ganze Zeit eine Chance gehabt hätte, mit ihr herumzuknutschen, wenn ich mich in der Cafeteria ein bisschen mehr reingehängt und nicht ganz so viel Zeit in Mr. McCarthys Büro verbracht hätte.

Obwohl, wenn man's recht bedenkt, wäre ich mir da gar nicht so sicher.

Apropos Mr. McCarthy: Wie sich herausstellte, ist er kein Kiffer, und er versetzt seine Suppe auch nicht mit Marihuana. Als wir high wurden, lag das an den Keksen vom Mittagessen, das Earl an jenem Tag zur Schule mitgebracht hatte. Maxwells damalige Freundin hatte sie für Maxwell gebacken, und sie enthielten übermäßige Mengen an Shit. Earl erfuhr das erst Monate, nachdem es sich ereignet hatte, bei einer Gelegenheit, als er und Maxwell sich gegenseitig grundlos die Fresse polierten.

Das war beruhigend. Auch passte es zu dem, was ich über die Welt der Drogen weiß. Denn in Wahrheit könnte ein Lehrer, der buchstäblich die ganze Zeit high ist, nicht so interessiert und unvorhersehbar und faktenbegeistert sein wie Mr. McCarthy. Stattdessen würde dieser Lehrer ununterbrochen irgendetwas essen und unfähig sein, in zusammenhängenden Sätzen zu reden.

Was Earl angeht, so haben wir uns seit Thuyen's Saigon Flavor noch ein paarmal getroffen. Er arbeitet jetzt bei Wendy's. Er ist zu klein, um an der Kasse zu stehen, und das macht ihn rasend. Er wohnt immer noch zu Hause, aber er spart, damit er irgendwann ausziehen kann.

Es ist komisch, zusammen herumzuhängen, ohne Filme zu machen. Wir sitzen da und reden stattdessen über unser Leben. Ich habe ihn während der letzten paar Monate irgendwie besser kennengelernt als während all der Jahre, in denen wir die Gaines/Jackson-Filme drehten, und eins muss man sagen: Earl ist total verrückt.

Insgeheim habe ich die Hoffnung – ich weiß, es ist bescheuert –, dass ich die Filmhochschule absolvieren und unmittelbar danach einen großen erfolgreichen Film machen und dann gleich eine Produktionsfirma gründen und Earl als Mit-Geschäftsführer anheuern kann. Aber das wird definitiv nicht passieren. Sollten wir je wieder zusammenarbeiten, dann wohl bei Wendy's. Ich fasse es nicht, dass ich das gerade getippt habe. Das ist das Deprimierendste, was ich je im Leben getippt habe. Stimmt aber wahrscheinlich trotzdem.

Ich schätze, ich möchte noch eine letzte Sache über Rachel loswerden. Rachel starb etwa zehn Stunden, nachdem Mom und ich das Krankenhaus verlassen hatten. Es gab eine jüdische Trauerfeier in unserer Synagoge, und Gott sei Dank hat mich niemand gebeten, irgendwas zu sagen, und sie haben auch den Film nicht gezeigt, den wir gemacht haben. Rachel wurde eingeäschert, und ihre Asche wurde im Frick Park verstreut, wo sie anscheinend als Kind gern gespielt hat. Sie ist mal abgehauen und hat sich dort versteckt, als sie sieben war – nicht, weil sie von zu Hause weglaufen wollte, sondern offenbar nur, weil sie im Wald leben und ein Eichhörnchen werden wollte.

Es war merkwürdig, selbst nach ihrem Tod noch etwas Neues über sie zu erfahren. Irgendwie war es aber auch tröstlich. Ich weiß nicht, warum.

Vielleicht sollte ich versuchen, sie in meinen nächsten Film einzubauen. Ich weiß nicht.

Mal ehrlich? Ich hab keine Ahnung, wovon ich hier rede, verdammt noch mal.

FIN

Danksagung

Dieses schräge kleine Buch hatte viele Hebammen, zu viele, als dass hier alle genannt werden könnten. Aber ich möchte meinen ausdrücklichen und unmöglich zu überbietenden Dank an Maggie Lehrman aussprechen, meine Lektorin und gute Freundin, die mir vom Konzept bis zur Fertigstellung eine großartige und großartig ausgewogene Orientierungshilfe gab und ohne die das Buch buchstäblich nicht existieren würde. Ich danke Matt Hudson, meinem ehemaligen Agenten und ebenfalls guten Freund, der es irgendwie schaffte, eine Reihe von wichtigen Leuten für ein höchst profanes Manuskript über Jungs, die Filme drehen, und ein Mädchen, das Krebs hat, zu interessieren. Ich möchte meinen Eltern, Schwestern und meiner Großmutter im Voraus für all die Gelegenheiten danken, an denen sie die Frage »Ist eure Familie wirklich so?« beantworten müssen. (Nein, ist sie nicht.) Und schließlich bin ich dankbar für Tamara, die dieses Buch liebt, und die ich liebe.